In memory of David Barrett

ეძღვნება დევიდ ბარეტის ხსოვნას

UNLOCKING THE DOOR
კარს მიღმა

Stories and Plays
Translated by Students at the University of Oxford

მოთხრობები და პიესები თარგმნილია
ოქსფორდის უნივერსიტეტის სტუდენტების მიერ

The book has been made possible by funding from
the Marjory Wardrop Fund, University of Oxford.
წიგნი დაფინანსებულია მარჯორი უორდროპის ფონდის მიერ,
ოქსფორდის უნივერსიტეტი.

UNLOCKING THE DOOR
Stories and Plays Translated
by Students at the University of Oxford

კარს მიღმა
მოთხრობები და პიესები თარგმნილია
ოქსფორდის უნივერსიტეტის სტუდენტების მიერ

EDITOR
Lia Chokoshvili

რედაქტორი
ლია ჩოკოშვილი

PROOFREADING OF ENGLISH TRANSLATIONS
Professor Donald Rayfield

თარგმანის კორექტორი
პროფესორი დონალდ რეიფილდი

ASSISTANT EDITOR
Geoffrey Gosby

რედაქტორის თანაშემწე
ჯეფრი გოსბი

COVER
David Aptsiauri

გარეკანის მხატვარი
დავით აფციაური

DESIGN AND LAYOUT
Vano Kiknadze

დიზაინი და დაკაბადონება
ვანო კიკნაძე

Printed by CEZANNE
დაიბეჭდა გამომცემლობა „სეზანში"

Tbilisi, 2017

ISBN 978-9941-27-570-8

EDITOR'S PREFACE

Diplomat Sir Oliver Wardrop and his sister Marjory Wardrop were scholars who travelled extensively in the Caucasus in the late 19th and early 20th centuries, and who translated into English classic works of Georgian literature such as Shota Rustaveli's *The Knight in the Panther's Skin*, Sulkhan-Saba Orbeliani's *The Book of Wisdom and Lies*, and Ilia Chavchavadze's *The Hermit*, as well as folk tales and other books on Georgia.

After Marjory's death, Sir Oliver created the Marjory Wardrop Fund at the University of Oxford "for the encouragement of the study of the language, literature, and history of Georgia".

The Marjory Wardrop Fund continues to provide financial support for the teaching of Georgian and related scholarship to this day, and it is with the support of the Fund that I have now been teaching Georgian at Oxford University Language Centre for over 20 years. It has been a continual joy for me to see my students learn the unique Georgian alphabet, build an ever-increasing vocabulary, and conquer the complexities of Georgian grammar. In 2015, urged on by several students, we launched a project to translate and publish examples of modern Georgian writing, including both short stories and plays. The first results of this project are in front of you!

In addition to the Marjory Wardrop Fund, I would like to express my gratitude to the following people and institutions for helping to make this project possible:

- Professor Donald Rayfield, Queen Mary University of London, for his enthusiastic help and guidance
- Oxford University Language Centre
- The Oriental Institute of the University of Oxford
- Suzy Graham-Adriani, former Producer at the National Theatre, London, and Sophie Tortladze, CEO at the Georgian-British Cultural Platform, Tbilisi, for giving me the idea of translating the plays
- Dr. Gillian Evison, the Bodleian Library, University of Oxford, for her great support
- Professor Irma Karaulashvili, Ilia State University, Tbilisi, for encouraging me to publish this book and for her ongoing support
- Professor Tamila Mgaloblishvili, St. Andrew the First-Called Georgian University, Tbilisi, for her enormous help with the publishing process, and for spending time with and giving academic guidance to my students whenever they visit Georgia
- Professor Shukia Apridonidze, Ilia State University, Tbilisi, for giving unforgettable Georgian lessons to my students whenever they visit Tbilisi and for her generous help with with editing the book
- Professor Marika Odzeli, the Ministry of Education and Science of Georgia, for spending time with my students when they visit Tbilisi
- My husband, Peter, for his ongoing support and amazing ideas contributed during work on the book

But most of all I'd like to thank my students, for making it all worthwhile.

რედაქტორის წინათქმა

მე-19 საუკუნის ბოლოს და მე-20 საუკუნის დასაწყის-ში ბრიტანელმა დიპლომატმა და მეცნიერმა, ოლივერ უორდროპმა და მისმა დამ, მარჯორიმ, რამდენჯერმე იმოგზაურეს საქართველოში. მათ ინგლისურად თარ-გმნეს ქართული იგავ-არაკები, ზღაპრები და, ზოგა-დად, წიგნები საქართველოს შესახებ და ქართული ლიტერატუ-რის რამდენიმე უმნიშვნელოვანესი ძეგლი: შოთა რუსთაველის „ვეფხისტყაოსანი," სულხან-საბა ორბელიანის „სიბრძნე სიცრუ-ისა" და ილია ჭავჭავაძის „განდეგილი."

მარჯორის გარდაცვალების შემდეგ ოლივერ უორდროპმა ოქს-ფორდის უნივერსიტეტში დააარსა მარჯორი უორდროპის ფონ-დი, რომელიც, როგორც თვითონ აღნიშნავდა, „ხელს შეუწყობდა ახალგაზრდებს, შეესწავლათ ქართული ენა, ლიტერატურა და სა-ქართველოს ისტორია." ფონდი, რომელიც დღეს ორივეს სახელს ატარებს, აგრძელებს ქართული ენის გაკვეთილების დაფინანსე-ბას და გასცემს სტიპენდიას სამეცნიერო კვლევებისათვის.

სწორედ ამ დაფინანსების მეშვეობით უკვე 20 წელიწადზე მეტია

7

ვასწავლი ქართულ ენას ოქსფორდის უნივერსიტეტის ენების ცენტრში. სასიამოვნოა, როცა თვალს ადევნებ, როგორ სწავლობენ სტუდენტები უნიკალურ ქართულ ანბანს, იმდიდრებენ ლექსიკას და უმკლავდებიან ქართული გრამატიკის სირთულეებს.

2015 წელს რამდენიმე სტუდენტთან ერთად დავიწყე მუშაობა პროექტზე, რომლის ფარგლებშიაც ქართულიდან ინგლისურად ითარგმნა რამდენიმე თანამედროვე მწერლის მოთხრობა და პიესა. გთავაზობთ ამ თარგმანებს.

მინდა, მადლობა გადავუხადო მარჯორი და ოლივერ უორდროპების საბჭოს, პროფესორ დონალდ რეიფილდს (ლონდონის ქუინ მერის უნივერსიტეტი), დიდსულოვანი დახმარებისა და ხელშეწყობისათვის.

- ოქსფორდის უნივერსიტეტის ენების ცენტრს.
- ოქსფორდის უნივერსიტეტის აღმოსავლეთმცოდნეობის ინსტიტუტს.
- სუზი გრეიამ ადრიანის, ლონდონის ნაციონალური თეატრის ყოფილ პროდიუსერს და სოფო თორთლაძეს (ქართულ-ბრიტანული კულტურის პლატფორმა), პიესების თარგმანზე მუშაობის იდეისათვის.
- დოქტორ ჯილიან ევინსონს (ოქსფორდის ბოდლის ბიბლიოთეკა), მხარდაჭერისათვის.
- პროფესორ ირმა ყარაულაშვილს (ილიას სახელმწიფო უნივერსიტეტი), თარგმანების წიგნად გამოცემის იდეისა და განუწყვეტლად მხარში დგომისათვის.
- პროფესორ თამილა მგალობლიშვილს (საქართველოს საპატრიარქოს წმინდა ანდრია პირველწოდებულის სახელობის ქართული უნივერსიტეტი), წიგნზე მუშაობისას გაწეული უდიდესი დახმარებისათვის; აგრეთვე თითოეული იმ წუთისთვის, რომელსაც ის უთმობდა და უთმობს საქართველოში ჩამოსულ ყველა ჩემს სტუდენტს და მათთვის გაწეული დახმარებისა და თანადგომისათვის.
- პროფესორ შუქია აფრიდონიძეს (ილიას სახელმწიფო უნი-

ვერსიტეტი), თბილისში ჩემი სტუდენტებისათვის ჩატარებული დაუვიწყარი გაკვეთილებისათვისა და უანგარო დახმარებისათვის წიგნზე მუშაობისას.

- პროფესორ მარიკა ოძელს (საქართველოს განათლების სამინისტრო), ჩემი სტუდენტების თბილისში ყოფნისას მათთან გატარებული ნაყოფიერი შეხვედრებისათვის.
- ჩემს მეუღლეს, პიტერს, მუდმივად მხარში დგომისა და წიგნზე მუშაობის პერიოდში მოწოდებული საინტერესო იდეებისათვის.

დასასრულ, მადლობა ეკუთვნის ყველა ჩემს სტუდენტს, რომლებმაც ღირსეულად გაართვეს თავი და ხორცი შეასხეს ამ პროექტს.

FOREWORD
BY PROFESSOR DONALD RAYFIELD

Queen Mary University of London

For sixteen hundred years Georgian writers have been creating remarkable poems, stories and plays, despite everything that has happened — wars, tyrannies, massacres, foreign invasion, the plague, earthquakes. But, unfortunately, neither their neighbours nor the main nations of the world know anything about them. Up until now the Georgian writer has been 'a voice crying in the wilderness'. Why? Probably it is simply because Georgians have had a brilliant knowledge of other languages, but other peoples have rarely learnt Georgian. For state security a language does well to be shrouded in secrecy, but this does its fame a great deal of harm. Almost the only exceptions to this obscurity are the English versions of Marjory Wardrop's *Knight in a Panther Skin* (in prose) and Oliver Wardrop's *The Wisdom of Lying*.

It is not an easy fact to accept, but in reality the Soviet Union's domination was a time when, although the Georgian people were tortured spiritually and physically, their literature nevertheless flourished. Not only contemporary, but classical masterpieces were translated from Georgian into Russian. True, writers were shot and arrested, the censorship was merciless, for example, in excising Mikheil Javakhishvili's *Arsena the Robber*'s speeches against Russian imperialism and

Aleksandre Qazbegi's praise for Chechen moral courage. Consequently some Georgian novels, translated from a Russian version, actually appeared in English.

Only during the last twenty years has the situation changed: Georgian writers travel to the West, foreigners listen to their poems and plays, a handful of Georgian novels are published. But I must say that so far they are not sold or read very much. Possibly the English reader has difficulty in pronouncing Georgian names: how is he supposed to announce, 'I want to buy Mikheil Javakhishvili's *Kvachi Kvachantiradze*'?

What gives me most pleasure is that a new generation of English-language translators has been revealed: they are young men and women at Oxford University, learning to speak Georgian, and their energetic teacher Lia Chokoshvili has inspired them. In this collection the reader can find not just short fairy stories, but complex works, for example Tabukashvili's *Taming the Falcon* and Morchiladze's *The Farewell Round*. For a Georgian who wants to read some English prose and for an Englishman who is studying Georgian, this collection is equally essential. I am convinced that in the future we shall see many more such collections.

პროფესორ დონალდ რეიფილდის შესავალი

ლონდონის ქუინ მერის უნივერსიტეტი

ქართველი მწერლები უკვე თექვსმეტი ასეული წელია, რაც ყველაფრის — ომების, ძალადობის, ხალხის ხოცვის, უცხო ტომთა შემოსევის, ჭირის, მიწისძვრების — მიუხედავად, ქმნიან შესანიშნავ ლექსებს, მოთხრობებს, პიესებს, მაგრამ, სამწუხაროდ, ამის თაობაზე არც მათმა მეზობლებმა და არც მსოფლიოს ძირითადმა ერებმა არა იციან რა. ქართველი მწერალი მანამდე იყო „ჴმაჲ ღაღადებისაჲ უდაბნოსა შინა". რატომ? ალბათ, უბრალოდ, იმიტომ, რომ ქართველები ბრწყინვალედ ლაპარაკობდნენ სხვათა ენებზე, სხვები კი იშვიათად სწავლობდნენ ქართულ ენას. სახელმწიფოს უშიშროებისათვის საიდუმლოებით მოცული ენა თუმც უსაფრთხოა, მაგრამ ძალიან კი ვნებს მის დიდ სახელს. ამ წყვდიადში თითქმის ერთადერთი გამონათებაა მარჯორი უორდროპისეული პროზაული „ვეფხისტყაოსანი" და ოლივერ უორდროპისეული „სიბრძნე სიცრუისა".

იქნებ არც ისე ადვილად მისაღები აზრია, მაგრამ საქმე ისაა, რომ საბჭოთა კავშირის ბატონობის დროს, როცა ქართველი ხალხი ფიზიკურადაც და სულიერადაც იტანჯებოდა, მისი ლიტერატურა მაინც აყვავდა: ქართულიდან რუსულად თარგმნიდნენ არა მხოლოდ თანამედროვე, არამედ კლასიკურ შედევრებსაც, თუმცა, თვით მწერლებს ხვრეტდნენ და იჭერდნენ; ცენზურამ დაუნდობლად გადაშალა, მაგალითად, მიხეილ ჯავახიშვილის „არსენა მარაბდელის" მამხილებელი სიტყვები რუსული იმპერიალიზმის

მიმართ და ალექსანდრე ყაზბეგისეული ქება-დიდება ჩეჩნური ზნეობისა. ასე რომ, ზოგი ქართული რომანი, თუნდაც რუსულიდან თარგმნილი, გამოდიოდა ინგლისურ ენაზედაც.

მხოლოდ უკანასკნელი ოცი წლის მანძილზე შეიცვალა ვითარება: ქართველი მწერლები დასავლეთში მოგზაურობენ, უცხოელები ისმენენ მათ ლექსებსა და პიესებს, აქვეყნებენ თითო-ოროლა ქართულ რომანებს. მაგრამ უნდა ვთქვა, რომ დღემდე ისინი იშვიათად იყიდება და იკითხება: იქნებ იმიტომ, რომ ინგლისელ მკითხველს უჭირს ქართული სახელების გამოთქმა, მაგალითად, როგორ უნდა გამოაცხადოს მან: 'მე მსურს ვიყიდო ჯავახიშვილის კვაჭი კვაჭანტირაძე'?

რაც ყველაზე მეტად მახარებს, ისაა, რომ გამოჩნდა ინგლისურენოვან მთარგმნელთა ახალი თაობა — ოქსფორდის უნივერსიტეტის ახალგაზრდა „მოქართულე" გოგო-ბიჭები, რომელთა ენერგიულმა მასწავლებელმა — ლია ჩოკოშვილმა აღაფრთოვანა ისინი. ამ კრებულში მკითხველი იპოვის არა მარტო პატარ-პატარა ზღაპრებს, არამედ რთული ფორმის ნაწარმოებებსაც. მაგალითად, ლაშა თაბუკაშვილის „ათვინიერებენ მიმინოს" და აკა მორჩილაძის „გამოსათხოვარ პარტიას". ქართველისთვის, რომელსაც სურს ინგლისურად პროზის კითხვა, ხოლო ინგლისელისთვის, რომელიც ქართულს სწავლობს, ეს კრებული ერთნაირად ნიადაგ სახმარია. მჯერა, რომ მომავალში კიდევ მრავალი ასეთი კრებული გამოჩნდება.

სარჩევი

CONTENTS

ერლომ
ახვლედიანი

1933 – 2012

ერლომ ახვლედიანი – მწერალი და სცენარისტი.
სამი ნოველისა და რამდენიმე მოთხრობის ავტორი.
1962-1999 წლებში მან დაწერა სცენარი თვრამეტი ფილმისთვის
და მონაწილეობა მიიღო ოთხ ფილმში.
რამდენიმე მათგანი თარგმნილია რუსულ, სომხურ, ჩეხურ,
გერმანულ, უნგრულ და არაბულ ენაზე.
მრავალი ჯილდოს გარდა, 1980 წელს მან მიიღო საბჭოთა
კავშირის სახელმწიფო პრემია, 2010 წელს კი საბას
ლიტერატურული პრემია.

Erlom Akhvlediani

1933 – 2012

Erlom Akhvlediani was a novelist and scriptwriter.
From 1962 to 1999, he wrote scripts for eighteen films and starred in four movies.
His three novels and several short stories have been translated into languages including Russian, Armenian, Czech, German, Hungarian, and Arabic.
Among the many accolades won by Erlom Akhvlediani are the USSR State Prize (1980) and Georgian literary award the Saba Prize (2010).

თეთრი ყვავილი და თეთრი პეპელა

ღობესთან, მაღალ ღეროზე, გაშლილა თეთრი ლამაზი ყვავილი...

თეთრმა პეპელამ მაშინვე შეამჩნია თეთრი ყვავილი და გაეშურა მისკენ, რამდენჯერმე შემოუფრინა და იქვე ღობეზე დაჯდა.

– მოდი, გავფრინდეთ ერთად,- შესთავაზა პეპელამ ყვავილს.

– მე ფრენა არ ვიცი,- უპასუხა თეთრმა ყვავილმა.

– როგორ თუ არ იცი, ჩვენ ხომ ძალზე ვგავართ ერთმანეთს.

ჰო,ჰო, ვგავართ ერთმანეთს ... მაგრამ მე რატომღაც ფრენა არ შემიძლია.

– ეგ შეუძლებელია. შენ ცდები. წამოდი, წამოდი, ახლავე გავფრინდეთ.

– მე მართლა არასოდეს გავფრენილვარ.

– მაშ,სულ მუდამ ერთ ადგილას ხარ?

– ჰო, ჰო...

– სტუმრადაც არასოდეს ყოფილხარ?

– არასოდეს. მე მიწაზე ღეროთი ვარ მიბმული.

– სისულელეს ნუ ამბობ. ნეტა რაში გჭირდება ეგ ღერო. შენ ოღონდ სცადე აფრენა და ნახავ, რა ადვილია.

THE WHITE FLOWER
AND THE WHITE BUTTERFLY

Translated by Ollie Matthews

A beautiful blooming white flower atop a tall stem stood by a fence.

A white butterfly noticed the white flower straight away and rushed up to him, flew around him a couple of times, and landed on the fence nearby.

"Come on, let's fly together," the butterfly suggested to the flower.

"But I can't fly," answered the white flower.

"But how come?—we look the same."

"Yes, we do, but somehow I just cannot fly."

"That's impossible; you must be mistaken. Come along, let's fly right now."

"But really, I've never flown before."

"So you've never left this spot?"

"No, I've always been here."

"And you've never been invited to go away anywhere?"

"Never. You see, I'm rooted to the earth by my stem."

"Don't speak such nonsense! What do you need that stem for any-way? Why don't you at least try to fly, and then you'll see there's noth-

– ჩემთვის არ შეიძლება...

– დამიჯერე, დამიჯერე... ერთად გავფრინდეთ... ერთ ლამაზ მინდორზე წაგიყვან.

– იმ ლამაზ მინდორზე მარტო გაფრინდი, მერე კვლავ ჩემთან მოფრინდი და მომიყევი, რასაც ნახავ...

– ო, არა, არა...შენ მხოლოდ სცადე აფრენა, ნახავ რა ადვილია.

თეთრმა ყვავილმა სცადა გაფრენა მოსწყდა ღეროს და იქვე დაეცა...

პეპელამ რამდენჯერმე შემოუფრინა ყვავილს .

„მართლა არ სცოდნია ფრენა“,- გაიფიქრა თეთრმა პეპელამ, ღობეს გადაუფრინა და თვალს მიეფარა.

ing to it."

"I really can't."

"Believe me, believe me... let's fly... I'll take you to see a beautiful field."

"Why don't you fly on your own to see this beautiful field, then fly back to me and tell me what you've seen."

"Oh, no, that won't do... If only you tried to fly, you'd see there's nothing to it."

In an attempt to fly, the white flower tore himself from his stem, and fell down next to it.

The butterfly flew around his body a couple of times.

"So he couldn't fly after all!" thought the butterfly, then she flew over the fence and was never seen again.

უნიჭო ობობა

აგურსა და აგურს შორის რომ ერთი ხვრელია, ცხოვრობდა დედა ობობა და მამა ობობა. მათ სამი შვილი ჰყავდათ და სამივენი პატარა ობობები იყვნენ.

როცა ობობები წამოიზარდნენ, მშობლებმა ისინი ცნობილ ობობა ფეიქარს მიაბარეს ხელობის შესასწავლად. აბა ობობა რის ობობაა, თუ მან აბლაბუდის ქსოვა არ იცის ?!

ობობა ფეიქარი დიდ სარდაფში ცხოვრობდა. მთელი სარდაფის კუთხეები, კედლები და ჭერი მისი და მისი შეგირდების ნახელავით იყო მოქარგული.

ორმა პატარა ობობამ უცებ ისწავლა ქსოვა, მესამე კი უნიჭო გამოდგა.

თუმცა ბევრს ეცადა, ვერ იქნა და ვერ დაეუფლა ხელობას. ბოლოს მობეზრდა და სარდაფში იწყო სეირნობა.

უცებ ბზუილი შემოესმა. ახლოს როცა მივიდა, დაინახა, რომ აბლაბუდაში ბუზი გახლართულიყო. ობობამ გაკვირვებულმა ჰკითხა ბუზს როგორ ბზუიხარო?

ბუზისათვის მეტად მოულოდნელი იყო ეს შეკითხვა და წამით

THE UNTALENTED SPIDER

Translated by Clifford Marcus

A mother and a father spider lived in their home between two bricks. They had three children, all three little baby spiders.

When the little spiders had grown up a little bit, their parents entrusted them to an eminent weaver to learn their trade. After all, what sort of spider doesn't know how to spin?

The weaver spider lived in a cellar. All the corners, walls and the ceiling were embroidered with his and his pupils' handiwork.

Two of the little spiders quickly learned how to spin, but the third turned out not to have any aptitude. However hard he tried he wasn't able to get anywhere with it and master the craft. In the end he got bored and started to wonder around the cellar.

Then out of the blue he heard a buzzing. When he drew closer he saw that a fly had been caught in a web. The surprised spider asked the fly how he made that buzzing noise.

This question surprised the fly and he stopped buzzing immediately. Then he answered, "set me free and I'll teach you how to buzz."

The spider set him free at once and the fly kept his promise. He

შეწყვიტა ბზუილი. შემდეგ უპასუხა გამათავისუფლე და გასწავლი
ბზუილსო.

ობობამ იმ წამსვე გაათავისუფლა ბუზი და ბუზმაც მაშინვე შე-
უსრულა დანაპირები – ასწავლა ბზუილი.

იმ დღის მერე პატარა ობობა, სადაც აბლაბუდას დაინახავდა,
შიგ ჩაჯდებოდა და ბზუოდა. ყოველი მხრიდან თავქუდმოგლე-
ჯილი გამორბოდნენ დიდი ობობები. ისინი თვალს არ უჯერებდ-
ნენ, როდესაც მსხვერპლის ნაცვლად პატარა ობობა შერჩებოდათ
ხოლმე ხელში და გაწბილებულნი და გაგულისებულნი ბრუნდე-
ბოდნენ შინ.

taught him how to buzz.

From that day on whenever the little spider saw a web he would sit in it and buzz. The big spiders would run in helter-skelter from all sides. They could not believe their eyes when instead of a victim they laid hands on a little spider, and all embarrassed and disappointed they would go back home angrily.

გურამ
რჩეულიშვილი

1934 – 1960

გურამ რჩეულიშვილი – მწერალი.
მისი მოთხრობები პირველად გამოქვეყნდა გაზეთში 1957 წელს,
რამაც მას დიდი წარმატება მოუტანა. ამავე წელს დაამთავრა
თბილისის სახელმწიფო უნივერსიტეტის ისტორიის ფაკულტეტი.
მის სიცოცხლეში გამოქვეყნდა მხოლოდ მისი რამდენიმე
მოთხრობა. კრებული "სალამურა" კი გამოიცა ავტორის
გარდაცვალების შემდეგ. გურამ რჩეულიშვილის მოთხრობები
თარგმნილია გერმანულ, უნგრულ, ბულგარულ, ლიტვურ, ჩეხურ
და რუსულ ენაზე.

Guram
Rcheulishvili

1934 – 1960

Guram Rcheulishvili's first stories
were published in a newspaper in 1957, the year of his graduation
from the History Faculty at Tbilisi State University,
and brought him great success. Only some of his oeuvre would see
print during his lifetime, however; his collected works were published
posthumously in 1961, under the title *Salamura*.
Guram Rcheulishvili's writings have been translated
into German, Hungarian, Bulgarian, Lithuanian,
Czech, and Russian.

ქიტესა

ქიტესა იწვა და კვდებოდა. ტახტის ბოლოში შვილიშვილი თამაშობდა. სამფეხა სკამს მიათრევდა კედელთან, ზედ შედგებოდა და ჯაგნის ბოლოს ყურძნის მარცვალს წყვეტდა. ქიტესა ხედავდა და ვერ უჯავრდებოდა ძალაგამოლეული. "ის მამაძაღლი მამამისი სადღაა", – ბუზღუნებდა გუნებაში, – იმ კახპასაც ახლა მოუნდა სიკვდილი", გაიხსენა თავისი რძალიც. – „თუ მიწვდა, ჩამოგლეჯავს სულ". უფრო მისუსტდა. ნელა დახუჭა ქუთუთოები. მოესმა: შვილიშვილი ტყაპანით დაეცა ძირს და ატირდა.

ქიტესა იწვა და კვდებოდა.

მოხუცდა.

დროს სოფელში ქიტესათი ზომავდნენ.

„მისი ხნისა ქვაც კი აღარ დაგორავს რიყეშიო", ამბობდნენ.

ასს გადასცდა.

ერთ დროს ახალგაზრდა იყო.

სიკვდილის წინ შეეცადა მოეგონებინა ის დრო. მოუნდა, თავი უფრო შესცოდებოდა. სადღაც გაქექა მეხსიერება, თავს ძალა

KITESA

Translated by Ollie Matthews

Kitesa lay dying. His grandson was playing at the end of the couch. He dragged the three-legged stool back and forth up to the wall then stood on it and pulled grapes off the end of a vine. Kitesa saw very well what he was doing but he had not the strength to tell him off. "Where the bloody hell is that kid's father?" he moaned to himself. "The old cow had to go and die now, didn't she?" he said, remembering his daughter-in-law. "If he reaches it, he'll pull the whole vine down." He grew weaker, and he closed his eyes slowly. Then all of a sudden, he heard his grandson fall down on the floor with a thud, and with it, the sound of him crying.

Kitesa lay dying.

He had become an old man.

The villagers measured the years by him.

"He's all a bit washed up now, is old Kitesa," they said.

He was over a hundred years old.

Once he had been a young man.

He tried to remember this time before he died. He had wanted to

დაატანა, მაგრამ სულ ნიჩაბი ელანდებოდა.

ნიჩაბი და შავი მიწა, ან თიხნარი.

ცოლიც მოაგონდა ბუნდოვნად, მაგრამ მასაც ნიჩაბი აეფარა...

ნიჩაბი და მიწა.

სულ მიუძლურდა. ახლა შვილიშვილი აღარ აწუხებდა, არც ნიჩაბი ფარავდა რაიმეს.

იწვა და კვდებოდა.

ქიტესა ბოლოდან მესამე მეფის დროს იყო დაბადებული. შიშველი იზრდებოდა ბავშვი. შვიდის რომ გახდა, ძონძები ჩააცვეს. ტერფები გაუმაგრდა. მამამისმა ტარგატეხილი ნიჩაბი მისცა და კვალში ჩაიყენა. დაკოჟრილ ფეხსა სცემდა ბარის პირს, დაუიარავდა. მერე შეუხორცდა და უფრო გაუმაგრდა.

უცებ წაუვიდა დრო.

ბარავდა შეუსვენებლივ.

როცა თავისას მორჩებოდა, სხვასთან აგზავნიდნენ.

ნიადაგი მათ თიხიანი ჰქონდათ. არ ხარობდა ვაზი.

სხვასთან შავი იყო მიწა, იქ უფრო უადვილდებოდა ბარვა.

ზოგან ქვიანი იყო, ხშირად ტეხდა ნიჩაბს პირს. ახალს თვითონ ყიდულობდა.

ვერც გაიგო, ისე გაიპარა დრო.

მერე ცოლი შეირთო.

მერე მოუკვდა.

ისევ შეირთო სხვა.

ამ სხვას ოთხი შვილი ეყოლა. ორი მოკვდა, ორი დარჩა.

მერე ეს ცოლიც მოუკვდა.

მეზობლის ქვრივი მოიყვანა. მასთან ეყოლა ოთხი.

ახლა უკვე შორს მიდიოდა მიწის სამუშაოებზე.

სვანეთში გზის გაყვანისას მოუკვდა პირმშო, მეორე წყალში დაეხრჩო. მაინც იმუშავა იმ გაზაფხულს. ორივე იქვე დამარხა

feel sorrier for himself. He dug around in his memory, he tried with all his might, but he only saw a spade before him.

A spade and black soil, or a clay pit.

He could just about make out his wife, but she was covered by the spade.

A spade and black earth.

He lost all strength. He could no longer worry about his grandson, and his wife's face was completely obscured so that there was no longer anything hidden behind the spade.

He lay dying.

Kitesa was born during the reign of the third from last king. He grew up without any clothes on his back. When he reached the age of seven, they clothed him in rags. The soles of his feet were tough. His father gave him a spade with a broken handle and set him to work digging furrows. He would cut his callused feet on the head of the spade, then they would heal and harden.

Time passed in a flash.

He dug relentlessly.

When he had finished, he was sent on to somebody else.

Whereas their soil was too clayey for vines to flourish, at the new place the soil was black and it was easier to dig.

It was stony in places and the blade of Kitesa's spade would often break. He would go and buy a new one himself.

He could not remember where the time had gone.

Then he got married.

Then his wife died.

Then he married again.

He had four children with this wife. Two died and two lived.

Then this wife died too.

Then he married his neighbour's widow. He had four children with her.

Then he went far away to work on the land.

გზის პირას. საფლავზე ჯვრები დაუდგა, თავისი ხელით დათლილი.

ნაცნობმა მუშამ მეუღლის სიკვდილის ამბავი ამოუტანა. სოფელში ცოტა ფული ჩაიტანა, ისიც ცოლისა და იმ წელს გარდაცვლილი შვილების წირვას მოანდომა.

შემდეგ წელსაც მუშაობდა გზებზე.

ყარაიაზში მიწა შავი იყო, ადვილად ჩადიოდა ბარი.

სამი წლის მერე რაჭაში იყო. იქ ქვიანი ადგილი იყო და ბარის პირი ტყდებოდა.

ნელა გამოეცალნენ შვილები. ერთიღა დარჩა ცოცხალი. დარჩენილი უცოლოდ მოხუცდა. ოთხმოცისამ შეირთო ქალი.

ამბობდნენ, აღთქმა ჰქონდაო ასეთი. უმეტესობა შერყეულად თვლიდა. სოფლის ბავშვები უკან დასდევდნენ და ქვებს ესროდნენ.

ოთხმოცდაოთხისას ეყოლა შვილი ქიტესას შვილს, ქორწინებიდან ოთხი წლის შემდეგ.

მერე ქიტესას რძალი მოუკვდა.

ახლა ოჯახში იყვნენ ბაბუა, ოთხმოცდაათი წლის შვილი და ექვსი წლის შვილიშვილი.

შვილი ვენახში თიხას ბარავდა.

ქიტესა იწვა და კვდებოდა.

შვილიშვილი ნამტირალევ თვალებს იმშრალებდა.

ისევ მოელანდა ქიტესას ბარი. მოეჩვენა, რომ პირი დაბლაგვებული ჰქონდა და ტარი გატეხილი. წამოიწია პატარის გასალანძღად, უაზროდ შეხედა და ისევ მიწვა.

პატარა კი განაგრძობდა თამაშს.

ქიტესა იწვა და კვდებოდა.

მერე მოკვდა.

ზაფხული იყო.

მესამე დღესვე გაუთხარეს საფლავი ვენახში ბრტყელპირია-

When he was working on building the road to Svaneti, his first-born died, and the second-born drowned in the river. Despite this he worked through the spring. Both babies were buried by the roadside. On their graves he put up two pinewood crosses that he had carved with his own hands.

One of the other workers brought him the news of his wife's death. He took the pittance he had earned back to the village; it all went on having a prayer said for his wife and children that had all died that same year.

Then he worked on the roads for a year.

In Qaraiazi the soil was black, and it was easy to dig.

Three years later he was in Racha. The ground there was stony, and he would often break the head of his spade.

His children died off one by one. Only one of them, a son, survived; he grew old without having married, then at the age of eighty he took a wife. They say that he had taken an oath. Most people thought there was something wrong with him. The village kids used to follow him wherever he went and throw stones at him. At the age of eighty-four, four years after he had got married, Kitesa's son had a child.

Then Kitesa's daughter-in-law passed away.

Now the family consisted of a grandfather, a ninety-year-old son, and a six-year-old grandson.

The son was digging in the vineyard.

Kitesa lay dying.

The grandson had been weeping and was drying his eyes.

Again, Kitesa saw his spade before him. It seemed to him that the blade was blunt and the shaft was broken. He made to sit up so he could shout at the boy, but as he looked round he could not make sense of anything, and he lay down again.

And so the little one carried on playing.

Kitesa lay dying.

ნი ნიჩბით. ვენახი თიხნარზე ძლივსღა ხარობდა. შემდეგ ჩაასვენეს შიგ, ისევ მიაყარეს თიხა. გვამმა ადგილი დაიჭირა და მიწა მორჩა ზედმეტი. ისიც საფლავზე დატოვეს, ცოტა შეალამაზეს და ისე.

მერე შვილმა სადღაც ამოქექა გადატეხილი ბარის ტარი, ნატეხი შუაზე გადააჯვარედინა და საფლავს დაუსო თავთან.

1957

And then he died.

It was a summer.

On the third day they used flat-bladed spades to dig him a grave in the vineyard. Vines could barely grow there in the clayey soil. They lowered him into his resting place, and scattered some clay on top. His body took up quite a bit of space, and there was some earth left over that they left on the grave, before tidying it up a little, and that was that.

Then somewhere Kitesa's son rummaged and found a spade shaft, broken in two; he nailed it together to make a cross, and he stuck it at the head of the grave.

1957

სიქსტის მადონა მოსკოვში

სიქსტის მადონა დიდი, ჭკვიანი თვალებით უყურებდა მომავალს, ხელში ბავშვი ეჭირა. ბავშვი არ ტიროდა. გარშემო ანგელოზები დაფრინავდნენ, ქვევით მოხუცი ღმერთს შესთხოვდა რაღაცას. თავზე ყველას შარავანდედი ედგა.

იდგა სიქსტის მადონა და მომავალს უყურებდა, ხელში ბავშვი ეჭირა. ბავშვი არ ტიროდა.

– გენიალური ნახატია, – თქვა ვანომ.

ვასო გაწითლდა.

– რაფაელს მაგაზე კარგი არაფერი შეუქმნია, – თქვა ისევ ვანომ.

ვასოს ფერი დაუბრუნდა.

ვანომ ისევ თქვა რაღაცა.

სხვები ისხდნენ. ვიღაცა მოჭუტული თვალებით უყურებდა სურათს.

– ჩქარა წაიღებენ დრეზდენში.

– ჰო,ჩქარა.

– ნეტა აქ დატოვონ!

– აბა!

– რა გენიალურია, არა?

– შესანიშნავი.

SISTINE MADONNA IN MOSCOW

Translated by Alex MacFarlane

The Sistine Madonna was looking into the future with large, wise eyes. She held the child in her hands; He was not crying. Angels flew around, while at the bottom an old man made an unknown prayer to God. A nimbus circled the head of everyone present.

The Sistine Madonna was standing, looking into the future, holding the child in her hands. The child was not crying.

"A marvelous painting," said Vano.

Vaso flushed red.

"Raphael never created anything as good as this," Vano said again.

Vaso's face returned to its usual colour.

Vano said something else.

Others were sitting. Someone was squinting at the painting.

"It will be taken to Dresden soon."

"Yes, soon."

"I wish it could be left here!"

"So do I!"

"Marvelous, isn't it?"

In the hall, people were gazing upon the Madonna.

The Sistine Madonna was standing and looking into the future with large, wise eyes. She held the child in her hands.

დარბაზი ჭვრეტდა მადონას.

სიქსტის მადონა კი იდგა და დიდი, ჭკვიანი თვალებით უყურებდა მომავალს. ხელში ბავშვი ეჭირა.

დარბაზი ჭვრეტდა მადონას.

ზოგი მიდიოდა, უმეტესობა რჩებოდა სამზერლად.

ახლა სურათის წინ ჯიშიანი, ლოყებღაჟღაჟა ქალი იდგა, უაზრო თვალებით უყურებდა სურათს, მერე თქვა:

– გენიალურია.

– დიახ,დიახ.

– ეს სურათი რაფაელმა დახატა მიქელანჯელოს მიერ მოხატულ სიქსტის კაპელასათვის.

– მიქელანჯელო, საერთოდ, მოქანდაკე იყო.

– პაპის ბრძანებით დაიწყო ხატვა.

– რენესანსი ეს რენესანსია, – თქვა ვიღაცამ.

ლოყებღაჟღაჟა ქალი იღიმებოდა და უყურებდა სიქსტის მადონას.

თითქმის ვეღარა ხედავდა, არც ამხსნელებს უგდებდა ყურს.

სიქსტის მადონა კი იდგა და დიდი, ჭკვიანი თვალებით ჭვრეტდა მომავალს.

– მშვენიერი ბავშვია, – თქვა ქალმა.

– აბა, არ ტირის. – გაიღიმა ვიღაცამ.

– წავიდეთ იქით, – თქვა ისევ ქალმა და ხანში შესულ კაცს ხელკავი გაუყარა.

წავიდნენ.

დარბაზმა თვალი გააყოლა.

ქალები აიმრიზნენ.

სიქსტის მადონა კი იდგა და დიდი, ჭკვიანი თვალებით ჭვრეტდა მომავალს.ზედ შარავანდედი ედგა.

ხელში ბავშვი ეჭირა. ბავშვი არ ტიროდა. გარშემო ანგელოზები დაფრინავდნენ და მოხუცი ღმერთს შესთხოვდა რაღაცას.

– ჩქარა წაიღებენ დრეზდენში, – თქვა ვანომ.

– ჰო, ერთ კვირაში, – მოაგონდა გაზეთში ამოკითხული ვასოს.

– ეჰ! – ამოიოხრა ვანომ.

1957

In the hall, people were gazing upon the Madonna.

Some went away, but most remained where they could view the painting.

Now, a stocky, ruddy-cheeked woman stood in front of the Madonna, looking at the painting with unstudying eyes. Then she said, "Marvelous."

"Yes, yes."

"Raphael painted this for the Sistine Chapel, which has frescoes by Michelangelo."

"Michelangelo was mostly a sculptor."

"He started to paint when he received a papal commission."

"That's the Renaissance for you!" someone said.

The ruddy-cheeked woman was smiling and looking at the Sistine Madonna — but she didn't seem to be fully taking it in, nor paying attention to the guide.

The Sistine Madonna was standing and contemplating the future with large, wise eyes.

"What a nice baby," the woman said.

"Well, it's not crying," someone said, smiling.

"Let's go over there," the woman said again, and linked arms with an elderly man.

They left.

The gallery followed her with their eyes.

The women frowned.

The Sistine Madonna was standing and contemplating the future with large, wise eyes. A nimbus circled her head. She held the child in her hands; He was not crying. Angels flew around and an old man made an unknown prayer to God.

"Soon it will be taken to Dresden," Vano said.

"Yes, in one week." Vaso recalled reading it in a newspaper.

"Ah..." Vano sighed.

1957

„გამოთხოვება"

— რას უზიხარ, პაპავ?

— მოხუცი მზეს უყურებდა თვალებში.

— პაპავ! — დაიყვირა პეტომ.

— მოეშვი ხომ ხედავ, არ ესმის.

— ვერცა ხედავს?

— რას ვერა, მზეს უყურებს, ვერა ხედავ?

— მზეს მეც შევხედავ.

— რო ვერ შეხედო?!

— ოჰ!-პეტოს თვალები აეწვა. — მოდი, პაპას ვკითხოთ, როგორ უყურებს.

— ხედავ, რა კარგი თვალები აქვს? — თქვა ვანომ.

— სმენით კი არ ესმის.

— პაპავ ! — დაიყვირა ვანომ.

მოხუცს ჩიბუხის ბოლო კბილებში ქონდა გარჭობილი. კბილე-ბი ჰქონდა ყვითელი და ამოჭმული. ჩიბუხის თავი ჩამოვარდნოდა და თოკზე ეკიდა. თოკი ჩიბუხის ტანზე იყო გამობმული. ტარი კბი-

THE FAREWELL

Translated by Walker Thompson

"What are you sitting there for, Grampa?"

The old man is looking the sun in the face.

"Grampa!", Peto shouted.

"Leave him alone, don't you see that he can't hear you?"

"Can he not see, then?"

"Why not? He's looking at the sun, so why wouldn't he be able to see?"

"I'll look at the sun then, too."

"But you won't be able to look into it!"

"Ah!", Peto's eyes were burning. "Let's ask Grampa how it is that he's looking at it!"

"Do you see what good eyes he has?", asked Vano.

"He can't hear with his hearing, either."

"Grampa!", shouted Vano.

The old man had stuck his pipe in between his last remaining teeth. His teeth were yellow and decaying. The end of the pipe was dropping down and hanging on a string. The string was attached to the body

ლებს შუა ჰქონდა გაჩრილი. იჯდა და მზეს უყურებდა თვალებში.

– დიდი ხანია დაყრუვდა?

– ყრუ არ არის.

– აბა რო არ ესმის?

– ხან ესმის.

– რატომ?

– არ ვიცი.

– ალბათ ძალიან ბებერია.

– ვერა ხედავ?

– ალბათ სამოცის ან კიდევ ათი წლის არის.

– არა უფრო მეტის.

– მაშინ ოთხმოცის და კიდევ ოცის.

– არა.

– აბა?

– მე მგონი,ასის.

– უჰ!

– ასი, იცი, რამდენია?

– ხო.

– რამდენი?

– ბევრი, ძალიან ბევრი.

– მაინც რამდენი?

– აი, აქედან და ქალაქამდე რო გზაა...

– არა მაგდენი არ იქნება.

– მოდი, პაპას ვკითხოთ.

– რო არ ესმის?

– ხან ესმის.

– ვკითხოთ რა.

– პაპავ!

– პაპავ,იცი რა?

მოხუცმა ნელა მიაბრუნა თავი. დაკიდებული ჩიბუხის თავიდან ნაცარი დაეყარა შარვალზე.

of the pipe, and he had stuck the stem between his teeth. He sat and gazed at the sun in his eyes.

"Did he go deaf a long time ago?"

"He isn't deaf."

"But why can't he hear, then?"

"Sometimes he just can't."

"Why not?"

"I don't know."

"Maybe he is very old."

"Can't you see?"

"Maybe he is sixty and then ten more years."

"No, even more."

"Then maybe eighty and then twenty more…"

"No."

"Well, then?"

"A hundred, I think."

"Ooof!"

"A hundred – do you know how much that is?"

"Yes."

"How much?"

"A lot, a lot."

"So how much, then?"

"Well, as far as the road is from here to the town."

"No, it can't be as much as that."

"Let's ask Grampa!"

"Can he hear, though?"

"Sometimes he can hear."

"Let's ask, you know."

"Grampa!"

"Grampa, you know what?"

The old man slowly turned his head to look at them. Some ashes fell from the dangling end of the pipe down onto his trousers.

მოხუცი იჯდა, პირში თავმომძვრალი ჩიბუხი ეჭირა და ბავშვებს უყურებდა.

– პაპა, გესმის?

მოხუცმა ჩიბუხი გამოიღო პირიდან.

– ესმის.

– უთხარი მერე...

მე რა, შენ უთხარი.

– როგორ ვუთხრა?

– ჰკითხე, აქედან ქალაქამდე მეტი მანძილია, თუ შენ მეტი წლისა ხარ-თქო.

– კარგი.

– მიდი, რას უცდი.

– მე ვერა, შენ ჰკითხე.

მოხუცი იჯდა და ტენიდა წეკოს ჩიბუხში, მერე პირში გაიჩარა.

ახლა ტალკვესი ააჩხაკუნა. ორჯერ დააცილა ტალი კვესს. ხელში მოირტყა. ტყავის კოჟრებმა ვერც იგრძნეს. მერე მოუკიდა, მერე გააბოლა...

– ჰკითხე, რა!

– მე არა...

– კარგი, მე ვეტყვი.

– ე!

– რა?

– ხედავ?

– ხო.

– აღარ იყურება.

– პაპავ!

– პაპავ!

მოხუცი იჯდა, აბოლებდა და მზეს უყურებდა თვალებში.

– აღარ ესმის.

– შენი ბრალია.

– წამო წყალზედა.

The old man was sitting, holding the pipe with the broken-off end in his mouth, and looking at the children.

"Grampa, can you hear me?"

The old man took the pipe out of his mouth.

"He can."

"Say to him then..."

"Why me? You say it."

"What should I say?"

"Ask him whether the distance to the town is more than he is years old."

"Fine."

"Go on, what are you waiting for?"

"I can't do it, you tell him!"

The old man was sitting and stuffing pipe tobacco into the pipe, which was stuck in his mouth. Now he struck the flint and steel. He missed the steel twice with the flint. It went onto his hand. But he didn't feel it because of the calluses on his hand. Then he lit up and smoked.

"Ask him, come on!"

"Not me."

"Fine, I'll say it to him."

"Eh!"

"What?"

"Do you see?"

"Yes."

"He's not looking anymore."

"Grampa!"

"Grampa!"

The old man was sitting and smoking and looking the sun in the face.

"He's not listening any more."

"It's your fault."

– სადა?

– დიდ გუბეებთან.

– დიდ გუბეებთან?

– ჰო.

„ნეტა რა დროა", – სულ ბუნდოვნად გაიფიქრა პაპამ. მერე ისევ მზეს გაუსწორა თვალი.

"Let's go to the water."

"Where?"

"By the big ponds."

"The big ponds?"

"Yes."

"I wonder what time," Grampa thought completely vaguely. Then he looked the sun in the face again, in the very same way.

ლაშა
თაბუკაშვილი

1950 –

ლაშა თაბუკაშვილი – მწერალი და დრამატურგი. პირველი
მოთხრობა გამოაქვეყნა 1969 წელს. მისი პიესები იდგმებოდა
როგორც ყოფილი საბჭოთა კავშირის, ასევე დასავლეთ ევროპის
ქვეყნებში. სხვა ჯილდოების გარდა,
მას 2017 წელს გადაეცა საქართველოს უმაღლესი პრემია
'საბა 'დრამატურგიის ნომინაციაში წიგნისათვის
"სადღაც, ცისარტყელას მიღმა."

Lasha Tabukashvili

1950 –

Lasha Tabukashvili is an author and playwright whose
first story was published in 1969. His plays have been performed
in all of the national theatres of the former Soviet Union,
as well as those of other European countries.
His accolades include Georgia's most prestigious literary award,
the Saba Prize, which he won in 2017 for his play
Somewhere, Over the Rainbow.

ათვინიერებენ მიმინოს

პიესა ორ მოქმედებად და შვიდ სურათად

მოქმედი პირები:

გიო
ანი
პატრონი
იონა
მერი
მელოტი
ცალთვალა ბაზიერი
პირველი ბაზიერი
ყრუ-მუნჯი ბაზიერი ქალები
ბაზიერი ქალები და კაცები

TAMING THE FALCON

A play in two acts and seven scenes

Translated by Emily Tamkin

CHARACTERS

Gio
Ani
Master
Iona
Mary
Baldhead
One-eyed Falconer
First Falconer
Deaf-mute Tamer Women
Tamer Women and Men

სურათი პირველი

ყვითლად ჩამუქებული, ოვალური ფორმის ბუნგალო, გრძელი მაგიდა. კანტიკუნტად გარშემოწყობილი სკამებით. კუთხეში მაღალი ბუხარია, ტაბლა და სკამებად გამოყენებული ჯორკოები. გრძელ მაგიდაზე დიდი, თეთრი ბოთლი დგას, ნახევრამდე შინდისფერი ღვინით სავსე. ბოთლის გვერდით მოზრდილი პურის ნატეხია, შლაპასა და ძველმანებში გამოწყობილ მაწანწალას თავი გვერდზე გადაუხრია და მაგიდის კიდეზე რაღაც ყრუ რიტმი გამოჰყავს. მაგიდაზე, ბოთლის გარშემო ზორბა მელოტი კაცი ცეკვავს, მუცელზე განასკვული შინდისფერი პერანგი და გრძელი ჩექმები აცვია. კაცი უხმოდ ცეკვავს ბოთლის გარშემო. ბუხართან გრძელკაბიანი ქალი ზის, კაბა მუხლებამდე აუწევია და შიშველი ფეხები ბუხრის ქვაზე მიუფიცხებია. კუთხეში ჩვიდმეტიოდე წლის ქოჩორა ბიჭი ზის.

მერი: *(შეშას შეაგდებს ბუხარში. გაღიზიანებით)* აღარ მოგბეზრდა მაგიდაზე ძუნძული, ბაზიერო!?

(კაცი ჯიუტად განაგრძობს როკვას)

(ფეხებს ჩამოუშვებს ბუხრიდან)

ოჰ, როგორ ჩაგაფარებ მაგ მოტვლეპილ თავში!

(დაიხრება და ქოშს ესვრის კაცს, ის ჰაერშივე დაიჭერს, მერე მოწყვეტით ჩამოჯდება მაგიდის კიდეზე და დაკვირვებით ათვალიერებს ფეხსაცმელს).

მელოტი: *(ბოთლს წაატანს ხელს)* შენი ქოშით უნდა დავლიო პატრონის სადღეგრძელო, მერი!

(ღვინის ჩასხმას აპირებს, მაგრამ მერი დგება და ხელიდან გლეჯს იმპროვიზებულ სასმისს)

იონა: *(შლაპას მოიხდის და მაგიდის ძგიდეს ჩამოეყრდნობა იდაყვით)* აცალე, გალაღება ბავშვს, ძლივს გამხიარულდა!

მერი: კარგი გალაღებაა, ვირს დაემსგავსა ამხელა კაცი.

SCENE I

Darkened yellow, oval-shaped bungalow, long table. Chairs scattered around the table. In the corner is a tall fireplace, a low, long table, and tree trunk stumps used as chairs. On the big long table stands a white bottle half-full with Bordeaux. To the side of the bottle is a fair sized chunk of bread, a tramp wearing a hat and old rags is leaning sideways, tapping out a muffled rhythm on the edge of the table. On the table, around the bottle, a big bald man dances, he wears a dark-red shirt knotted on his stomach and full-length boots. The man silently dances around the bottle, a woman in a long dress sits by the stove, her dress raised to her knees and her feet roasting on on the fireplace stone. In the corner sits a seventeen year old boy with a mop of hair.

Mary: (Drops firewood into the stove. In irritation.) How much longer before you get bored jogging about on that table, falconer!

(The man stubbornly continues dancing round.)
(The feet are taken down off the stove.)

Oh, I'm going to give you such a slap on your bald head!

(She bends down and throws her shoe at the man, he catches it in the air, then plops down to sit on the edge of the table and closely eyes the shoe.)

Baldhead: *(Lays a hand on the bottle)* With your shoe I will make a toast to our host, Mary!

(Intends to pour the wine, but Mary stands up and grabs the improvised glass)

Iona: *(Takes off hat and props his elbow on the edge of the table)* Let the child be happy! He hasn't had much fun!

Mary: Some fun, a man like him acting like a donkey!

იონა: ვირს რას ერჩი, შე ქალო!?

მელოტი: ჩემზე ლაპარაკობთ?

იონა: *(ღვინოს ისხამს)* არა, ვირზე!

მელოტი: ნუ მაბრაზებთ, ნუ მაბრაზებთ!

მერი: მელოტო, წადი, შეშა დაჩეხე!

მელოტი: ახლავე!

(მაგიდაზე წამოგორდება და იძინებს)

მერი: შვიდ ხმაში ხვრინავს, ოხერი!

იონა: მოდი, დავლიოთ, მერი!

(გარედან წვიმის ხმაური ძლიერდება)

მერი: მთელი დღეა წვიმს, წვიმს ... გამომაშტერა ამ წვიმამ (პაუზის შემდეგ) წადი, იონა! პატრონმა არ მოგისწროს, თორემ მოგკლავენ ბაზიერები! ხომ იცი, როგორ სძულხართ!?

იონა: შენც გძულვარ?

მერი: ისე, რა ...

იონა: *(ღვინოს სვამს)* წვიმს ... წვიმს ...

მერი: *(ბიჭს)* შენ მას ელი ...

მერი: ის კაცი რა იქნა,შენ რომ მოგიყვანა?

გიო: დამტოვა და წავიდა.

მერი: ბაბუაა შენი?

გიო: არა. მამა!

მერი: სახელი რა გქვია?

გიო: გიო!

მერი: რაო. ურევ?

გიო: შიგადაშიგ, ისე ცუდი ბიჭი არა ვარ ...

მერი: ქალაქში ცხოვრობ?

გიო: დიახ. ისე ცუდი ბიჭი არა ვარ ...

მელოტი: *(თავს წამოყოფს, ზანტად გადაწვდება რაღაც საქაღალდეს, ქაღალდს ამოიღებს და კითხულობს).*

პოტენციურად საშიში. თამამად აზროვნებს.

გიო: მამაჩემს ურჩიეს პატრონისათვის მიემართა, ახალი აღმზრდელობითი სისტემა შეიმუშავაო.

მერი: წინათ კაცთმოძულეს და ყალთაბანდს უწოდებდნენ პატ-

Iona: What's wrong with a donkey, woman?!

Baldhead: Are you talking about me?

Iona: *(Pouring himself wine)* No, about a donkey.

Baldhead: Don't make me angry, don't make me angry!

Mary: Baldhead, go chop firewood?

Baldhead: Right away!

> *(Rolls over onto the table and falls asleep.)*

Mary: He snores so loudly, damn him!

Iona: Come, let's drink, Mary!

> *(Outside the sound of rain gets louder)*

Mary: The whole day it's been raining and raining. The rain is driving me mad. *(After a pause.)* Go, Iona! You should not be here when the Master comes, otherwise the falconers will kill you! You know how they hate you!?

Iona: Do you hate me, too?

Mary: Well, no.

Iona: *(Drinks wine.)* It rains, it rains...

Mary: *(To the boy)* You wait for him...

Mary: What was that man doing, bringing you here?

Gio: He left me and went.

Mary: Your grandfather?

Gio: No, my father!

Mary: What is your name?

Gio: Gio!

Mary: Huh? Are you crazy?

Gio: I go in and out, but most of the time I'm not a bad boy.

Mary: You live in the city?

Gio: Yes. Well, I'm not such a bad boy.

Baldhead: *(Pokes his head out, lazily reaches for some folder, takes out a piece of paper and reads it.)* Potentially dangerous. Has big ideas

Gio: My father was advised to apply to the master, they say he's devel-

რონს ქალაქში.

იონა: ახლა პატრონის ავტორიტეტი ძალზე ამაღლდა. ვაი, თქვენს პატრონს!

მერი: მერე და, დაგიყოლიეს აქ წამოსვლაზე?

გიო: ახლა ჩემთვის ყველაფერი სულერთია.

მერი: რატომ?

მელოტი: *(განაგრძობს კითხვას)* ბავშვობიდან უყვარდა ერთი ქალიშვილი, შემდეგ ის გოგო მშობლებმა პოლიციის უფროსის ვაჟიშვილზე გაათხოვეს. გიო მაშინ ქალაქში არ იყო. დანგრეული საყდრის შესაკეთებლად იყვნენ წასულები ეგ და მისი მეგობრები. დაბრუნებისას გიომ გოგონას გათხოვების ამბავი რომ შეიტყო ...

მერი: რა ჰქვია გოგონას?

გიო: ანი! *(გამოერკვევა)* რა მკითხეთ?

მერი: შენ უკვე მიპასუხე!

მელოტი: როგორც კი ანის გათხოვების ამბავი გაიგო, თოფით შეუვარდა საქორწილო სუფრაზე პოლიციის უფროსს და მის ვაჟიშვილს.

იონა: წარმოუდგენელია, პოლიციის უფროსს?

მელოტი: ჰო!

იონა: პოლიციის უფროსს!

მელოტი: ჰო-მეთქი და მის ვაჟიშვილს!

იონა: პოლიციის უფროსის ვაჟიშვილს?

მერი: იონა, ნუ მაიმუნობ!

მელოტი: განაიარაღეს და სცემეს. ორჯერ დაკარგა გონება! ლოგინად ჩავარდა და მთელი სამი დღე აბოდებდა ... გათხოვდა, გათხოვდაო.

მერი: ვინ გათხოვდა?

გიო: რა მკითხეთ?

მერი: არაფერი.

მელოტი: მერე ისევ მიუვარდა და ...

მერი: და ისევ სცემეს, არა?

გიო: დიახ, ამჯერად უფრო საფუძვლიანად!

oped a new system for bringing children up.

Mary: In the city they used to called the master a misanthrope and a fraud.

Iona: Now the master's authority has really risen. To hell with your master!

Mary: So, they got you to come here?

Gio: I don't care one way or another, now.

Mary: Why?

Baldhead: *(Continues reading)* From childhood he has loved one girl, afterwards the parents of the girl arranged for her to marry the son of the chief of police. Gio was away. He and his friends had gone to repair a destroyed church. When he returned Gio heard the news of the girl's marriage...

Mary: What's her name?

Gio: Annie! *(Coming to.)* What did you ask me?

Mary: You've already answered!

Baldhead: As soon as he heard of Annie's wedding, he rushed with a gun to the chief of police and his son*'s* wedding party.

Iona: Unbelievable. The chief of police?

Baldhead: Yeah!

Iona: The chief of police!

Baldhead: Yes—and his son!

Iona: The son of the chief of police?

Mary: Iona, don't act the fool!

Baldhead: They disarmed and beat him. Twice he lost consciousness! He was bedridden and for three whole days he was saying in his sleep, "... she got married, she got married".

Mary: Who got married?

Gio: What did you ask me?

Mary: Nothing.

Baldhead: Then again he rushed at them, and...

მერი: პატრონი მოგივლის, სულ ამოგიგდებს მაგ სიყვარულობიას თავიდან და ისეთ კაცს გაგხდის ...

იონა: ხომ შეიძლება სულ მალე თვითონ გახდეს პოლიციის უფროსი ...

გიო: ვინ, მე?!

იონა: ჰო, შენ!

გიო: აბა, კარგად იყავით.

მერი: სად მიდიხარ?

გიო: სტუმრად.

მერი: ვისთან?

გიო: პოლიციის უფროსთან ...

იონა: და მის ვაჟიშვილთან?

გიო: და მის ვაჟიშვილთან.

მერი: შენ აქედან ვეღარსად წახვალ!

გიო: რატომ?

მერი: იმიტომ, რომ აქ მოსული თავის ჭკუაზე ვეღარ ივლის ...

გიო: ვინა ხართ თქვენ?

მერი: ბაზიერები, აქ მიმინოებს გეშავენ, ათვინიერებენ.. შენც მოთვინიერდები, პატრონი მალე მოვა.

(გადის)

იონა: აქ ათვინიერებენ!

გიო: გავიგე, მიმინოებს!

იონა: არა მარტო მიმინოებს, შენნაირებსაც. ეს ბაზიერთა სექტაა, რომელიც მიმინოების მოთვინიერების ხერხებს ახალგაზრდებზე იყენებს. შენ იცი, როგორ ათვინიერებენ მიმინოს?

გიო: არა.

იონა: საშინელი პროცესია, გამოთაყვანების პროცესი, შელოცვას ეძახიან ესენი.

გიო: მერე რა მოხდება, რომ შემილოცონ?

იონა: რა და თოფით შევარდნის მაგივრად საქორწილო საჩუქარს მიართმევ პოლიციის უფროსის ვაჟიშვილს!

გიო: მე? მე მივართმევ?

იონა: მე დაგეხმარები გაქცევაში, თორემ დაბრუნდებიან ნადი-

Mary: And again he was beaten, no?

Gio: Yes, this time more thoroughly!

Mary: The master will look after you, he will remove all that love nonsense from your head and he'll make you a man again...

Iona: It could be possible that very soon he himself will be the chief of police...

Gio: Who, me!?

Iona: Yeah, you!

Gio: Well, farewell, then!

Mary: Where are you going?

Gio: Visiting.

Mary: To whom?

Gio: The chief of police.

Iona: And his son?

Gio: And his son.

Mary: You aren't going anywhere from here!

Gio: Why?

Mary: Because the people who come here can't go anywhere of their own free will.

Gio: Who are you?

Mary: Falconers, here they train falcons, tame them. You will be tamed as well, the master is coming soon.

(Leaves)

Iona: Here they tame!

Gio: I understand, falcons!

Iona: Not only falcons, beings like you, too. This is a sect of falconers, they use the techniques for taming falcons on young people. Do you know how they tame falcons?

Gio: No.

Iona: It's a horrible process, a process of turning daft, and they call this casting a spell.

რობიდან ბაზიერნი ...

გიო: ჩემთვის სულ ერთია! კისერი უმტვრევიათ ბაზიერებსაც და მიმინოებსაც.

იონა: შენ არ იცი, როგორი გახდები შელოცვის შემდეგ, შენში ყველაფერს მოკლავენ ლამაზს, კეთილს, სიყვარულს მოკლავენ.

გიო: (ჩაფიქრდება) სიყვარულს მოკლავენ?

იონა: მოკლავენ.

გიო: მაშინ დავრჩები!

იონა: რას იზამ?

გიო: დავრჩები!

> (სიღრმეში ბაზიერები რიტუალურ ცეკვას იწყებენ, სცენის სიღრმიდან კოჭლობით შემოდის ორმოციოდე წლის კაცი, მას მელოტი ეხმარება. ვიღაც შესძახებს: პატრონი! — ბაზიერები ცეკვას წყვეტენ და მას მიეჭრებიან).

პატრონი: (ტკივილისაგან იმანჭება) არაფერია, არაფერი. ნაღრძობია მხოლოდ.

> (მერი ჩაიჩოქებს და ჩექმას ხდის კაცს)

არაფერია — მეთქი, დამანებე, მერი, თავი!

> (გიოს შეხედავს)

ეს არის ის ბიჭი?

> (მერი დაიხრება და ყურში უჩურჩულებს რაღაცას)

მამამისმა ორი ოქრო დატოვა?

მერი: დიახ.

პატრონი: იონა, შენ რატომ მოხვედი?

იონა: სოკოს ვკრეფდი და წვიმამ მომისწრო.

პატრონი: თუ მერის სიყვარულმა გაგიხსენა? (ბაზიერები იცინიან) სულ ჩვენს ლანძღვა-გინებაში ამოგდის სული და ახლა მოგენატრეთ?! მწყერი აჭამეთ და შავი ღვინო არ მოაკლოთ, თორემ წავა და სტუმარ-მასპინძლობას შეგვიგინებს. იონა! ხედავთ, როგორ გართულა სოკოს კრეფით. ჩემი დალესილი ბიჭებისაც აღარ ეშინია. მომითმინეთ, იქნებ ჩვენს რაზმში გადაწყვიტა შესვლა, ჰა?

> (საერთო ხორხოცი)

60

Gio: So what will happen when they cast this spell on me?

Iona: Well, I'll tell you what — instead of rushing in with a gun, you'll be offering a wedding gift to the son of the chief of police!

Gio: Me? Me, offer a gift?

Iona: I will help you to escape, otherwise when the falconers return from hunting...

Gio: I don't care! Let the falconers and falcons do what they will!

Iona: You don't know what you will become after their spell, they will kill everything beautiful and kind, they will cut the love out of you.

Gio: *(For a moment, deep in thought)* They'll cut out the love?

Iona: They'll cut it out.

Gio: Then I will stay!

Iona: What will you do?

Gio: I will stay!

> *(In the background the falconers do their ritual dance, from the background a man of about 40 years old limps in, Bald-head helps him. Someone shouts, "Master". The falconers stop dancing and rush to him.)*

Master: *(Grimacing from pain)* It's nothing, nothing. It's only a sprain. *(Mary kneels down and takes off the man's boot.)* It's nothing —I said, leave me alone, Mary! *(Looks at Gio.)* Is this the boy? *(Mary bends down and whispers something in his ear.)* His father left two pieces of gold?

Mary: Yes.

Master: Iona, why did you come?

Iona: I was picking mushrooms and the rain started coming down.

Master: Or maybe you were reminded of Mary's love? *(Falconers roar with laughter.)* You swear at us with your whole soul and now you miss us!? Feed him quail and give him his fill of red wine, otherwise he'll go and curse our hospitality. Iona! You see, how he has fun picking mushrooms. My nasty-tempered boys no longer scare him.

მე მგონი, მისგან კარგი ბაზიერი დადგება. გაწვრთნა სჭირდება მხოლოდ! *(სახემოცინარი ბაზიერები გარს შემოეხვევიან იონას და პატრონს აჰყვებიან თამაშში).*

I ბაზიერი ბიჭი: უპირველეს ყოვლისა, თეთრი ღაჟოა საჭირო მიმინოს მოსატყუებლად და კედით ნაქსოვი დიდრონთვალება ბადე ...

მიმინოს დანახვაზე ვშლით ჩიტ-ბადეს და ბუჩქს ვეფარებით. გრძელ ჯოხზე გამობმულ ღაჟოს კი ფეთქვას ვაწყებინებთ. მიმინო ღაჟოს ჩამოუქროლებს კლანჭებში ჩასაგდებად და ბადეში ებმება ... ბადეში გაბმული მიმინოს ფეხზე ზონარებს ვაბამთ და თვალებს ძაფით ვუხვევთ ... გარდა ამისა, სამხრე სალტეს ვუკეთებთ, რომ ხელიდან გადავარდნისას წელში არ გადატყდეს ... პირველ მწყერს რომ მოინადირებს, თავი უნდა გაუტეხო მწყერს და ტვინი ამოაკენკინო მიმინოს ... მაგრამ მანამდე სახლში მიყვანილ ტყვეს კანაფს შევხსნით და ღამეს ვუთევთ ... ვაშიმშილებთ ... მერე ვაძღობთ ... გაუთავებლად ჩავყვირით რაღაცას ყურში და ვაჯანჯღარებთ, ვათაყვანებთ.

პატრონი: *(იცინის. ამჩნევს გიოს).* მოდი, ბიჭო, აქ! *(გიო ადგილიდან არ იძვრება).* მოდი-მეთქი!

გიო: *(ნელი ნაბიჯით მიდის მასთან)* გამარჯობათ!

პატრონი: გაგიმარჯოს! რა გქვია?

გიო: გიო.

პატრონი: რამდენი წლის ხარ?

გიო: თქვენ?

პატრონი: რა, მე?!

გიო: რამდენი წლის ბრძანდებით?

პატრონი: *(იცინის)* ორმოცდახუთის გავხდები მალე, მოხვალ დაბადების დღეზე?

გიო: *(მხრებს იჩეჩავს)* თუ დამპატიჟებთ!

პატრონი: რატომ გაუშრე მამაშენს სისხლი, ბიჭო?!

გიო: სახელი მისთვის მკითხეთ, რომ ბიჭო მეძახოთ!

პატრონი: *(გაკვირვებული)* უყურე ამას შენ?!

ცალთვალა ბაზიერი: როგორ ელაპარაკები პატრონს?

Be patient with me, perhaps he's decided to join my squad, huh? *(General guffaws.)*

It seems to me that he will become a good falconer. He only needs training!

> *(With smiling faces the falconer go around Iona and join in the Master's game.)*

First falconer boy: First of all, a white red-backed shrike is needed to trick the falcon and a net with wide holes is knitted with a thick thread. The falcon sees the bird net and we hide it in a bush. A long stick is tied to the shrike and its heart is made to start pounding. The falcon flies in to grab the shrike in its talons and gets stuck in the net... the falcon is caught on the legs by the lace of the net and its eyes are covered by thread... besides that, a strap is wrapped around so that it will not break its waist when it falls down.... first it will go hunt a quail, the quail should break its head and the falcon will peck its brain... but before this we bring the our captive into the house and keep it for the night on a loose hemp thread... we starve it... then we give it all it can eat... we shout things in its ear incessantly and shake it, we make it dazed.

Master: *(Laughs. Notices Gio.)* Come, boy, here! *(Gio doesn't move from his place).* Come to me!

Gio: *(Takes a slow step toward him)* Hello!

Master: Hello! What's your name?

Gio: Gio?

Master: How old are you?

Gio: You?

Master: What, me!?

Gio: How old are you?

Master: *(Laughing)* I will be 45 soon, will you come to my next birthday?

Gio: *(Shrugs his shoulders)* If you invite me.

პატრონი: დაანებე თავი! *(ინტერესით შეჰყურებს).* შენ იცი,რატომ მოგიყვანეს ჩემთან?

გიო: ვიცი.

პატრონი: რატომ?

გიო: ვიცი-მეთქი!

პატრონი: მერე, თანახმა ხარ?

გიო: ჩემთვის სულერთია!

პატრონი: რომ არ გავხარ სულ ერთია კაცს?!

გიო: ჩემთვის სულერთია!

I ბაზიერი: ძალზე შეგითამამდათ, პატრონო!

პატრონი: შენ ჩემზე უფრო თავმოყვარე ხარ?!

I ბაზიერი: მაპატიეთ.

პატრონი: *(გიოს)* მოგწონს აქაურობა?

გიო: ისე რა ...

პატრონი: შეყვარებული ხარ?

გიო: ნახვამდის.

(ტრიალდება და მიდის, მაგრამ ბაზიერები მკლავში წაატანენ ხელს და შეაჩერებენ)

პატრონი: გინდა დაისვენო და ლაღი კაცი გახდე? გინდა ამოგათალო ეგ სიყვარული?

გიო: *(მოუტრიალდება)* მინდა! *(პაუზა)* მინდა!

პატრონი: *(დგება. კოჭლობით მიდის მასთან და მხარზე ადებს ხელს)* შენ კარგი ბიჭი ხარ, მე შენ ნაღდ ბაზიერს გაგხდი. ბაზიერნო, აბა, დააკვირდით, რაღაცით არ გაგონებთ ჩემს ახალგაზრდობას?

(ბაზიერები ჩუმად არიან)

ნუთუ ვერც ერთი ვერ ამჩნევთ მსგავსებას?

მერი: ჰო, რაღაცით თითქოს გგავს!

პატრონი: *(ხელს ჩაიქნევს)* დაბრმავებულხართ ყველა! *(გიოს)* მოდი, სიბნელეში დაჯექი და რაც არ უნდა დაინახო, ხმა არ გაიღო! ის გოგო შემოიყვანეთ.

გიო: *(მხრებს იჩეჩავს და სიბნელეში გადის)* კი, ბატონო!

პატრონი: მართლა საოცრად მაგონებს ჩემს ახალგაზრდობას.

Master: Why drive your father mad, boy?

Gio: You asked me for my name to call me boy?

Master: *(Surprise)* Look at him!?

One-eyed Falconer: How do you speak to the Master?

Master: Leave him alone! *(Stares with interest)* You know why they brought you to me?

Gio: I know.

Master: Why?

Gio: I said I know!

Master: Then do you agree?

Gio: I don't care anymore.

Master: But you don't look like the "I don't care" type!?

Gio: I don't care anymore!

First Falconer: He's become too bold with you, Master!

Master: You have more self-respect than I do!?

First Falconer: Excuse me.

Master: *(To Gio)* Do you like these surroundings?

Gio: So-so.

Master: Are you in love?

Gio: Goodbye.

> *(He turns around and goes, but the falconers grab his arm and stop him.)*

Master: Do you want to take a break and become a carefree man? Do you want the love cut out of you!?

Gio: *(Turns around to face him)* I do! *(Pause)* I do!!

Master: *(Gets up. Limps over to him and puts his hand on his shoulder.)* You're a good boy, I will make you a real falconer, then, look, doesn't he somehow remind you of my youth? *(The falconers are quiet.)* How come none of you could notice the resemblance?

Mary: Yes, he somehow looks like you!

Master: *(Waves hand hopelessly)* You have all become blind! *(To Gio)*

(მერი გადის და ანი შემოჰყავს)

პატრონი: გამარჯობა!

ანი: გამარჯობა!

პატრონი: დაწყნარდი. მოისვენე ცოტა?

ანი: დიახ.

პატრონი: ხომ კარგად გეპყრობოდნენ?

ანი: დიახ.

პატრონი: რა გქვია?

ანი: ანი.

პატრონი: რატომ მოხვედი ჩვენთან ანი?

ანი: მე არ მოვსულვარ?

პატრონი: აბა.

ანი: მომიყვანეს.

პატრონი: ვინ მოგიყვანა?

ანი: არ ვიცი. ვიღაც კაცებმა.

პატრონი: ქმარმა რატომ გამოგაგდო სახლიდან?

ანი: ვტიროდი.

პატრონი: რაო, რაო!

ანი: ვტიროდი ბევრს.

პატრონი: რატომ ტიროდი?

ანი: ისე ... მეტირებოდა!

პატრონი: მტირალა გოგო ხარ?

ანი: ალბათ.

პატრონი: მკლავები მიჩვენე! *(მაჯებს უსინჯავს)* რატომ დაისვი მკლავზე სამართებელი?

ანი: ცუდ გუნებაზე ვიყავი!

პატრონი: ყოველ უგუნებობაზე იჭრი ძარღვებს?

ანი: არა. მაშინ ძალიან ცუდ გუნებაზე ვიყავი.

პატრონი: იმიტომ, რომ ქმარი უნდა შემოგწოლოდა ლოგინში? მშვენიერია, არა, ქორწილის პირველ ღამეს პატარძალი სისხლში რომ ცურავს! მაგიტომ გამოგაგდეს სახლიდან?

ანი: დიახ.

პატრონი: და კიდევ ტირილის გულისთვის?

Come, sit down in the darkness and whatever you could see doesn't make a sound! Bring in that girl.

Gio: *(Shrugs shoulders and runs to the darkness)* Yes, sir!

Master: Really, it's surprising, he reminds me of my youth. *(Then goes out and brings Annie in.)* Hello!

Annie: Hello!

Master: Calm down. Did you have a bit of a rest?

Annie: Yes.

Master: Have you been treated well?

Annie: Yes.

Master: What's your name?

Annie: Annie.

Master: Why did you come to us, Annie?

Annie: I didn't come?

Master: What?

Annie: They brought me.

Master: Who brought you?

Annie: I don't know. Some men?

Master: Why did your husband throw you out of your home?

Annie: I was crying.

Master: What, what?

Annie: I was crying a lot.

Master: Why were you crying?

Annie: Well... I felt like crying.

Master: Are you a crybaby?

Annie: Probably.

Master: Show me your arms! *(Checks her wrists)* Why did you cut your wrists with a razor blade?

Annie: I was in a bad mood!

Master: Do you always cut your veins when you're in a bad mood?

ანი: დიახ, მობეზრდათ.

პატრონი: რა მობეზრდათ?

ანი: ჩემი ტირილი მობეზრდათ.

პატრონი: მოკლედ, სხვა გიყვარს და ძალით გაგათხოვეს, არა?

ანი: დიახ.

პატრონი: რა ჰქვია იმ ბიჭს, შენ რომ გიყვარს? (ანი ჩუმად დგას) არ გინდა მიპასუხო?

ანი: არა.

პატრონი: გინდა იმ ბიჭის ნახვა?

ანი: არა.

პატრონი: რატომ?

ანი: იმიტომ, რომ ციხეში წაიყვანენ.

პატრონი: ასე გითხრა მამამთილმა?

ანი: დიახ, თვალიც რომ მოკრა, ციხეში ამოვალპობო!

პატრონი: ღირსია ის ბიჭი შენი სიყვარულის?

ანი: მე ვარ მისი უღირსი, ბატონო!

პატრონი: მაშ ასეთი კარგი ბიჭია გიო?!

გიო: ანი! *(მორბის მისკენ, მაგრამ ბაზიერები უყელავენ გზას, შებოჭავენ და გაჰყავთ).*

ანი: გიო! *(ტირილი აუვარდება).*

პატრონი: საკმარისად ავიჩუყეთ გული. ხვალ ჩავუტარებთ შელოცვას. მანამდე კი ... ერთმანეთს არ შეახვედროთ. მელოტო! შენ უდარაჯებ გოგოს. ახლა კი წადით. მიმინოები ჩააპურეთ! მერი, ტაშტი მომიტანე თბილი წყლით, თორემ გამათავა ტკივილმა.

(ბაზიერები გადიან. ანი მელოტს გაჰყავს)

პატრონი: *(წასასვლელად გამზადებულ იონას)* მტოვებ, სიყრმის მეგობარო? დარჩი რამდენიმე დღე, იქნებ მოგეწონოს აქაურობა.

იონა.: დავრჩები.

პატრონი: ბაზიერების არ შეგეშინდეს. ხელს არ გახლებს არავინ!

იონა: აბა, როდის ვიყავი მშიშარა?

პატრონი: ჰო, მაგას ვერ დაგაბრალებს კაცი. ისე კი, დღეს შეიძ-

Annie: No. Then I was in a bad mood.

Master: Because you expected your husband to join you in bed? Wonderful, the wedding night, the bride swims in blood! That's why you've been kicked out of the house?

Annie: Yes.

Master: And, further, because you were crying?

Annie: Yes, they had enough.

Master: Of what had they had enough?

Annie: They'd had enough of my crying.

Master: In short, you love somebody, and they forced you to marry somebody else?

Annie: Yes.

Master: What's the name of this boy that you love? *(Annie stands quietly)* You don't want to answer me?

Annie: No.

Master: Do you want to see this boy?

Annie: No.

Master: Why?

Annie: Because they will take him to prison.

Master: So your father-in-law told you?

Annie: Yes, "if you even look at him, I'll make him rot in prison".

Master: Is this boy worthy of your love?

Annie: I am unworthy of him, sir!

Master: Is Gio such a good boy!?

Gio: Annie! *(Runs to her, but the falconers block his way, tie him up and bring him out.)*

Annie: Gio! *(She will start sobbing.)*

Master: Enough. It will make my heart burst. Tomorrow we will cast the spell. Before that... don't let them meet. Baldhead, you guard the girl. Now go. Feed the falcons! Mary, bring a basin with hot water, otherwise the pain will kill me.

ლება რომელიმეს ალერსიანად გამოეჭრა შენთვის ყელი. მე გადაგარჩინე.

იონა: გმადლობთ.

პატრონი: არაფერს. ახლა რამდენიც გინდა იტლიკინე ჩემზე ქალაქში, ვეღარაფერს დამიშავებ.

იონა: ვიცი. ძალიან მომძლავრდი!

პატრონი: წადი ახლა და დაისვენე. ხვალ ვილაპარაკოთ, ბავშვობა გავიხსენოთ.

იონა: გავიხსენოთ! *(გადის. შემოდის მერი ტაშტით ხელში და ფერხთით უდგამს პატრონს).*

პატრონი: *(კვნესის)* უჰ, ცოტა დამიამა, ეს რა ბალახ-ბულახი ჩაგიყრია?

მერი: სამკურნალო ბალახია.

პატრონი: საქმეზე ვილაპარაკოთ, ქალაქთან ვაჭრობა როგორ მიდის?

მერი: ყველა დუქანი ჩვენი ნანადირევითაა სავსე.

პატრონი: პოლიციის უფროსს თუ გაუგზავნეთ ოცი ოქრო?

მერი: დიახ, დღეს დილით.

პატრონი: გაგვატყავა ოხერმა! ახლა რძალიც რომ გამომიგზავნა!

მერი: ასეთი რთული წყვილი ჯერ არ შეგვხვედრია.

პატრონი: რთული, არა, რთული მე არ ვიცი. ბიჭი ისე მგავს, თითქოს ჩემი შვილი იყოს. კარგი ბიჭია! მე და ეგ ბიჭი დიდ საქმეებს გავაკეთებთ. ძალა ვიგრძენი მასში, ჩემეული ძალა! იონა არ გაუშვათ, ახლა ჩვენთვის საშიში აღარ არის. ბევრი ასვი, რაც უფრო გაიბითურებს თავს სიმთვრალეში, მით უკეთესი, ბაზიერების მასხარად უნდა ვაქციოთ იონა, ჩემი სიყრმის მეგობარი!

მერი: იყოს ნება შენი!

პატრონი: ისე, კინაღამ შევეწირე თქვენს სიყვარულს. ახლაც მტკივა სინესტეში ნატყვიარი მხარი.

მელოტი: *(კვნესის)* თავი, პატრონო, თავი!

პატრონი: ეგ შენ დიდი ხანია გტკივა!

მელოტი: არა, არა, ახლა სხვანაირად მტკივა. ქვა ჩამარტყა იმ ბიჭმა!

(The falconers leave. Baldhead takes Annie out.)

Master: *(Iona is prepared to leave.)* You're leaving, childhood friend? Stay a few days, perhaps you'll like the surroundings.

Iona: I'll stay.

Master: Don't be afraid of the falconers. Nobody will put a hand on you!

Iona: What, when was I a coward?

Master: Yeah, nobody could accuse you of that. Even so, today any of them could have tenderly cut out your throat. I saved you.

Iona: Thank you.

Master: It's nothing. Now you can natter as much as you like about me in this city, you won't harm me.

Iona: I know. You've become very strong!

Master: Now go and rest. Tomorrow let's talk, let's reminisce about childhood.

Iona: Let's reminisce! *(He leaves. Mary comes in with the basin in her hands and puts in by the Master's feet.)*

Master: *(Moans)* Ooh, that relieves the pain a little, what grass have you thrown in this?

Mary: Healing herbs.

Master: Let's talk business, how goes trade with the city?

Mary: All inns are full of our game.

Master: Have you sent the chief of police twenty gold pieces?

Mary: Yes, this morning.

Master: He ripped us off, the urchin! Now he sends me his daughter-in-law!

Mary: Such a difficult couple I've never met.

Master: Difficult, no, difficult I don't know. The boy is so like me, it's as if he were my son. He's a good boy! This boy and I will do a big job together. I feel a force in him, my force! Don't let Iona go, we're not afraid of him any more. Make him drunk, that he makes a fool of

პატრონი: ვინ ბიჭმა?!

მელოტი: იმ გიომ, იმ გიომ გამაბრაზა!

პატრონი: *(შეაჯანჯღარებს)* თქვი, რა მოხდა, რეგვენო?!

მელოტი: ნუ მაჯანჯღარებ, ნუ მაჯანჯღარებ, პატრონო!

პატრონი: თქვი!

მელოტი: ის გოგო გაიტაცა გიომ, შენ რომ მითხარი, უდარაჯეო! მე დანით გავეკიდე, იმან კი ქვა ჩამარტყა გამაბრაზა, გამაბრაზა!

პატრონი: როდის მოხდა ეს?

მელოტი: არ მახსოვს.

პატრონი: *(მერის)* სასწრაფოდ დაადევნე ბაზიერები. იპოვონ და ადგილზე შეულოცონ, იონა ასწავლიდა მაგათ გზას. შორს ვერ წავლენ ამ წვიმაში.

მერი: ახლავე! *(გარბის)*

მელოტი: *(კალთაში თავს ჩაუდებს პატრონს)* მაბრაზებენ, ყველა მე მაბრაზებს, პატრონო!

სურათი მეორე

წვიმის ხმაური. სიბნელე. სინათლის მკრთალი შუქი ავანსცენაზე შეგროვილ წიწვის გროვაზე წამოწოლილ გიოს და ანის ეცემა. გიოს წელზევით გაუხდია და პერანგით თმას უშშრალებს გოგონას.

ანი: გაცივდები, გიო, ჩაიცვი, გთხოვ! *(იცინის)* დამანებე თავი! *(უცებ ჩააცქერდება გიოს შიშველ მკერდს)* რა დალურჯებული გაქვს ტანი ... როგორ გცემეს ასე უმოწყალოდ? აქ ... აქ, აქ კი თეფშისხელა სილურჯეა! *(კოცნის ნაიარევ ადგილებში ბიჭს)*
ღმერთო, ნეტა ეს სიზმარი არ იყოს, ჩემს გვერდით რომ ხარ, რომ შემიძლია შეგეხო, გაკოცო, თვალებში ჩაგხედო!
(თავზე მოკიდებს ხელებს და დიდხანს უყურებს თვალებში). მე აღარ მჯეროდა ...
აღარ მჯეროდა, თუკი ოდესმე გნახავდი ... აღარც მესიზმრებო-

himself in drunkenness, even better he should be turned into a court jester for the falconers, my childhood friend!

Mary: Thy will be done!

Master: Well, I really sacrificed for your love. Even now when it's damp the bullet hole in my arm hurts!

Baldhead: *(Moaning)* My head, Master, my head!

Master: It's been hurting you a long time!

Baldhead: No, no, now it hurts differently. That boy hit me with a stone!

Master: Which boy!?

Baldhead: This Gio, this Gio made me angry.

Master: *(He goes to shake him)* Speak, what happened, you idiot!?

Baldhead: Please don't shake me, please don't shake me, Master!

Master: Speak!

Baldhead: Gio kidnapped that girl you told me to keep an eye on! I ran after them with a knife, he hit me with a stone, he made me angry, he made me angry!

Master: When did this happen?

Baldhead: I don't remember.

Master: *(To Mary)* Run to get the falconers right away. Find and cast the spell on him on the spot, Iona would have taught him the way. They couldn't have gotten far in this rain.

Mary: Right away! *(Runs)*

Baldhead: *(Puts his head on the Master's lap)* They made me angry, everyone makes me angry, Master!

SCENE TWO

The sound of rain falling. Darkness. A faint light falls on Gio and Annie who lie on a pile of pine needles. Gio's torso is topless and dries the girl's hair with a shirt.

დი! შენ? გესიზმრებოდი?

გიო: არ მახსოვს!

ანი: *თითქოს საზარელი სიზმარი იყო, არა?*

გიო: *კარგი ადგილი გვასწავლა იონამ. სიმშრალეა, წიწვიც ბლომად არის.*

სამწუხაროდ, ცეცხლს ვერ დავანთებთ, მოგვაგნებენ ბაზიერები.

ანი: რატომ გეშინია მათი, განა ასეთი ცუდი ხალხია? მე მგონია, ის იონა რაღაცას აჭარბებს, ვერაფერი გავიგე, ვერც შელოცვა-მოთვინიერების, ვერც სიყვარულის მოკვლის, როგორ უნდა მომიკლან ის, რაც ჩემშია და რამაც ყველაფერს გაუძლო?!

გიო: რასაკვირველია, მაგრამ იქ ჩვენი დარჩენა აღარ შეიძლებოდა. ისევ მოგაკითხავდა პოლიციის უფროსი და ის ... *(უჭირს სიტყვა ქმარი თქვას)* მისი შვილი.

ანი: *(მოეხვევა)* სულელო, სულელო ბიჭო! ნუთუ არ გესმის, მე იმ ვაჟბატონის ხელი არ შემხებია. შეხედე! *(ხელებს ამოატრიალებს და ნაიარევს უჩვენებს გიოს)* ახლა აღარ მაქვს ისეთი ლამაზი ხელები. სამაგიეროდ, შენ ასე უფრო მოგეწონები ... გახსოვს, თითის გადაჭრაზეც გული რომ მიმდიოდა?! მაშინ კი, იმ ღამეს, სულ არ შემშინებია სამართებლის დასმა. ნახე, რა ღრმა ნაიარევია!

გიო: *(იცინის)* მოკლედ, დიდი ნაომარი წყვილი ვართ, ნაიარევებით დამშვენებულნი.

ანი: *(შეაცქერდება)* შენ ტირი, ტირი ... *(ხელებს ზურგსუკან მალავს)* აღარ გაგიფუჭებ გუნებას ... *(ეხვევიან ერთმანეთს. შორიდან, წვიმის ხმაურში შემოიჭრება მგლებისა და ტურების ყმუილი, ღამეული ტყის ხმაური და ეჟვნების წყნარი წკარუნის ხმა).*

ანი: *(შემკრთალი)* მეშინია!

გიო: რისი?

ანი: ღამის, ყმუილის, წვიმის, ტყის, ამ ეჟვნების წკარუნის ... თითქოს ეჟვნებიაო, არა?

გიო: ჩემი არ გეშინია?

ანი: *(სერიოზულად)* არა *(უღიმიან ერთმანეთს. უცებ, ანი კვლავ შეკრთება).*

Annie: You will a catch cold, Gio, put it back on, please! *(Laughing)* Leave me alone! *(She suddenly looks at Gio's chest)* How black and blue your body is... How mercilessly they beat you?... here... here, here your bruises are the size of a plate! *(She kisses the boy on his wounds)* God, I hope this is not a dream, that you really are by my side, that I can touch you, can kiss you, can look you in the eyes! *(She takes his head in both her hands and looks him in the eyes for a long time)* I didn't believe it... I didn't believe I would ever be able to see you... I wasn't even dreaming of you! You? Were you dreaming of me?

Gio: I don't remember!

Annie: It's as if it was a hideous dream, no?

Gio: Iona told us of a good place. It's dry. There are a lot of pine needles. Unfortunately, we can't light a fire, the falconers will find us.

Annie: Why do you fear them, are they really such horrible people? I think that Iona exaggerates, I can't understand anything, neither the spell-taming, nor the love-cutting out, how should they cut out what's in me and how could I cope with everything?!

Gio: Maybe, but our remaining there was not possible. You would be visited over and over again by the chief of police and your.... *(it is difficult for him to say the word "husband")* his son.

Annie: *(Embracing him)* You silly, silly boy! Don't you understand, that man never touched me. Look! *(Turns hands over and shows Gio the scars)* Now I don't have those pretty arms. But you will like me this way more, the way I am... remember, a pricked finger would make me faint?! But then, that night, I wasn't afraid of a razor's slash. Look, how deep the wounds are!

Gio: *(Laughing)* In short, we're a couple of injured veterans, made beautiful by our wounds.

Annie: *(She stares)* You're crying, crying... *(Hides her arms behind her back)* I won't spoil your good mood... *(They embrace each other.*

გიო: რა მოგდის?

ანი: ისევ ეჟვნების წკარუნი მომესმა!

გიო: გეჩვენება, ტყის ხმებია!

ანი: ჰოო ... იცი, რატომ მეშინია ეჟვნების?

გიო: რატომ?

ანი: ბაზიერებს აქვთ შებმული ჩექმებზე!

გიო: ეჟვნები?

ანი: ჰო.

გიო: დაგტოვებ ცოტა ხნით, დავზვერავ აქაურობას!

ანი: არ წახვიდე, მეშინია!

გიო: მხოლოდ ორი წუთით.

(გადის. ანი მარტო რჩება. მოიბუზება და თავს ჩაკიდებს. უცებ საიდანღაც წყნარად და შემპარავად შემოდის გიოსა და ანის სიყვარულის მუსიკალური თემა. მელოდია ძლიერდება. ანი თავს მაღლა სწევს და ნათელი ეფინება სახეზე).

გიო: *(ბრუნდება)* არავინაა! მოგეჩვენა!

(წვება მის გვერდით. ანი მუხლებში ჩაიდებს მის თავს)

ანი: რა უხეში ქოჩორი გაქვს, გიო?!

(ეფერება თმაზე) იცი, რა მითხრა მერიმ? მიმინოებს, საერთოდ, ოქროსწინწკლებიანი თვალები აქვთო. მაგრამ არის მეორე, ძალიან იშვიათი ჯიშის მიმინოცო, მისმენ?!

გიო: ჰო!

ანი: ამ იშვიათი ჯიშის მიმინოს შავი თვალები აქვსო, ამ მიმინოს თითქმის ვერასდროს ვერ იჭერენ ბაზიერები, მაგრამ თუ დაიჭირეს, მაშინვე კლავენო.

გიო: ვიცი! შავთვალა მიმინო არ თვინიერდება. ამიტომაც კლავენ.

ანი: მართლა რა უხეში თმა გაქვს, გიო?!

გიო: *(თვალდახუჭული)* მიყვარხარ!

ანი: *(დაიხრება, კოცნის)* ხვალ რას ვაპირებთ?

გიო: ცოტა ხნით ქალაქში შევივლით, მერე ტბიანეთის საზღვართან მივალთ და მეტყევესთან გავათევთ ღამეს. ზეგ კი უკვე სხვა ქვეყანაში ვიქნებით.

From a distance, a wolf and jackal howl pierces the sound of rain,
the sound of the forest at night and the falcons' bell quietly rings.)

Annie: *(Scared)* I'm scared!

Gio: Of what?

Annie: Of the night, of the howling, of the rain, of the forest, of the
ringing of the falcons' bells... they are falcons' bells, right?

Gio: You aren't afraid of me?

Annie: *(Seriously)* No *(They smile at each other. Suddenly, Annie star-
tles with fear again)*

Gio: What happened?

Annie: The ringing of the falcons' bells again!

Gio: It seems to you it was the sounds of the forest!

Annie: Yeah... you know why I'm scared of the bells?

Gio: Why?

Annie: The falconers have them tied on their boots!

Gio: The bells?

Annie: Yeah.

Gio: I will leave for a little while to survey the surroundings!

Annie: Don't leave, I'm afraid!

Gio: Only for two minutes.

> *(He leaves. Annie stays alone. She hunches over herself and
> hangs her head. Suddenly Gio and Annie's thematic love mu-
> sic quietly starts to play. The melody gets stronger. Annie lifts
> up her head and light spreads on her face.)*

Gio: *(Returns)* It's nobody! It seems to you!

> *(He lies down next to her. He puts his head on Annie's lap.)*

Annie: What a rough mop of hair you have, Gio?!

(Stroking his hair) You know what Mary said? The falcons, general-
ly, have eyes with golden dots. But there is another, very rare breed
of falcon—are you listening?!

Gio: Yeah!

ანი: მაგრამ ოდესმე ხომ დავბრუნდებით აქ?
გიო: რასაკვირველია.
ანი: საწყალი მელოტი. როგორ გაიმეტე ასე, მე ვიფიქრე მოკლა-მეთქი!
გიო: ნუ გეშინია, მელოტის შტერ თავს არაფერი მოუვა.
ანი: რამხელა დანით გამოგვეკიდა ...

(გიო თავს ასწევს, ეხვევიან ერთმანეთს და თივაზე წვებიან. სულ უფრო მატულობს აქამდე ყრუდ მჟღერი ეჟვნების წკარუნის ხმა. ფეხაკრეფით შემოდიან ბაზიერნი, თავზე დაადგებიან გატრუნულ წყვილს და უზარმაზარ ჩიტ-ბადეს გადააფარებენ).

სურათი მესამე

ბუნგალო, ბუხართან თავშეხვეული მელოტი, მერი და იონა ჩამომსხდარან, სიღრმეში პატრონი სცემს ბოლთას. სამი ბაზიერი გოგონა ჩიტ-ბადეს ქსოვს.

მელოტი: *(უეცრად აღრიალდება)*
გაბედული ნაბიჯით,
ბაზიერო, იარ,
ჩემს მიმინოს სად წაუხვალ,
შტერო ჩიტუნია!
(წყენით) რატომ არავინ ამყვა?
იონა: ხელი არ შეგიშალეთ!
მელოტი: შენ გგონია, ჩემზე უკეთ მღერი?
იონა: არა, ღმერთმა დამიფაროს!
მელოტი: *(ნიშნისმოგებით)*
გაბედული ნაბიჯით
ბაზიერო, აირ,
ჩემს მიმინოს სად წაუხვალ,
შტერო ჩიტუნია!

Annie: This rare breed of falcon has black eyes, and it's as if the falconers can never catch these falcons, but even if they do catch them, she said they kill them immediately.

Gio: I know! The dark-eyed falcon can never be tamed. That's why they kill it.

Annie: You really have rough hair, Gio!?

Gio: *(With his eyes closed)* I love you!

Annie: *(She bends over, kisses him)* What are we going to do tomorrow?

Gio: In a little while we will go into town, then go to the border of Tbianeti and spend the night at a forester's. The day after tomorrow we'll already be in a different country.

Annie: But will we ever return here?

Gio: Of course.

Annie: Poor Baldhead. How could you let yourself hurt him so badly, I thought you killed him!

Gio: Don't be afraid, nothing will happen to Baldhead's empty head.

Annie: He was running after us with a huge knife...

(Gio lifts his head, they embrace each other and lay down on the pile of hay. The sound of the ringing bells, which were previously almost silent, increases. The falconers enter very quietly and silently stand over the couple, over whom they cast their enormous net.)

SCENE 3

Bungalow, Baldhead is by the stove with his head wrapped, Mary and Iona are seated, the Master paces angrily in the background. Three girl falconers are knitting a bird net.

მერი: დავყრუვდით, მელოტო!

მელოტი: ნუ მაბრაზებთ! ნუ მაბრაზებთ!

მერი: დაიგვიანეს ბაზიერებმა!

მელოტი: იპოვიან, ნუ გეშინია!

მერი: პატრონი ისე ღელავს! შენც რამ გამოგაშტერა, იმ ღლაპს როგორ გაალახვინე თავი?!

მელოტი: *(წყენით)* ე, იმას ქვა ჰქონდა და ...*(თავზე წაივლებს ხელებს)* აი, ისევ ამტკივდა.

იონა: ეს იმიტომ, რომ მელოტი ხარ!

მელოტი: ჰო, თმა რომ მქონოდა, ასე არ მეტკინებოდა! იონა. გინდა თმის ამოყვანის უებარი ხერხი გასწავლო?

მელოტი: *(გახარებული)* მასწავლე, რა! *(იონა გადაიხრება და უჩურჩულებს ყურში)*

მელოტი: *(ჩაფიქრდება)* კი, მაგრამ თავზე ვის დავაფსმევინო?!

იონა: ეგ უკვე შენი გადასაწყვეტი პრობლემაა, მელოტო!

მელოტი: საკუთარი არ შეიძლება?

იონა: როგორ არა, მაგრამ სხვისი სჯობია!

მელოტი: რამდენ ხანში ამომივა?

იონა: შარდს გააჩნია!

მელოტი: *(დაეჭვებით)* მატყუებ შენ რაღაცას?!

იონა: ღრუტ, ღრუტ, ღრუტ!

მელოტი: ნუ მაბრაზებ, ნუ მაბრაზებ!

იონა: მაინც საკვირველია, როგორ გაგხადეს ასეთი იდიოტი, შენ მშვენიერი ყმაწვილი იყავი, მე ხომ მახსოვხარ!

მერი: *(მკვახედ)* ჰოდა, შენთვის შეინახე ეგ მოგონებები, ტვინს ნუ ურევ მელოტს!

იონა: რაც აღარ აქვს, რა უნდა ავურიო, ისე, შენც მახსოვხარ, ჩემო მერი ... ისიც მახსოვს, როგორც მიყვარდი!

მერი: მეც მშვენიერ ქალწულად გახსოვარ?

იონა: არა, შენ თავიდანვე კახპას გული გქონდა!

მერი: ყველა ქალწული პოტენციური კახპაა, ჩემო იონა!

მელოტი: *(წყენით)* მე არ მოვწონვარ კახპებს! სანამ ერთ გემრიელ თავურს არ ვგლიჯავ, არავინ მომყვება!

Baldhead: *(Suddenly roars)*

> With a brave step
> Falconer, forward!
> How will you escape from my falcon,
> Silly bird!

(Upset) Why didn't anyone join me?

Iona: We didn't want to disturb you.

Baldhead: You think you sing better than me?

Iona: No, God forbid.

Baldhead: *(Sarcastically)*

> With a brave step
> Falconer, forward!
> How will you escape from my falcon,
> Silly bird!

Mary: We've gone deaf, Baldhead!

Baldhead: Don't make me angry, don't make me angry!

Mary: The falconers are late!

Baldhead: They'll find them, don't be afraid!

Mary: The Master is so anxious! What made you so dazed that that newborn baby was able to beat you!?

Baldhead: *(Upset)* Hey, he had that stone and... *(Puts his head in his hands)* ow, it's hurting again.

Iona: That's because you're bald!

Baldhead: Yeah, if I had hair, it wouldn't have hurt!

Iona: Do you want an unparalleled technique for growing hair?

Baldhead: *(Delighted)* Come on, teach me!

> *(Iona bends down and whispers in his ear)*

(He thinks) Yes, but who will piss on my head?

Iona: That's your own problem for solving, Baldhead!

Baldhead: Can't I use my own?

Iona: Sure, but somebody else's is better.

პატრონი: *(რაღაც განკარგულებას აძლევს ბაზიერ გოგონებს, შემდეგ ბუხართან მიდის და ჯორკოზე ჩამოჯდება)* დამალევინეთ ერთი ჭიქა!

(ფეხზე წამომდგარი მელოტი და მერი სწრაფად უვსებენ სასმისს) გაგიმარჯოთ!

მერი: ღელავ, პატრონო!?

პატრონი: არა, შორს ვერ წავიდოდნენ. ჰა, იონა ბატონო, გააპარე ბავშვები და გიხარია, არა?!

იონა: მე გზა ვასწავლე მხოლოდ!

პატრონი: *(მკვლავებს შლის გაკვირვებისაგან)* განა ეს ცოტაა?

იონა: სამწუხაროდ, ცოტაა!

პატრონი: არ დაიღალე ჩემთან ბრძოლით?

იონა: დავიღალე, სამწუხაროდ. *(ღვინოს სვამს).*

მერი: ნუთუ იპოვიან?

იონა: გაბედული ნაბიჯით, ბაზიერო იარ ...

მელოტი: *(წამსვე აყვება)* ჩემს მიმინოს სად წაუხვალ, შტერო ჩიტუნია?

პატრონი: შენი ნასროლი ტყვია ახლაც მხარში მაქვს ჩარჩენილი. სინესტეში მახსენებს ხოლმე თავს, წვიმები კი ხშირი იცის ამ დალოცვილ ტბიანეთში!

იონა: იქ ვერ მოგარტყი, სადაც გიმიზნებდი ...

მერი: რა სამწუხაროდ, სამწუხაროდს გაიძახი მთელი დღე! რას აიკვიატე ეგ სიტყვა!

იონა: ბევრ რამეზე ვწუხვარ, ჩემო მერი!

პატრონი: რა ბოროტები ხართ სიკეთეზე თავგადადებული კაცები!

იონა: ეგ პარადოქსები შენი გამოშტერებული ბაზიერებისათვის შეინახე.

მელოტი: როგორ ელაპარაკები პატრონს?!

იონა: ღრუტ, ღრუტ, ღრუტ!

მელოტი: მაბრაზებს, პატრონი!

პატრონი: მეც მაბრაზებს, მაგრამ რა ვქნა, სტუმარს ხომ არ დავსჯი?! სტუმარი ღვთისაა!

მერი: სადილს გაგიწყობ, პატრონო, დღეს ლუკმა არ ჩაგსვლია

Baldhead: How long will it take?

Iona: Depends on the urine!

Baldhead: *(Doubtfully)* You're lying to me about something?

Iona: Oink, oink, oink!

Baldhead: Don't make me angry, don't make me angry!

Iona: It's still surprising, how they made you such an idiot, you were a fine young man, I remember you!

Mary: *(Brusquely)* All right, keep your memories to yourself, don't confuse Baldhead!

Iona: What I no longer have, I shouldn't mix, well, I also remember you, my Mary… I remember how I loved you!

Mary: You remember me as a lovely virgin?

Iona: No, from the beginning you had a whore's heart!

Mary: Every virgin is a potential whore, my Iona!

Baldhead: *(Upset)* Whores don't like me! None of them ever come with me until I take one by the scruff of her neck!

Master: *(Gives a command to the girl falconers, then goes to the stove and sits down on the tree stump)* Get me something to drink!
> *(Baldhead and Mary move from standing to rush to fill his goblet)*

Cheers to you!

Mary: Are you anxious, Master!?

Master: No, they couldn't have gone far. Yeah, good Iona, you helped those children escape and you're happy, right!?

Iona: I only taught them the way!

Master: *(Arms spreading wide in astonishment)* Do you think that's not enough?

Iona: Unfortunately, it's not enough.

Master: Aren't you tired of fighting with me?

Iona: I am tired, unfortunately. *(Drinks wine)*

Mary: Surely they'll find them?

პირში!

პატრონი: დაეგდე მანდ!

იონა: ვერ დაეწევიან ბავშვებს შენი ბაზიერები, დევნილი ყოველთვის უფრო სწრაფად გარბის, ვიდრე მდევარი!

პატრონი: *(მშვიდად)* ვერ დაეწევიან და შენზე ვიყრი ჯავრს, ჩემი იონა, წამებაში ამოგხდი სულს!

იონა: *(გაკვირვებული იცინის)* მე მაშინებ წამებით და სიკვდილით? მე ხომ ისედაც ვიცი, რომ ადრე თუ გვიან მომკლავ!

მელოტი: გამოვჭრა ყელი?

იონა: გაბედული ნაბიჯით, ბაზიერო, იარ!

მელოტი: *(წამსვე აყვება)* ჩემს მიმინოს სად წაუხვალ, შტერო ჩიტუნია!

პატრონი: მარტო დაგვტოვეთ მე და იონა!

(მერი და მელოტი გადიან. სასმელს ჩამოასხამს)

ეს ჩვენს ბავშვობას გაუმარჯოს, ჩემო იონა! მე მართლა მიყვარდი მაშინ, მაგრამ რა მომიტანა ამ სიყვარულმა ტკივილების გარდა?

იონა: მეც მიყვარდი!

პატრონი: და მაგიტომ მესროლე ტყვია? ბოზანდარა მერის გულისთვის?!

იონა: გიკვირს?

პატრონი: მიკვირს, მიკვირს! შენ, ჭკვიანმა კაცმა, რატომ არ მოინდომე გაგერკვია, როგორ და რატომ მოხდა ეს ამბავი?

იონა: უნდა მომეკალი მაშინ!

პატრონი: სიკეთის ყველა მქადაგებელი ბოროტმოქმედზე უარესია!

იონა: უმაღლესი სიკეთე სამართლიანობაა!

პატრონი: კარგი, მასე იყოს, ჩემო სამართლიანო და კეთილო იონა! ახლა ისიც მითხარი, რატომ მოხვედი ჩემთან?

იონა: არ ვიცი!

პატრონი: არ იცი?

იონა: მართლა არ ვიცი! ერთ მშვენიერ დღეს გამეღვიძა ჩემს თევზითა და ნაარაყლით აშმორებულ სარდაფში, გარეთ გამოვე-

Iona: With a brave step, falconer, forward...

Baldhead: *(Immediately joins in)* How will you escape from my falcon, silly bird?

Master: The bullet you fired is still stuck in my arm. When it's damp outside the pain reminds me it's still there, it rains often in blessed Tbianeti!

Iona: I didn't hit you where I was aiming...

Mary: All day you say, how unfortunate, unfortunate! How you repeat this word!

Iona: I'm anxious about many things, my Mary!

Master: How evil are those kind, devoted men!

Iona: Keep those paradoxes for your dazed falconers.

Baldhead: You speak to the Master this way?!

Iona: Oink, oink, oink!

Baldhead: He makes me angry, Master!

Master: He makes me angry, too, but what can I do, punish a guest!? A guest is a godsend!

Mary: I will set the table for dinner, Master, you haven't had a bite to eat all day!

Master: Drop down!

Iona: Your falconers cannot catch the children, the one who runs away is always faster than the one who chases!

Master: *(Calmly)* They couldn't have gone very far and I'll take my anger out on you, my Iona, I'll torture you to death!

Iona: *(Laughing in surprise)* You scare me with torture and death? I already knew that you'd kill me sooner or later!

Baldhead: I'll slit his throat?

Iona: With a brave step, falconer, forward!

Baldhead: *(Joins in immediately)* How will you escape from my falcon, silly bird?

Master: Leave me alone with Iona!

დი, შებინდებამდე ვიაბოდიალე მტვრიან ქალაქში და ისეთი სიმარტოვე ვიგრძენი, რომ კინაღამ ყმუილი მოვრთე. თქვენი სიძულვილი მირჩევნია ქალაქელთა გულგრილობას. შენთან ბრძოლითაც დავიღალე, უფრო სწორად, დავიწვი. გადამწვარი კაცი კი მალე უნდა მოკვდეს.

პატრონი: მოკლედ, მარტო არ გინდოდა სიკვდილი, არა?

იონა: ჰო, ეგეც არის! შენ ისიც არ იცი, შენი იარაღის საწყობიც რომ ვიპოვე, ერთი ამბავი ავტეხე ქალაქში, მაგრამ კაცმა ყური არ შეიბერტყა!

პატრონი: ქალაქი დიდი ხანია ჩემია!

იონა: ჰო, ვიცი!

პატრონი: მაშ იარაღის საწყობსაც მიაგენი? ეს უკვე ჩემი შეცდომაა! ეჰ, ჯანდაბას ყველაფერი, მოდი, დავლიოთ! გაგვიმარჯოს!

იონა: გაგვიმარჯოს!

პატრონი: მგლების ჯოგები დარბიან გარშემო, ჩემო იონა, ამიტომაა მგლებად რომ ვზრდი ჩემს გოგო-ბიჭებს, უფრო მარდ, უფრო ბასრკბილებიან, დაუნდობელ მგლებად, ვერავინ რომ ვერ მიაყენოს მათ ის ჭრილობები, აქამდე რომ ვილოკავ ტანზე!

იონა: რა ჭრილობები გქონდა ასეთი?! შენ ერთი გამწარებული პატარა კაცი ხარ!

პატრონი: სტყუი! პატარები ვერაფერს აღწევენ.

(სვამენ. უცებ თითქოს რაღაცამ იფეთქაო, ყიჟინით და სტვენით შემორბიან ბაზიერნი და რიტუალურ ცეკვას იწყებენ. ფეხზე წამოჭრილი პატრონი აღელვებით შესცქერის მათ).

ცალთვალა ბაზიერი: *(გამოეყოფა მოცეკვავეთა ჯგუფს)* ვიპოვეთ, პატრონო, შევიპყარით! ძალიან გაგვიჭირდა, მაგრამ მაინც მივაგენით კვალს, იქვე ჩავუტარეთ შელოცვა!

პატრონი: *(მკერდში ჩაიკრავს მას)* გმადლობთ, ბაზიერნო, გმადლობთ!

ცალთვალა: ძალიან რთული წყვილი აღმოჩნდა, ჯვარს გვაცვეს! საბოლოო ჯამში გოგონა მოთვინიერდა!

პატრონი: ბიჭი? *(უეცრად სიჩუმე დაიბუდებს ბუნგალოში)* ბიჭი –

(Mary and Baldhead leave. The Master pours a drink)

Cheers to our childhood, my Iona! I really loved you then, but, oh, how that love brought me nothing but pain.

Iona: I loved you, too!

Master: And is that why you shot me? For that slut Mary's heart?!

Iona: You're surprised?

Master: I'm surprised, I'm surprised! You, clever man, why didn't I want to know how and why this situation came to be?

Iona: I should have killed you then!

Master: The preacher who lectures on kindness is the cruelest of all!

Iona: The highest form of kindness is justice!

Master: Good, let it be so, my kind and just Iona! Now tell me, too, why did you come to me?

Iona: I don't know!

Master: You don't know?

Iona: Really I don't know! One fine day I woke up in a damp cellar reeking of vodka and fish, I went out, before dusk I wandered around the dusty city and felt such loneliness that I nearly started howling. I prefer your hatred to the cold-hearted city-dweller's. I'm tired of fighting with you, or, to be more honest about it, I'm burnt out. I'm a burnt out man and soon I should die.

Master: So you didn't want to die alone, right?

Iona: Yeah, that's it! You also don't know that I found your weapon stock, I tried to tell everyone in the city, but nobody could be bothered to hear!

Master: The city's been mine for a long time!

Iona: Yeah, I know!

Master: So you uncovered my armory? That's my mistake! Hey, to the devil with them all, come, let's drink! Cheers!

Iona: Cheers!

Master: *(Smiles reassuringly at the departing falconers)* Everything

მეთქი?!

ცალთვალა: ბიჭი არ დაემორჩილა შელოცვის წესს!

პატრონი: რაო?

ცალთვალა: ბიჭი შავთვალაა, პატრონო!

პატრონი: *(ნაძალდევი სიცილით)* შეუძლებელია, ბაზიერო!

ცალთვალა: *(ჯიუტად)* რატომ? ჩვენ ხომ გვქონდა ასეთი შემთხვევა ამ ათიოდე წლის წინ.

პატრონი: *(შეკავებული რისხვით)* შეუძლებელია-მეთქი!

ცალთვალა: ეს გიო ნამდვილი შავთვალაა, მისი მოთვინიერება შეუძლებელია! ჩემი თუ არ გჯერათ, სხვა ბაზიერებს ჰკითხეთ!

(ბაზიერთა ჯგუფი დუმს).

პატრონი: მე კი დაგიმტკიცებთ, რომ თქვენ ცდებით. *(შეშფოთებით)* სად არის გიო? ახლავე მოიყვანეთ!

ცალთვალა: უგონოდაა, პატრონო!

პატრონი: სად არის-მეთქი?

ცალთვალა: მიმინოების დარბაზშია! სიკვდილისთვის ამზადებენ ბაზიერები!

პატრონი. მელოტო! ახლავე ჩემს ოთახში დააწვინე და გვერდიდან არ მოცილდე!

ცალთვალა: *(გააფთრებით)* რატომ? შავთვალას ხომ კლავენ? მე ყოველთვის ვკლავდი შავთვალამიმინოს, ასე მასწავლე შენ! რა გემართება, პატრონო, ველარ გცნობ! ჩვენ ერთს გვიქადაგებ, თვითონ კი პირველი არღვევ ურყევ კანონს?

პატრონი: *(რბილად)* კარგი, ნუ ღელავ, ბაზიერო, წადი, დაისვენე, გადაღლილი ჩანხარ! ხვალ გავარკვევთ ამ საკითხს!

(ცალთვალა მოღუშულად აკოცებს გამოწვდილ ხელზე და გადის. პატრონის წარბის აწევა და მელოტი ორი ბაზიერის თანხლებით უკან გაყვება მას).

პატრონი: *(გასამხნევებლად გაუღიმებს გასულ ბაზიერებს)* ყველაფერი რიგზე იქნება. მას შემდეგ, რაც ბიჭი მესაუბრა, ის შინაგანად მხოლოდ მე მემორჩილება! მე თვითონ ჩავუტარებ შელოცვას და ჩვენს რაზმს მამაცი და ძლიერი ბაზიერი შეემატება. ხომ გჯერათ ჩემი!

will be all right. Ever since we spoke, the boy only obeys me in his heart of hearts! I myself will cast the spell and a brave and strong falconer will join our team. You believe me, don't you!?

Falconer team: *(Not in unison)* We believe!

> *(Two falconers and Baldhead enter, Baldhead dries a knife on the bottom of his jacket.)*

First falconer: A misfortune happened, Master, One-eyed fell and stabbed himself with his own knife!

Baldhead: He's already dead!

Master: His own carelessness killed him!

Baldhead: Yeah, that's what happened!

Iona: *(Whispers to the Master)* Move Gio into your room before someone kills him!

Master: *(With irritation)* That isn't your business! *(To Baldhead)* Move the boy into my room and stand guard!

> *(Grandly waves his hand and begins the ritual dance by himself. The falconers join and follow.)*

SCENE FOUR

> *The bungalow is completely empty and engulfed in a darkness the color of blood-red. In the background Gio is tied up to a pillar. His head hangs limply on his chest and he breathes deeply. Baldhead, naked from the waist up and heaving, dries his body with a towel, and then rolls tobacco and smokes it tenderly. The Master comes in.*

Master: *(For a little while he stares at unconscious Gio)* Untie him!

Baldhead: *(Jumps up)* He's been worked enough, Master! I think he doesn't need any more.

ბაზიერთა რაზმი: *(არეულ-დარეულად)* გვჯერა!

(შემოდიან ორი ბაზიერი და მელოტი, მელოტი დანას იმშრალებს ქურთუკის კალთაზე).

I ბაზიერი: უბედურება მოხდა, პატრონო, ცალთვალა წაიქცა და საკუთარ დანას წამოეგო!

მელოტი: უკვე მოკვდა!

პატრონი: საკუთარმა გაუფრთხილებლობამ დაღუპა!

მელოტი: ჰო, ეგრეა!

იონა: *(პატრონს ჩუმად)* დროზე გადაიყვანე შენს ოთახში გიო, თორემ შეიძლება ვინმემ ჩუმად მოკლას!

პატრონი: *(გაღიზიანებით)* არაა ეგ შენი საქმე! *(მელოტს)* ჩემს ოთახში გადაიყვანე ბიჭი და უდარაჯე!

(ხელს აიქნევს და თვითონ იწყებს რიტუალურ ცეკვას. სხვა ბაზიერები აჰყვებიან).

სურათი მეოთხე

სისხლისფრად ჩამუქებული, დაცარიელებული ბუნგალო. სიღრმეში ბოძზე გაკრული გიოა. თავი უღონოდ ჩამოუგდია მკერდზე და მძიმედ სუნთქავს. წელზევით ტიტველი, გაოფლილი მელოტი ტანს იმშრალებს პირსახოცით, შემდეგ წეკოს გაახვევს და ნაზად გააბოლებს. შემოდის პატრონი.

პატრონი: *(ცოტა ხანს უყურებს გონდაკარგულ გიოს)* ახსენი!

მელოტი: *(წამოხტება)* საკმარისად დამუშავებულია პატრონო! მე მგონი, მეტი აღარ უნდა.

პატრონი: *(მიდის და თვალის უპეს აუწევს გიოს)* ძალიან გიცემია!

მელოტი: ჰო, ცოტა ზედმეტი მომივიდა!

პატრონი: ახსენი-მეთქი!

მელოტი: ახლავე! გამოვაფხიზლებ ჯერ!

(გვერდზე გადის, წყლიანი კასრი შემოაქვს და სახეში შე-

Master: *(Goes and peels open Gio's eyelid)* You've obviously beaten him a lot!

Baldhead: Yeah, I overdid it a little.

Master: I said — untie him!

Baldhead: Right away! I will sober him up!

> *(Goes to the side, carries in a bucket of water and throws it on the boy's face. Gio struggles to lift his head, Baldhead puts on his berry-colored shirt and unties Gio. Gio takes a few wobbly steps and leans on the edge of the table)*

Master: How many days did you starve him?

Baldhead: Three, Master! And like you had said, he could not resist the spell once weakened!

> *(Gio tries to sit in the chair, but Baldhead pushes the chair away with his foot and the boy falls.)*

Master: *(Helps Gio up and lightly slaps Baldhead across the face)* What the hell are you doing?

Baldhead: Oh, but it was okay that he hit my head with a stone!

Master: *(Furiously)* Get out of here!

> *(Baldhead sits down nearby muttering to himself and continues rolling tobacco)*

Master: *(Patiently instructs Gio)* You shouldn't get upset by that ass, how can you be upset by a donkey's kick? What did that urchin do to your face, boy?! Did he take advantage of my absence!? What happened? You can't stand on your feet. *(Bends down)* Oh, how swollen! Didn't he allow you to take off your shoes?! Take them off, take them off your feet, otherwise you'll die, you poor wretch! *(Helps remove shoes)* Is that better? *(Gives him water)*

Gio: *(Mumbles with great difficulty)* Yeah, that's better!

Master: But they have been swollen! That's because you were on your feet for so long. A little to and fro together with me and all the pain will be relieved, now, the more swollen your feet, the more you

ასხამს ბიჭს. გიო ძლივძლივობით წევს თავს, მელოტი თავის შინდისფერ პერანგს იცვამს და თოკებიდან ახსნის გიოს. ის ბარბაცით გადადგამს რამდენიმე ნაბიჯს და მაგიდის კიდეს დაეყრდნობა).

პატრონი: რამდენი დღე აშიმშილე?

მელოტი: სამი, პატრონო! როგორც თქვენა ბრძანეთ, მეტს ვეღარ გაუძლებდა წინა შელოცვიდან დასუსტებული!

(გიოს სკამზე დაჯდომა უნდა, მაგრამ ფეხს გამოკრავს სკამს მელოტი და ბიჭი ეცემა).

პატრონი: *(წამოაყენებს გიოს და მსუბუქად გაკრავს სილას მელოტს)* რაებს სჩადი?

მელოტი: აბა, ის კარგი იყო, ქვა რომ მკეკვა თავში!

პატრონი: *(რისხვით)* გაეთრიე აქედან!

(მელოტი ბურტყუნ-ბურტყუნით იქვე შორიახლოს ჩამოჯდება და კვლავ წეკოს შეახვევს)

პატრონი: *(დაყვავებით გიოს)* არ უნდა გეწყინოს მაგ მუტრუკისაგან, ვირის წიხლი, აბა, რა საწყენია? რას დაუმსგავსებიხარ, ბიჭო, მაგ ოხერს?! ისარგებლა არა, ჩემი აქ არყოფნით?! არაფერია! სამაგლითოდ დავსჯი ამისთვის. რა იყო? ვერ დგახარ ფეხზე. *(დაიხრება)* აუჰ, როგორ დაგსიებია! არ მოგცა, ხომ, ფეხსაცმლის გახდის უფლება?! გაიხადე, გაიხადე ფეხზე, თორემ მოკვდები, შე საწყალო! *(ეხმარება ფეხსაცმლის გახდაში)* ამოისუნთქე ცოტა? *(წყალს ასმევს)*

გიო: *(ძლივ-ძლივობით ამოღერღავს)* ჰო, ცოტა დამიამდა!

პატრონი: მაგრად დაგსივებია! ეს იმიტომ, რომ ამდენ ხანს ფეხზე მოგიწია ყოფნა. ცოტა გაიარ-გამოიარე ჩემთან ერთად და სულ დაგიცხრება ტკივილი, ახლა, რაც უფრო გასივდება ფეხი, მით უფრო ნაკლებად გეტკინება.

(აქეთ-იქით გაატარებს გიოს. ბიჭი კვნესის)

ჩემი ბრალია, როგორ ჩაგაგდე მაგ პირუტყვის ხელში, მაგრამ რა მექნა? სანადიროდ ვიყავი ახლად დაგეშილი მიმინოს გამოსაცდელად და სულ ამომვარდა შენი ამბავი თავიდან. შენ მშიერიც იქნები. რა გიყო მაინც ასეთი, მაგ ოხერმა? გაშიმშილა,

suffer pain.

(Leads Gio here and there. The boy moans.)

It's my fault, I threw you into the hands of a beast, but what could I have done? I was on a practice hunt with my newly trained falcons and completely forgot about you. You must be hungry. What has he done to you, that urchin? You're hungry, you were probably shaken...

Gio: They chanted in my ear nonstop! Four falconers took turns chanting!

Master: Okay, calm down, be calm, my boy! *(Strokes Gio's hair with care)*

Eh, not everything's gone wrong for you! Your nerves are in such a state, boy, that your tears flow at my affection!? How did those sons of bitches torture you?! Calm down, wipe away your bitter tears! Nobody will dare start something now that I'm here! *(Brings him to the table)*

My boy, how swollen your feet are! Sit down here! *(Sits him down on the stump. He looks at him silently for a little while, and then says in a changed voice)*

Now stand up, you little monster, and put your shoes back on!

Gio: *(In shock)* What am I doing?

Master: What, and put those shoes back on, I said! What's that? You want to spit at me? You won't be able to do that, the saliva has dried up in your mouth. Baldhead, come, help, otherwise this wretch will go lazy on us!

Baldhead: *(He runs in)* I'm listening!

Master: Help Gio put his shoes on!

Baldhead: *(Bends down and tries to somehow force the shoes on the boy's swollen feet)* It doesn't fit, Master!

Master: I said — put them on! *(After a pause)* Why isn't he moaning?

Baldhead: *(Panting)* He's holding himself together, Master!

Master: To spite me, no?! Come now, a little moan will ease the pain!

ალბათ, გაჯანჯღარა ...

გიო: ყურში ჩამძახოდა რაღაცას განუწყვეტლივ! ოთხი ბაზიერი ენაცვლებოდა!

პატრონი: კარგი, დაწყნარდი, დამშვიდდი, ჩემო ბიჭო! *(თმაზე ეფერება გიოს ალერსიანად)*

ეჰე, შენი საქმე ვერაა მთლად კარგად! რა დღეში გაქვს, ბიჭო, ნერვები. ჩემს მოფერებაზე ცრემლი რომ მოგდის?! ასეთი რა გაწამეს მაგ ძაღლიშვილებმა?! დამშვიდდი, მოიწმინდე სიმწრის ცრემლი! ახლა უკვე ვეღარავინ გაგიბედავს მასეთ რამეებს, რახან მე აქა ვარ! *(მაგიდასთან მიჰყავს)*

ბიჭოს, რამხელაზე გაგისივდა ფეხები! ჩამოჯექი აქ! *(დასვამს ჯორკოზე. ცოტა ხანს უხმოდ უყურებს, შემდეგ შეცვლილი ხმით ეუბნება)*

ახლა კი ადექი, შე ლაწირაკო, და ეგ ფეხსაცმელი ისევ ჩაიცვი!

გიო: *(გაოგნებული)* რა ვქნა?

პატრონი: რა და, ეგ ფეხსაცმელი ჩაიცვი-მეთქი! რა იყო? გინდა შემაფურთხო?! მაგას ვერ მოახერხებ, ნერწყვი გაგიშრა პირში. მელოტო, მოდი, დაეხმარე, თორემ გაგვიზარმაცდა საწყალი!

მელოტი: *(მოირბენს)* გისმენ!

პატრონი: ფეხსაცმლის ჩაცმაში მოეხმარე გიოს!

მელოტი: *(დაიხრება და ცდილობს რამენაირად ჩატენოს ბიჭის გასიებული ტერფი ფეხსაცმელში)* არ ეტევა, პატრონო!

პატრონი: ჩააცვი-მეთქი! *(პაუზის შემდეგ)* რატომ არ კვნესის?

მელოტი: *(ხვნეშის)* თავს იკავებს, პატრონო!

პატრონი: ჩემს ჯინაზე, არა?! სჯობია, ცოტა იწრუწუნო, შეგიმსუბუქებს ტკივილს! *(გიო სკამიდან ვარდება)* რა დაემართა?

მელოტი: გონება დაკარგა! რა ვქნა, აღარ ეტევა, პატრონო!

პატრონი: კარგი, დაანებე თავი და სავარძელი შემოიტანე!

(მელოტი გადის და უმალ შემოაგორებს თეთრ, მაღალზურგიან სავარძელს)

მელოტი: მოწყობილობები შევუერთოთ?

პატრონი: არა, აღარ არის საჭირო! მეტს ვეღარ გაუძლებს!

მელოტი: მეც ასე მგონია! ამდენი არასოდეს გვიწვალია. ოთხ ბა-

(Gio falls down from the chair) What happened to him?

Baldhead: He lost his mind! What am I doing, it doesn't fit, Master!

Master: Okay, go off and bring in the armchair!

> *(Baldhead goes and quickly rolls in a white, high-backed armchair)*

Baldhead: Should I plug in the devices?

Master: No, that's no longer necessary! He won't be able to cope.

Baldhead: That's what I think, too! Never have so many suffered. He tired out four falconers. The others are tired, they cry, they beg us.

We couldn't even get him to utter a squeak! Only a little sighing!

Master: *(Content)* Such a boy is exactly what I need, bring red wine and raw meat!

> *(Baldhead brings in a little basket and two and a quarter liter bottle. The Master takes out something wrapped out of his pocket and passes it to Baldhead).*

Master: Aha, take it, it's the promised toy!

Baldhead: *(With a childlike happiness)* Is it a soap bubble wand?

Master: Yeah, I brought it from town!

Baldhead: *(Kisses him on the hands)* Thank you, Master! Thank you! Now I will blow such bubbles!

> *(He goes into the background of the scene. The Master turns over the bottle, fills his cupped hands and tosses wine onto the boy's face. Gio slowly opens his eyes.)*

Master: Now a little dinner, Gio! True, the meat is raw, but tradition can't be broken, and this is how the falcons are fed!

> *(Jams pieces of raw meat in his mouth, then presses the bottle to Gio's lips)*

Drink, drink, Gio! You find it hard to swallow? Rest a little! Now eat meat! Don't oppose me! Take wine... hey! Baldhead, the bucket! He's sick!

> *(Baldhaed runs in with the basin, the boy is propped over it,*

ზიერს გაძვრა სიქა.

სხვები დაიღალნენ, ტირიან, გვემუდარებიან.

ამას კრინტი ვერ დავაძვრევინეთ. ცოტას კვნესოდა მხოლოდ!

პატრონი: *(კმაყოფილებით)* ასეთი ბიჭი მჭირდება სწორედ, შავი ღვინო და უმი ხორცი მომიტანე!

(მელოტს პატარა კალათა და კვარტიანი ბოთლი მოაქვს. პატრონი ჯიბიდან რაღაც შეკვრას იღებს და მელოტს უწვდის).

პატრონი: აჰა, აიღე, შეპირებული სათამაშოა!

მელოტი: *(ბავშვივით გახარებული).* საპნის ბუშტების გასაშვებია?

პატრონი: ჰო, ქალაქიდან ჩამოვიტანე!

მელოტი: *(ხელზე კოცნის მას)* გმადლობთ, პატრონო! გმადლობთ! ახლა ისეთ ბუშტებს გავუშვებ!

(სცენის სიღრმეში გადის. პატრონი ბოთლს გადმოაპირქვავებს, პეშვს გაივსებს და სახეში შეასხურებს ღვინოს ბიჭს. გიო ნელა ახელს თვალებს).

პატრონი: *(მხიარულად)* ახლა ცოტა წაისადილე, გიო! ხორცი, მართალია, უმია, მაგრამ ტრადიციას ვერ ვუღალატებ, მიმინოების ჩაპურება ასე ხდება!

(ძალით ატენის პირში უმი ხორცის ნაჭრებს, შემდეგ ბოთლსაც მიაყუდებს ტუჩებზე) დალიე, დალიე, გიო! გიჭირს ყლაპვა? ცოტა დაისვენე! ახლა ხორცი შეჭამე! ნუ მეწინაღმდეგები! ღვინო მიატანე ... აი, ასე! მელოტო, კასრი! გული ერევა!

(მელოტი კასრს მოარბენინებს, ბიჭი ზედ გადაეყუდება, პატრონს შუბლით უჭირავს გიო)

ეს იმიტომ, რომ ნაშიმშილარი ხარ ჩემო ბიჭო!

(წამოაყენებს, ხელსახოცით უწმენდს ბაგეს)

ახლა მოხერხებულად მოეწყვე მაგ სავარძელში და ყურადღებით მომისმინე! ძალზე საინტერესო ამბავი უნდა გიამბო. მერწმუნე, ამჯერად გულწრფელი ვარ!

(სიგარეტს მოუკიდებს და ტუჩებში ჩაუდებს გიოს, ის უღონოდ ურტყამს რამდენიმე ნაფაზს)

ვფიცავ, ვილაპარაკო სიმართლე და მხოლოდ სიმართლე.

the Master holds Gio by the forehead)
It's because you've been starved, my boy!

(Helps him up, wipes his lips with a napkin)
Now sit comfortably in the armchair and listen carefully! I must tell you this very interesting story. Believe me, this time I'm sincere!

(He lights a cigarette and sticks it between Gio's lips, he blows a few pleasure-less puffs)
I swear, I am speaking the truth and only the truth.

In Tbianeti there lived a young man. So as not to confuse you, I will tell you that the young man is me! But it's easier to tell in the third person, rather than about myself.

This young man was happy and strong, an incomparable falconer and tireless reveler. A generous and happy friend. He had one friend from childhood, as close as a brother, named Iona. And Iona had a fiancée named Mary, wonderful Mary. To everyone the man seemed happy and carefree. And nobody knew how big the hole he carried in his heart was. Eh, my Gio, unfortunately, he fell in love with his own closest friend's fiancée, he wouldn't quit, he made her fall in love, but when push came to shove! Our magnificent falconer turned out to be hopeless in the caresses of the woman he loved. Too late he guessed that God had refused him his manhood. Do you know how hard it is to love a woman, and to be loved by her, and to be forbidden the most important thing? So, Mary laughed at him, bitterly laughed at him, 'if you couldn't do anything, why did you keep on after me?' Our falconer could not forgive that and so, according to the rules of falcon taming, locked the girl he once loved into the darkness, starved her, force-fed her, left her stupified, and threw her to several senior falconers so that all of them could enjoy her flesh. Then Iona tried to get revenge on his friend and shot him in the chest he... The wounded falconer disappeared into the woods, Iona was put in prison, Mary became a whore what's

ტბიანეთში ცხოვრობდა ერთი ყმაწილი კაცი. წინასწარ რომ არ დაგაბნიო, გეტყვი, რომ ის ყმაწვილი მე გახლავარ! უბრალოდ, მესამე პირში უფრო ადვილია მოყოლა, ვიდრე საკუთარ თავზე. ლამაზი და ღონიერი იყო ის ყმაწვილი, უბადლო ბაზიერი და დაუღალელი მოქეიფე, ხელგაშლილი და მხიარული მეგობარი. ჰყავდა ერთი ძმასავით შეზრდილი ამხანაგი, სახელად იონა. და ჰყავდა იმ იონას საცოლე, სახელად მერი, მშვენიერი მერი. ბედნიერი და უდარდელი ეგონა ყველას. და არავინ უწყოდა, რამხელა ჭრილობას ატრებდა იგი მკერდში. ეჰ, ჩემო გიო, საუბედუროდ, მას საკუთარი ძმაკაცის საცოლე შეუყვარდა, შეუჩნდა მას, თავიც შეაყვარა, მაგრამ საქმე საქმეზე რომ მიდგა, ჩვენი ყოჩაღი ბაზიერი უძლური აღმოჩნდა საყვარელ ქალთან ალერსში. გვიან მიხვდა, რომ ღმერთს მისთვის მამაკაცობაზე უარი ეთქვა, იცი, რა ძნელია, გიყვარდეს ქალი, მასაც უყვარდე, მთავარი კი აკრძალული გქონდეს. ჰოდა, დასცინა მას მერიმ, მწარედ დასცინა, თუ არაფრის თავი არ გქონდა, რაღას შემომიჩნდიო. დაცინვას კი, ჩვენი ბაზიერი ვერავის აპატიებდა და მანაც, მიმინოს მოთვინიერების წესის თანახმად, ბნელში ჩაკეტა ერთ დროს საყვარელი გოგონა, აშიმშილა, ჩააპურა, გამოათაყვანა, და რამდენიმე უფროს ბაზიერს მიუგდო საჯიჯგნად. შემდეგ, იონამ იძია შური მეგობარზე და მხარში დაკოდა ის ... დაჭრილმა ბაზიერმა ტყეს მისცა თავი, იონა ციხეში ჩააყუდეს, მერი კი გაბოზდა ... რა იყო, ისევ გული გერევა?.. *(კვლავ გადააყუდებს ბიჭს კასრზე და შუბლს უჭერს ხელით).*
აი, ასე მინდა აგერიოს გული, სიყვარულის ხსენებაზე, რა არის, ბოლოს და ბოლოს, ეს სიყვარული? ხაფანგი ნაბიჭვრებისათვის! აი, ის საპნის ბუშტია, მელოტი რომ უშვებს! რა მოგიტანა ამ სიყვარულმა თვითგვემის გარდა. სიყვარულის ყველა ცნება ჭკვიანმა ადამიანებმა მოიგონეს სხვების გასაბრიყვებლად.
უნდა გესმინა, როგორ წყევლა-კრულვას უთვლიდა ის შენი ანი სიყვარულს, მოთვინიერების შემდეგ, სიყვარული ხომ ბინძური ღალატია, შხამიანი ჭრილობა!
შეხედე მელოტს. ის დიდხანს არ დაემორჩილა შელოცვის ხერ-

that, you're getting sick again? *(He props the boy over the basin and holds his forehead in his hands again.)*

Oh, I want you to get sick at the mention of love. What, after all, is love? A son of a bitch's trap! Oh, it's the soap bubble that Baldhead blows! What has love brought you besides self-inflicted pain? This idea of love is just a trick invented by clever people to make others fools.

You should listen to how your Annie counted her love a curse, after the taming, love is a dirty affair, a poisoned wound!

Look at Baldhead. For a long time he didn't obey the rules of the spell and he became a perfect idiot. You are a more sensitive soul and I don't want to make you a brain-dead lackey. I will never have a son and have decided to adopt you, my boy. You and I will do a big job together! Very soon the neighbouring country of Tbianeti will obey me. I will show you my tremendous warehouse of weapons, I will also share with you other secrets, but until then I must completely burn all of your love out of you, so that even the ash is not in you, even the ash doesn't remain!

> *(The roar of thunder and wind from somewhere else enters the bungalow, the light turns off and on, Baldhead blows bubbles at himself, Master grabs Gio by the shoulders and shouts something in his ear, after a little while the sound of wind stops and Master, completely exhausted, leaves Gio.)*

Master: *(To Baldhead)* Bring in Annie!

> *(Mary brings in Annie, Master gets Gio and pushes him slightly forward)*

Annie: Hello!

Gio: Hello, Annie!

Annie: Do you always have to be so beaten up, boy?

Gio: *(Shrugs shoulders)* What's to be done, I'm unlucky! But from today on you'll seldom see me beaten!

ხებს და სრულყოფილ იდიოტად იქცა. შენ კი უფრო ფაქიზი სულის ბიჭი ხარ და მე არ მინდა, რომ შენც ტვინგამოლაყებულ ლაქიად გაქციო. მე არასოდე მეყოლება შვილი და გადავწყვიტე შენ გიშვილო, ჩემო გიო. მე და შენ დიდ საქმეებს გავაკეთებთ! სულ მალე მე ტბიანეთის მეზობელი ქვეყნებიც დამემორჩილებიან. მე შენ გაჩვენებ ჩემი იარაღის უზარმაზრ საწყობს, მე შენ სხვა საიდუმლოებებსაც გაგანდობ, მაგრამ მანამდე ისე უნდა ამოვწვა შენს სულში სიყვარული, რომ ფერფლიც არ დარჩეს მასში, ფერფლიც არ დარჩეს!

(სადღაც იქუხებს და ქარიშხლის ღრიალი შემოვარდება ბუნგალოში, ქრება და ინთება სინათლეები, მელოტი საპნის ბუშტებს უშვებს, პატრონი ბექებში ჩაფრენია გიოს და რაღაცას ჩაყვირის ყურში, ცოტა ხანში ქარიშხლის ხმაური წყდება და მისავათებული პატრონიც თავს ანებებს გიოს).

პატრონი: *(მელოტს)* ანი შემოიყვანე!

(მერის ანი შემოჰყავს, პატრონი გიოს წამოაყენებს და ოდნავ უბიძგებს ხელს).

ანი: გამარჯობა!

გიო: გამარჯობა, ანი!

ანი: სულ ნაცემმა უნდა იარო, ბიჭო!

გიო: *(მხრებს იჩეჩავს)* რას იზამ, უიღბლო ვარ! მაგრამ დღეიდან იშვიათად მნახავ გალახულს!

ანი: აბა, შენ იცი!

გიო: რა გადაწყვიტე?

ანი: რისი? დარჩენის? ჰო, ასე აჯობებს, დავრჩები!

გიო: მეც იგივე გადავწყვიტე! *(პაუზა)* აღარაფერი დამრჩა მკერდში, ანი!

ანი: რა აღარ დაგრჩა? ჰოო, მივხვდი, შენ ნუ მიაქცევ ყურადღებას!

გიო: ფერფლიც არ დარჩა!

ანი: ჰო, ფერფლიც არ დარჩა!

გიო: *(პატრონს)* მე მჯერა შენი!

ანი: *(მერის)* მე მჯერა შენი!

პირველი ნაწილის დასასრული.

Annie: Uh huh, go on!

Gio: What have you decided?

Annie: What? To stay? Yeah, that will be better!

Gio: I have also decided to stay! *(Pause)* There's nothing left in my heart, Annie!

Annie: What's not left? Oh, I guessed, don't you pay attention to that!

Gio: Even ash didn't remain!

Annie: Yeah, even ash didn't remain!

Gio: *(To Master)* I believe in you!

Annie: *(To Mary)* I believe in you!

End of the first act.

ACT II

SCENE FIVE

Bungalow. Mary sits by the stove and knits, Annie is sitting by her side. She is also knitting. Three girl falconers stitch a net. Baldhead and four falconers sit around the table and play cards. After every lost hand Baldhead grits his teeth and pounds his fist on the table. In the background sit Gio and the Master. They are discussing something.

Mary: Master has made Gio very close, he's never gone from his side!

Annie: Yeah, I've also noticed that!

Mary: *(Suddenly realizes)* It's strange, though, how One-eye was so wrong?

Annie: He dived into a waterless pool! To tell you the truth, I also didn't

II ნაწილი

სურათი მეხუთე

ბუნგალო. მერი ბუხართან ზის და ქსოვს, მის გვერდით ანი ჩამომჯდარა. ისიც ქსოვითაა გართული. სამი ბაზიერი გოგონა ბადეს ლამბავს. მაგიდას მელოტი და ოთხი ბაზიერი შემოსხდომიან და ბანქოს თამაშობენ. ყოველი წაგებული ხელის შემდეგ მელოტი კბილებს აღრჭიალებს და მუშტს ურტყამს მაგიდას. სცენის სიღრმეში გიო და პატრონი სხედან. რაღაცაზე საუბრობენ.

მერი: ძალიან დაიახლოვა პატრონმა გიო, გვერდიდან აღარ იცილებს!

ანი: ჰო, მეც შევამჩნიე!

მერი: *(ჩაფიქრებდა)* უცნაურია, მაინც როგორ შეცდა ასე ცალთვალა?

ანი: მიტომაც ჩაყვინთა ორმოში! ისე, მართალი გითხრა, არც მე მჯეროდა გიოს მოთვინიერების, მაგისი ამბავი რომ ვიცი!

მერი: რაო, ღელავდი?

ანი: არა, ჩემთვის უკვე სულერთი იყო!

მერი: *(მკაცრად)* არ უნდა იყოს შენთვის სულერთი. ყოველი ახალი წევრის შემომატება ძალზე საჭიროა ჩვენთვის!

ანი: ჭკუას ნუ მასწავლი მერი! მე ხომ მივხვდი, რატომ დაინტერესდი ჩემი მღელვარებით?!

მერი: მე დედაშვილურად.

ანი: არ მაინტერესებს შენთან დედაშვილობა! საკმარისად დავუმტკიცე ჩემი ერთგულება პატრონს. ასე რომ, გამოცდები აღარ მჭირდება!

მერი: კარგი, დამშვიდდი! *(პაუზა)*

ანი: შენ ერთი ეს ამიხსენი! წელიწადია აქ ვარ და კაცმა ვერ გამიბედა ხელის ხლება. თქვენ ხომ ამ ამბებში თავისუფლება გაქვთ!

მერი: პატრონი პირველი ღამის უფლებას ყველაზე ღირსეულს აძლევს.

believe the Gio I knew could be tamed.

Mary: Oh, were you worried?

Annie: No, it doesn't matter to me!

Mary: *(Strictly)* It should matter to you. Every new member who joins us is essential to us!

Annie: Don't tell me what to do, Mary! I understood, why were you interested in my worries?!

Mary: As your mother.

Annie: I'm not interested in having you for a mother! I've proved my devotion to the Master enough. I know longer need these tests!

Mary: All right, calm down! *(Pause)*

Annie: Explain one thing to me. I've been here a year now and no one dares so much as touch me. But there are stories that you have more freedom!

Mary: The Master gives the right of the first night to the most valuable person.

Annie Then who is this most valuable?

Mary: Let's see! Are you in such a hurry?

Annie: *(Shrugs shoulders)* No, I'm not in a hurry? Simply, I'm interested.

> *(There's noise from the outside. Sighing, First Falconer runs in, Gio follows whipping him thoughtlessly and forcefully.)*

Gio: I'll slaughter you like a pig, you beggar!

First Falconer: Forgive me, forgive me, Gio!

Gio: Pull out your tongue, falconer!

First Falconer: It slipped out, it slipped out!

> *(Baldhead jumps up and very quickly slaps the falconer)*

Gio: Leave it alone, Baldhead! Don't interfere with my business, it concerns me alone! *(Pulls out a knife)*

First Falconer: Don't kill me! *(Kneels down)* Mercy, mercy!

Gio: *(Puts the knife away)* You and all like you – remember this!

Master: *(Runs in)* What's going on, Gio!

ანი: მერე და ვინ არის ის ყველაზე ღირსეული?

მერი: ვნახოთ! ძალიან გეჩქარება?

ანი: *(მხრებს იჩეჩავს)* არა, საჩქარო რა მაქვს? უბრალოდ, მაინ-ტერესებს.

> *(გარედან ხმაური შემოიჭრება. კვნესა-კვნესით შემორ-ბის I ბაზიერი, მას მათრახით მოსდევს გიო და გამეტებით ურტყამს).*

გიო: ღორივით დაგკლავ, შე მათხოვარო!

I ბაზიერი: მაპატიე, მაპატიე, გიო!

გიო: მაგ ენას ამოგაძრობ, ბაზიერო!

I ბაზიერი: წამომცდა, წამომცდა!

> *(მელოტი წამოხტება და ისიც ხეთქავს ბაზიერს)*

გიო: დაანებე, მელოტო, თავი! ნუ ერევი ჩემს საქმეებში, ეს მარტო მე მეხება! *(დანას ხსნის)*

I ბაზიერი: არ მომკლა! *(უჩოქებს)* შემინდე, შემინდე!

გიო: *(დანას ინახავს)* დაიმახსოვრეთ შენ და შენისთანებმა!

პატრონი: *(შემოდის ხმაურზე)* რა ხდება, გიო!

გიო: არაფერი

პატრონი: როგორ თუ არაფერი!

გიო: არაფერი-მეთქი!

მელოტი: ბაზიერმა გააბრაზა გიო! პატრონმა თავისი ნაბიჭვარი რატომ დაგვასვა ყველას თავზეო?!

პატრონი: წადი აქედან! *(გიოს მოხვევს მკლავს)* დაწყნარდი! ზედ-მეტად ფიცხი გახდი!

გიო: შენი დამსახურებაა!

პატრონი: სად იყავი მთელი ღამე!

გიო: ბოზებში.

პატრონი: *(გაეცინება)* თავი დაანებე მაიმუნობას და მიპასუხე!

გიო: ქალაქში.

პატრონი: რატომ არ მკითხე?

გიო: არ ჩავთვალე საჭიროდ!

პატრონი: რაზე წახვედი?

გიო: ისე, გავისეირნე!

Gio: Nothing.

Master: How is this nothing!

Gio: I said — it's nothing!

Baldhead: The falconer made Gio angry! Why did the Master put this bastard on our heads?!

Master: Go away! *(Puts his arm around Gio's shoulder.)* You get far too angry far too easily!

Gio: That comes from you!

Master: Where have you been all night?

Gio: In whores.

Master *(Laughing)* Stop being a monkey and answer me!

Gio: In town.

Master: Why didn't you ask me?

Gio: I didn't consider it necessary!

Master: For what purpose did you go?

Gio: Eh, we walked around.

Baldhead: We didn't have anything to do and for a long time we wandered around town. Then we decided to burn the chief of police's house.

Master: What?

Baldhead: Gio said, as we had nothing to do, to burn the chief of police's house!

Master: And then?

Baldhead: After we burned it, we screwed the mother! Gio put the chief of police himself backwards on a donkey and he rode him around town! The happy people all followed behind and shouted blessings at us!

Master: Is it true, what this idiot says?

Gio: It's true.

Master: *(Viciously, like a hyena)* How did you dare do this without my permission? What did the police do?

მელოტი: საქმე არა გვქონდა და დიდხანს ვიბოდიალეთ ქალაქში. მერე გადავწყვიტეთ, პოლიციის უფროსის სახლი გადაგვეწვა!

პატრონი: რაო?

მელოტი: გიომ თქვა, ბარემ რახან საქმე არა გვაქვს, პოლიციის უფროსის სახლი გადავწვათო!

პატრონი: მერე?

მელოტი: მერე გადავწვით, დედა ვუტირეთ! თვითონ პოლიციის უფროსიც გიომ ვირზე შესვა უკუღმა და ასე ატარა ქალაქში! გახარებული ხალხი სულ კუდში დაგვდევდა, გვლოცავდა!

პატრონი: მართალია, რასაც ეს იდიოტი ამბობს?

გიო: მართალია.

პატრონი: *(გააფთრებით)* როგორ გაბედე ჩემთან შეუთანხმებლად?! პოლიციელები რაღას აკეთებდნენ?

გიო: მელოტს ჰყავდა შეყენებული ორი იარაღით! ნუ ღელავ, ნიღბები გვეკეთა, ვერავინ გვიცნო!

პატრონი: რომ ეცნეთ?

გიო: მერე რა, ქალაქი მაინც შენია. პოლიციის უფროსი ჩვენ უკვე კარგა ხანია აღარ გვჭირდება!

პატრონი: საიდან იცი, გვჭირდება თუ არა?

გიო: თუ არ ვიცი, ეგეც შენი ბრალია!

პატრონი: რა არის ჩემი ბრალი?

გიო: ყველა საქმეს რომ მარიდებ!

პატრონი: იმიტომ, რომ გიფრთხილდები!

გიო: არ მჭირდება მე შენი მოფრთხილება!

პატრონი: ვაი, რომ ძალიანაც გჭირდება და საერთოდ, არ იფიქრო ყველაფერი გაპატიო! წადი, მიმინოები ჩააპურე!

გიო: გული მერევა უკვე იმ დასკლინტული დარბაზისგან!

პატრონი: ძალიან ადვილად გერევა გული, წადი! *(გიო ყოყმანობს, შემოდის მთვრალი იონა)*

იონა: რაო, პატრონის შვილობილო, ვერ მორიგდი მამიკოსთან? დაუჯერე, დაუჯერე, ხომ იცი, შენთვის კარგი უნდა!

გიო: დამანებე, იონა, თავი!

იონა: როგორც ატყობ, მე დიდი ხანია უკვე თავი დაგანებე!

Gio: Baldhead held them up against the wall with two guns. Don't worry, we had masks on, nobody recognised us!

Master: And if they had recognised you?

Gio: Then what, the town is yours. We no longer need the chief of police!

Master: How do you know whether we need him?

Gio: If I don't know, it's your fault!

Master: What's my fault?

Gio: You keep me away from everything!

Master: That's because I'm trying to take extra care with you!

Gio: I don't need your extra care!

Master: Oh, you very much do need it, and don't think I'll forgive you everything! Go, feed the falcons!

Gio: I'm already sick from the bird droppings in the coop!

Master: You get sick very easily, go! *(Gio hesitates, drunken Iona comes in)*

Iona: Oh, the Master's adopted child, can't you make a deal with daddy? Listen, listen, you know he wants the best for you!

Gio: Leave me alone, Iona!

Iona: As you know, I've left you alone a long time! *(To Master)* You thought it easy to bring up a man!

Master: Why are you wandering around here, Iona? Can't you see that you get on everyone's nerves? There will come a time that some falconer will kill you!

Iona: That's what I want ,too.

Master: What do you want?

Iona: That someone will kill me and hang an inscription 'round my neck "Iona, who got on everyone's nerves", I'm a burnt out man, I know I should die, but I can't even manage to kill myself?

Master: You really make me tired, Iona, go break your own neck, do whatever you want, I don't care!

(პატრონს) შენ კი რა ადვილი გეგონა კაცის გაზრდა!

პატრონი: რას დაბოდიალობ აქ, იონა? ვერ ხედავ, რომ ყველას ნერვებს უშლი? ერთხელაც იქნება, მოგკლავს რომელიმე ბაზიერი!

იონა: მეც რომ ეგ მინდა.

პატრონი: რა გინდა?

იონა: რომ მომკლან და წარწერა ჩამომკიდონ „იონა, რომელიც ყველას ნერვებს უშლიდა“, გადამწვარი კაცი ვიცი, რომ უნდა მოკვდეს, მაგრამ თავის მოკვლის თავიც რომა ღარა მაქვს?

პატრონი: მართლა ძალიან დამღალე, იონა, კისერი გიმტვრევია, რაც გინდა, ის ქენი!

იონა: რაც მინდა? დალევა მინდა!

პატრონი: მაინც არ მესმის, რას დაეძებ აქ?

იონა: *(თავს დახრის)* სულ ორი ადამიანი დამრჩით, ვისთანაც რაღაცა მაკავშირებს, შენ და მერი!

პატრონი: კიდევ გიყვარს მერი?

იონა: რასაკვირველია!

პატრონი: არა, შენ ნამდვილად გიჟი ხარ!

იონა: *(სევდიანად)* რატომ, იმიტომ, რომ მიყვარს? შენ, შენ განა ნორმალური ხარ? შენ ხომ არასოდეს გყვარებია?

პატრონი: შენ მიყვარდი!

იონა: ხომ კი?!

პატრონი: მართლა, მართლა და ვერ ავიტანე, კახპას გამო რომ შემიძულე!

იონა: ნეტა მომეკალი მაშინ!

პატრონი: ნანობ?

იონა: ვნანობ რომელია?!

(პატრონი ხელს გაარტყამს, იონა ეცემა)

პატრონი: *(სტუმართმოყვარე კილოთი)* გვერდზე მომიჯექი, მერი, ვისაუბროთ!

მერი: რა იყო, რაზე იჩხუბეთ?

იონა: ვერაფრით ვერ გადავწყვიტეთ, მელოტის თავზე დაფსმის პრობლემა.

Iona: What do I want? I want to drink!

Master: I still don't understand, what are you looking for here?

Iona: *(Hangs his head)* The only two people I have left, to whom I have something linking me, are you and Mary!

Master: You still love Mary?

Iona: Of course!

Master: No, you're truly crazy!

Iona: *(Melancholically)* Why, because I love? You, you're normal? You've never loved her?

Master: I loved you!

Iona: Really now!?

Master: Really, really and I couldn't stand that you hated me because of that whore!

Iona: I wish I'd killed you!

Master: You regret it?

Iona: What's not to regret!?

                 (Master roughly slaps him, Iona falls down)

Master: *(In a hospitable voice)* Come sit by my side, Mary, let's chat!

Mary: What happened, what were you fighting over?

Iona: We couldn't decide how to solve the problem of peeing on Baldhead's head.

Baldhead: What Master does less of, I'll do more of myself!

Iona: Oink, oink, oink!

Baldhead: Oh, he makes me angry! *(Iona gets up, goes to the door and fills up his wine glass.)*

Iona: *(To Gio)* Do you know why I loved you, Gio?

Gio: Why, Iona?

Iona: I thought you were the black-eyed! I waited so long for some boy to come whom they couldn't tame, couldn't kill the human inside him!

Gio: Now you don't love me?

მელოტი. რაც პატრონმა დაგაკლო, მე დაგიმატებ! იონა. ღრუტ, ღრუტ, ღრუტ!

მელოტი: აი, ასე მაბრაზებს სულ! *(იონა დგება, კართან მიდის და ღვინით ავსებს ჭიქას).*

იონა: *(გიოს)* იცი, რატომ მიყვარდი, გიო?

გიო: რატომ, იონა?

იონა: მე შენ შავთვალა მეგონე! მე დიდი ხანია ველოდი, რომ მოვიდოდა ბიჭი, ვისაც ვერ მოათვინიერებდნენ, ვერ მოკლავდნენ მასში ადამიანს!

გიო: ახლა აღარ გიყვარვარ?

იონა: ახლა? *(ჩაფიქრდება, შემდეგ ღვინოს შეასხამს სახეში გიოს)*

გიო: ხელი არ გაანძრიო, მელოტო! *(იონას)* იცი, იონა, ტბისპირეთში ნაადრევად დანგრეული საყდრის კედელზე ფრესკა ვნახე!

იონა: *(ფლეგმატურად)* არ მაინტერესებს!

გიო: მისმინე თვალებბრიალა, ხარისკისერა ბიჭი იყო იმ ფრესკაზე, თავზე ეკლის გვირგვინი ჰქონდა ...

იონა: არ მაინტერესებს!

გიო: მისმინე-მეთქი! იმ ბიჭს ყოველთვის მიბნედილს და სევდიანს ხატავდნენ, ხოლო ფრესკაზე მებრძოლი და ძლიერი იყო, როგორც მაშინ, ფარისევლები რომ გაყარა საყდრიდან!

იონა: არ მაინტერესებს!

გიო: *(უკან მიჰყვება)* ნუთუ, ვერაფერს ხვდები?

იონა: *(მერის)* როგორ ხარ, ტურფა ასულო?

მერი: დავბერდი, იონა!

იონა: *(მიდის მასთან და თმაზე ეფერება)* არა, მერი, შენ დღეს ისეთივე ლამაზი ხარ, როგორც მაშინ, ოცდახუთი წლის წინათ!

მერი: რატომ დღეს?

იონა: სწორედ დღეს, სწორედ დღეს!

ანი: *(სიცილით)* ხვალ აღარ იქნება, იონა?

იონა: აღარაფერი იქნება ხვალ!

ანი: ნუ გვატირებ, გთხოვთ!

იონა: შენც შავთვალა მეგონე, ანი!

ანი: სისულელეების ლაპარაკს ვერ ვიტან!

Iona: Now? *(Considers something, then splashes wine in Gio's face)*

Gio: Don't even move, Baldhead! *(To Iona)* Do you know, Iona, I once saw the fresco on the wall of the destroyed chapel in the lakeside?

Iona: *(Angrily)* I'm not interested!

Gio: Listen! A wide-eyed, bull-necked boy was on the fresco, on his head he had a crown of thorns...

Iona: I'm not interested!

Gio: I said — listen! Everyone painted the boy as exhausted and full of sadness, but in the fresco was he strong and full of fight, and then the Pharisees expelled him from the chapel!

Iona: I'm not interested!

Gio: *(Following behind him)* Can't you figure anything out?

Iona: How are you, heavenly creature?

Mary: I got old, Iona!

Iona: *(Goes beside her and strokes her hair)* No, Mary, you are as beautiful today as you were then, 25 years ago!

Mary: Why today?

Iona: Just today, just today!

Annie: *(Laughing)* Tomorrow she won't be, Iona?

Iona: Nothing will be tomorrow!

Annie: Don't make me cry, please!

Iona: I thought you were a black-eyed, too, Annie!

Annie: I can't stand so many types of foolishness!

Iona: And I can't stand you! What has that Master done to you? How did he spay your soul? *(Shouting)* Show me your hands! You don't remember your wounds, how you cut your veins for him.

Annie: *(With a cold smile)* So what if I remember!
You did nothing foolish when you were little?

Iona: Screw your mother... all of you!

Baldhead: Me too?

Iona: Not you! Not you, Baldhead!

იონა: მე კი შენ ვერ გიტან! რა გიყოთ მაინც ასეთი პატრონმა? რითი დაგიკოდათ სული *(ყვირის)* ხელები მაჩვენე! ეს ნაიარევები მაინც არ გახსოვს, მისი გულისათვის რომ დაიფატრე ვენები.

ანი: *(გულგრილი ღიმილით)* მერე რა, რომ მახსოვს! შენ ცოტა სისულელე ჩაგიდენია?

იონა: თქვენი დედა ვატირე მე ... ყველასი!

მელოტი: ჩემიც?

იონა. შენი არა! შენი არა, მელოტო!

მელოტი: *(ნასიამოვნები)* მოდი დავლიოთ!

იონა: მოიცა! *(მერის)* გახსოვს ზღვისპირა სახლზე რომ ვოცნებობდით!

მერი: მახსოვს. *(იონა უეცრად მიდის მასთან, წელში გადაზნექს და ტუჩებში კოცნის)*

მერი: რა გემართება, იონა!

(იონა ცეკვას იწყებს, რაღაც უცნაურ, აღტკინებულ ცეკვას. ყველა გაოგნებული უყურებს, იონა ასევე უეცრად შეჩერდება და დიდხანს უყურებს ყველას).

ანი: რა იყო იონა, გვიმახსოვრებ?!

იონა: ჰო, ალბათ!

ანი: რა დაგემართა?

მერი: არ ვიცი!

ანი: *(გიოს)* როდემდე ვიქნები ასე?

გიო: რა გინდა?

ანი: სთხოვე პატრონს მოგცეს პირველი ღამის უფლება, თორემ შენი შიშით კაცი ვერ გამკარებია.

გიო: შენთვის ხომ სულერთია?

ანი: არა, რატომ? შენთან მაინც უფრო მიჩვეული ვარ. აბა, რომელიმე ბინძურ ბაზიერს გინდა დავუწვე?

გიო: ვინა ხარ შენ, იქნებ არც გიცნობდი?

ანი: არ მიცნობდი?

გიო: კარგი, მერე ვილაპარაკოთ!

იონა: მელოტო, საქმე მაქვს შენთან!

მელოტი: რა საქმე გაქვს, იონა? *(იონას გვერდით გაჰყავს, მერიმ*

Baldhead: *(Pleased)* Let's drink!

Iona: Wait! *(To Mary)* Do you remember the seaside house that we used to dream!

Mary: I remember. *(Iona rushes to her, takes her by the waist, bends her back and kisses her)*

What's going on, Iona!

> *(Iona starts a dance, strange and excited. Everyone stares in surprise, Iona suddenly stops and stares at everyone for a long time)*

Annie: What is it, Iona, are you memorizing us?

Iona: Yeah, probably!

Annie: What happened?

Mary: I don't know!

Annie: *(To Gio)* How long will I be like this?

Gio: What do you want?

Annie: Ask the Master to give you permission for my first night, otherwise no one will come near me for fear of you.

Gio: You don't care?

Annie: No, why? Anyway I'm more used to you. With which of these filthy falconers do you want me to sleep?

Gio: Who are you, did I used to know you?

Annie: You didn't know me?

Gio: Okay, we'll talk later!

Iona: Baldhead, I have business with you!

Baldhead: What business do you have, Iona? *(Iona brings him to the side so that Mary can't hear)*

Iona: I want to hang myself!

Baldhead: Why?

Iona: I suddenly wanted to!

Baldhead: So?

Iona: So, I don't know how to prepare a loop.

რომ არ გაიგონოს).

იონა: თავი მინდა ჩამოვიხრჩო!

მელოტი: რატომ?

იონა: ასე მომინდა უცებ!

მელოტი: მერე?

იონა: მერე ის, რომ ყულფის გაკეთება არ ვიცი.

მელოტი: ყულფის გაკეთებას რა უნდა.

იონა: გამიკეთე.

მელოტი: თოკი გაქვს?

იონა: მაქვს! *(აწვდის ჩუმად თოკს)* მაინცდამაინც ნუ გამოაჩენ!

მელოტი: კი, მაგრამ თავს თუ ჩამოიხრჩობ, ხომ მოკვდები?

იონა: რასაკვირველია.

მელოტი: არ გაგიკეთებ!

იონა: მე შენ გთხოვ!

მელოტი: *(გაკვირვებული)* რას შვრები?

იონა: მე შენ ძალიან გთხოვ, გამიკეთე ყულფი!

მელოტი: იცი, ჩამთვის არავის არასოდეს არაფერი უთხოვია. მხოლოდ მიბრძანებენ ხოლმე.

იონა: მე კი გთხოვ, გეხვეწები!

მელოტი: შენ პირველი ხარ, ვინც არ მიბრძანა და შემეხვეწა! კარგი, გაგიკეთებ!

(მელოტი და იონა გადიან)

მერი: დასალევად წავიდნენ!

ანი: ალბათ!

მერი: მე უცნაურად მიყურებდა!

ანი: უყვარხარ!

მერი: რაო?

ანი: უყვარხარ-მეთქი!

მერი: ერთხელ და სამუდამოდ დაიმახსოვრე, რომ სიყვარული არ არსებობს, არ არსებობს! აბა, გაიმეორე!

ანი: არ არსებობს!

მერი: რა?

ანი: სიყვარული.

Baldhead: It's not that hard.

Iona: Prepare it for me.

Baldhead: Do you have rope?

Iona: I have! *(Quietly passes the rope)* Just don't show anybody!

Baldhead: Yes, but are you hanging yourself so that you'll die?

Iona: Of course.

Baldhead: I won't do it for you!

Iona: I'm asking you!

Baldhead: *(Surprised)* What are you doing?

Iona: I'm really asking you, make the loop for me!

Baldhead: You know, nobody's ever asked me anything before. They only give me orders.

Iona: I'm asking, I'm begging you!

Baldhead: You're the first who's not ordered and who's asked! Okay, I'll make it for you!

> *(Baldhead and Iona leave)*

Mary: They went to drink!

Annie: Probably!

Mary: He stared at me strangely!

Annie: He loves you!

Mary: Huh?

Annie: I said — he loves you!

Mary: Once and forever, remember that love doesn't exist, love doesn't exist! Okay, repeat it!

Annie: It doesn't exist!

Mary: What?

Annie: Love.

Mary: Okay, now say it together.

Annie, Mary: Love doesn't exist!

> *(Baldhead enters)*

Baldhead: Poor Iona, I shouldn't have listened to him or his Siren song!

მერი: აბა, ახლა ერთად ვთქვათ!

ანი: სიყვარული არ არსებობს!

(შემოდის მელოტი)

მელოტი: საწყალი იონა, არ უნდა დამეჯერებინა მისთვის, რა კარგად მღეროდა! საწყალი!

ანი: რა მოხდა?

მელოტი: არ უნდა დავთანხმებოდი იონას!

მერი: რა მოხდა-მეთქი, მელოტო?

მელოტი: იონა მეცოდება!

ანი: რატომ? რა სჭირს შენი შესაცოდი?

მელოტი: განა ცოდო არ არის? ქანაობს საწყალი ქარში.

მერი: მოიცა, კაცო, აგვიხსენი, ვინ ქანაობს, სად ქანაობს?

მელოტი: ხეზე ქანაობს იონა.

ანი: რატომ?

მელოტი: თქვენ გადამრევთ მე! თავი ჩამოიხრჩო და ქანაობს ახლა საწყლად-მეთქი, რაა ამაში გაუგებარი?!

პატრონი: *(კვლავ შემოდის გიოსთან ერთად)* კიდევ მოხდა რამე?

გიო: რაო?

მერი: თავი ჩამოიხრჩო იონამ!

პატრონი: ეჰ, იონა, იონა ...

მელოტი. მე ვკითხე, სიკვდილის წინ რამე ხომ არ გინდა მითხრა-მეთქი?

გიო: *(სწრაფად)* მერე, გითხრა რამე?

მელოტი: კი.

გიო: რა გითხრა?

მელოტი: ღრუტ, ღრუტ, ღრუტ; ისევ გამაბრაზა საწყალმა! ღრუტ, ღრუტ, ღრუტო, მითხრა!

სურათი მეექვსე

ბუნგალო. გახვითქული მელოტი ბუხარს შეშას უკეთებს. ემსახურებიან. გიო გრძელი მაგიდის თავში ზის და უგემურად რაღაცაზე ჩაფიქრდება ხოლმე და დანით კაწრავს

Poor wretch!

Annie: What happened?

Baldhead: I shouldn't have given him what he wanted!

Mary: I said — what happened, Baldhead?

Baldhead: I feel sorry for Iona!

Annie: Why? Why does Iona need your pity?

Baldhead: Isn't it a pity? The poor wretch is swaying in the wind.

Mary: Wait, man, explain, who's swaying, where is he swaying?

Baldhead: Iona's swaying from the tree.

Annie: Why?

Baldhead: You all make me angry! I said — he hanged himself and now the poor wretch is swaying from the tree, what don't you understand!?

Master: *(Comes in again with Gio)* What happened now?

Gio: What is it?

Mary: Iona hanged himself!

Master: Eh, Iona, Iona...

Baldhead: I asked, do you want to tell me anything before your death, I said?

Gio: *(Quickly)* So, did he tell you something?

Baldhead: Yes.

Gio: What did he tell you?

Baldhead: Oink, oink, oink; he made me angry, the poor man! Oink, oink, oink, he told me!

SCENE 6

The bungalow. Dripping in sweat, Baldhead puts wood in the stove. Annie and Mary serve Gio. Gio sits at the head of a long table and chews joylessly. He is carefully thinking

მაგიდას. ანი და მერი გიოს ემსახურებიან. ანის ღვინით სავსე დოქი შემოქვს, მაგრამ გიო ანიშნებს, არ მინდაო და ისიც მორჩილად შეტრიალდება. მერის ყვავილების კონა მოაქვს და ცალ-ცალკე შემოუწყობს გიოს თეფშს.

გიო: *(კუშტად)* რა უბედურებაა ეს?

მერი: *(დამფრთხალი)* მინდვრის ყვავილებია, თვითონ დავკრიფე!

გიო: მოაშორე აქედან!

I ბაზიერი: *(მოწიწებით ეკითხება გიოს)* რას მიბრძანებ, გიო?

გიო: *(გაკვირვებით)* რა უნდა გიბრძანო, ხომ არ შეიშალეთ დღეს სუყველა?!

I ბაზიერი: ნება მომეცი, ერთი საიდუმლო გაგანდო!

გიო: ჩემი მემკვიდრედ შერაცხვის საიდუმლო?

I ბაზიერი: *(ნირწამხდარი)* პატრონმა მე დამავალა დღევანდელი დღესასწაულის მომზადება!

გიო: აბა, შენ იცი!

I ბაზიერი: მოხარული ვარ, ასეთი ღირსეული მემკვიდრე რომ ეყოლება პატრონს! იმედია, არ დამივიწყებ, გიო!

გიო: მელოტს დაუძახე!

მელოტი: *(ტანსაცმლის ფერთხვით მიდის გიოსთან)* რას მიბრძანებ, გიო?

გიო: დაჯექი და ჩემთან ერთად ივახშმე!

მელოტი: გმადლობთ *(ჩამოჯდება)*

გიო: ჭამე! *(მელოტი ილუკმება)* რას გელაპარაკებოდა იონა თავის ჩამოხრჩობის წინ?

მელოტი: *(პირგამოტენილი)* ყულფი გამიკეთეო!

გიო: კიდევ?

მელოტი: *(ჩაფიქრდა)* ძალიან გთხოვო!

გიო: სხვა არაფერი გითხრა?

მელოტი: სხვა არაფერი.

გიო: კარგად გაიხსენე!

მელოტი: კიდევ ის მითხრა ... ღრუტ-ღრუტო!

გიო: გადი რა, მელოტო, სანამ რამე არ გდრუზე თავში!

(მელოტი ბუხარს უბრუნდება. გიო ცოტა ხანს უძრავად

of something and scratches the table with a knife. Annie brings in a full pitcher of wine, but Gio signals with his hand that he doesn't want it and she timidly turns and goes out. Mary brings in a bunch of flowers and places each separately around Gio's plate.

Gio: *(Scowling)* What the hell is this?

Mary: *(Suddenly scared)* Flowers from the field, I picked them myself!

Gio: Get them out of here!

First falconer: *(Cautiously asks Gio)* What would you ask of me, Gio?

Gio: *(Surprised)* What should I ask of you, have you all gone mad today!?

First falconer: Let me share a secret with you!

Gio: The secret of the declaration that I am to be the heir?

First falconer: *(Disappointed)* Master asked me to prepare a celebration today!

Gio: What do you know!

First falconer: I'm pleased that Master will have such a worthy heir! I hope you won't forget me, Gio!

Gio: Call Baldhead!

Baldhead: *(Brushing himself off goes next to Gio)* What would you ask of me, Gio?

Gio: Sit and dine with me!

Baldhead: Thank you *(Sits)*

Gio: Eat! *(Baldhead gnaws)* What did you talk about with Iona before he hanged himself?

Baldhead: *(With a full mouth)* He asked me to make the loop!

Gio: What else?

Baldhead: *(Thinking)* He really asked me!

Gio: He didn't say anything else?

Baldhead: Nothing else.

ზის და მაგიდის ზედაპირს ჩაშტერებია, შემდეგ გამოერკვევა და თუთუნის ქისას დაიბერტყავს ხელზე).

ანი: *(მაგიდასთან შეჩერდება)* მომეცი, გაგიხვევ!

გიო: დაჯექი, ანი!

ანი: *(ჩამოჯდება)* გახსოვს, ჩემი გულისთვის მეთევზეებთან ჩხუბი რომ მოგივიდა და ხელი მოგტყდა, მაშინ ვისწავლე, შენ გიჭირდა ცალი ხელით გახვევა!

გიო: *(ჩაახველებს)* მახსოვს!

ანი: დღეს შენ მემკვიდრე ხდები და ჩვენი მომავალი პატრონი!

გიო: ვიცი.

ანი: პატრონმა ჩემთან პირველი ღამის უფლება შენ მოგცა!

გიო: ეგეც ვიცი.

ანი: შენთვის მინახავდა თურმე ამდენ ხანს!

გიო: *(პაუზის შემდეგ)* თმები შეგიჭრია, ანი!

ანი: ჰო, ცხელა! თუ არ მოგწონს, ისევ გავიზრდი!

გიო: არა, ასეც კარგია! *(მთელ მათ საუბარს თან სდევს მათი სიყვარულის მუსიკალური თემა).*

ანი: *(აწვდის წეკოს)* სწრაფად მეზრდება!

გიო: *(გააბოლებს)* გმადლობთ!

ანი: მომისმინე, ჩვენ მაინც ბევრი რამ გვაკავშირებს!

გიო: *(დაძაბულად)* რად მეუბნები მაგას!

ანი: იმედია, მე გამხდი მთავარ ბაზიერ ქალად. მერი დაბერდა და გამოშტერდა! შენი მხარდაჭერა მჭირდება! გიო, მერი ძალიან მავიწროვებს!

გიო: *(პაუზის შემდეგ)* კარგი, მე ვიფიქრებ ამაზე, სხვათა შორის, სად არის შენი შინდისფერი კაბა? მახსოვს, ერთ დილას შენმა სიცილმა გამაღვიძა, თვალი გავახილე და შენ დაგინახე იმ შინდისფერ კაბაში, ყურებზე ბლის კუნწულები გეკეთა საყურეებად ... ძალიან კარგი იყავი!

ანი: ახლა არ ვარ კარგი?

გიო: შენ ახლა ძალიან ავად ხარ, ანი, მაგრამ მე მჯერა, მალე გაგივლის ეგ დაწყევლილი ...

ანი: *(განცვიფრებით)* სულაც არა, მშვენივრად ვგრძნობ თავს. რა-

Gio: Try your best to remember!

Baldhead: The other thing he told me—oink oink!

Gio: Go away, Baldhead, be careful or I'll hit you on the head!

> *(Baldhead returns to the stove. Gio sits still for a little while and stares at the surface of the table, then snaps out of it and shakes tobacco out of his drawstring pouch)*

Annie: *(Stops next to the table)* Give it to me, I'll roll!

Gio: Sit, Annie!

Annie: *(Sits down)* You remember when you got in that argument with a fisherman on my behalf and you broke your hand? That's how I learnt that you find it difficult to roll something with one hand!

Gio: *(He coughs)* I remember!

Annie: Today you're becoming the heir and our next Master!

Gio: I know.

Annie: The Master gave you the right to the first night with me!

Gio: I know that.

Annie: Evidently I have been saving myself for you for a long time!

Gio: *(After a pause)* You cut your hair, Annie!

Annie: Yeah, it's hot out! If you don't like it, I'll grow it back!

Gio: No, it's nice! *(During the whole conversation their musical love theme is playing)*

Annie: *(Passes him the rolled tobacco)* Hair grows quickly!

Gio: *(Smokes)* Thank you!

Annie: Listen to me, many things link us together!

Gio: *(Intensely)* Why are you telling me this?

Annie: I hope you'll make me the main falconer woman! Mary's gotten old and dazed! I need your support! Gio, Mary treats me unfairly!

Gio: *(After a pause)* Okay, I'll think on it, by the way, where is your Bordeaux-coloured dress? I remember one morning I was woken by your laughter, I opened my eyes and saw you in your Bordeaux-coloured dress, you were wearing cherries as earrings... you

ტომ მითხარი, ავად ხარო!

გიო: ალბათ, მომეჩვენა!

ანი: შენს ოთახში დავაგო ლოგინი?

გიო: ამაზე მერე ვილაპარაკოთ!

(ანი გადის, შემორბის მერი)

მერი: ყველაფერი მზად არის, გიო! ახლავე გაგპარსავ და გაგალამაზებ! ტანისამოსი საკუთარი ხელით გაგიუთოვე, არავის ვანდე! მობრძანდი, ზეიმი უკვე იწყება.

სურათი მეშვიდე

ბუნგალო სავსეა ბაზიერებით. პატრონი შემაღლებულზე შემდგარა, უკან მერი, მელოტი, ანი და პირველი ბაზიერი დგანან. ბაზიერთა რაზმი სულგანაბული უსმენს პირველ ბაზიერს

I ბაზიერი: ბაზიერნო, ამაყო ტომო, ვინ გაგწმინდათ, ვინ შეგილოცათ პირველმა?! ვინ მოვიდა, ვინ აგიხვიათ თვალები კანაფით, ვინ გაშიმშილათ და შიმშილის შემდეგ ვინ დაგაპურათ უმი ხორცითა და შავი ღვინით?! ვინ ჩაგჩურჩულებდათ უზენაეს აზრებს, ვინ გაგწვრთნათ და გიჩვენათ ერთადერთი სწორი გზა?! ვინ აგიხილათ თვალები ცხოვრების მკაცრ, ჟანგიან ფერებზე, ვინ შთაგინერგათ არსებობის წარუშლელი ჟინი, ვინ გაგხადათ მონადირენი?! და რომელი ზეკაცის დაბადების დღეს ვზეიმობთ გაზაფხულის ამ საღამოს?!

ბაზიერთა რაზმი: პატრონის!!! პატრონის!

(პატრონი ხელს მაღლა სწევს)

პატრონი: ბაზიერნო! ამას დიდი მადლიერების გრძნობით ვისმენ. ჩემი შეგნებული ცხოვრება, მთელი ჩემი ენერგია და სულისკვეთება მე მოვახმარე გზას აცდენილი ყმაწვილებისა და მიმინოების მოშინაურება-მოთვინიერების საქმეს. თვალს რომ გადავავლებ გაფრენილი წლების ქარიშხლიან დღეებს, კანონიერი სიამაყე მეუფლება, არც ერთი წუთით, არც ერთი წამით არ

were so good!

Annie: Am I not good now?

Gio: Now you are very sick, Annie, but I believe it will soon pass, this cursed...

Annie: *(Taken aback)* Not at all, I feel fine. Why do you say I'm sick!

Gio: Well, it just seems so to me!

Annie: I'll go prepare the bed in your room?

Gio: We'll talk about that later!

(Annie goes out. Mary runs in.)

Mary: Everything is ready, Gio! I'll shave you and put you together beautifully right now! I ironed your clothes myself, I didn't trust anyone else! Come, the celebration is already beginning.

SCENE SEVEN

The bungalow is full of falconers. The Master stands above them all. Behind him stand Mary, Baldhead, Annie, and First Falconer. The band of falconers are completely at First Falconer's attention.

First Falconer: Falconers, proud tribe, who made you pure, who first cast the spell on you?! Who came, who covered your eyes with a blindfold of hemp, who starved you and then after stuffed you full of raw meat and red wine?! Who was whispering superior ideas, who tamed you and showed you the only one true path?! Who opened your eyes to life's austere, rusted colours, who extorted the unforgettable desire of existence, who made you hunters?! And which superior man's birthday are we celebrating this evening?! Falconer tribe. The Master's! The Master's!

(The Master raises his hand above.)

შევყოყმანებულვარ არჩეული გზის სისწორეში.

დადგა დრო დიდი ცვლილებებისა, კაცობრიობა უნდა გათავისუფლდეს მოგონილი და უაზრო ტვირთად ქცეული გრძნობებისაგან. ამიტომაც გამოვღლიტეთ იმ მატყუარა ლიბრგადაფარებული ხილვების სამყაროს ...

თქვენ მე ზეკაცს მიწოდებთ! ეს არ არის სწორი. მე ერთი რიგითი ჯარისკაცი ვარ ჩვენი დიადი საქმისა.

(საპროტესტო ღრიანცელი)

ბაზიერნო, გულწრფელად გეტყვით, ცხოვრებამ უხვად დამაჯილდოვა, არაფერი მაქვს საწუწუნო, მხოლოდ ერთი რამ მიკოდავს გულს; წლები გარბიან. ორმოცდამეათე შემოდგომას ვეზიარე, ხოლო მემკვიდრე შვილი, ძე არა მყავს.

მე ვერ დავტოვებ ჩვენს საქმეს ობლად, ყველანი სიკვდილის შვილები ვართ და ერთადერთი თხოვნა მაქვს თქვენთან. დამასაფლავეთ ტრიალ მინდორში. არ არის საჭირო ქანდაკებები, ერთი ლოდი დაადეთ საფლავს და თან ჩამაყოლეთ ჩემი ერთგული, ოქროსთვალება მიმინო მეწამულა!

მერი. *(დაუჩოქებს პატრონს)* უბრძანე, თუ ცოცხალი ვიქენ, მეც მომკლან და საფლავში ჩამატანონ შენთან და მეწამულასთან ერთად.

I ბაზიერი: *(წინ წამოვარდება)* მეც, მეც!

პატრონი: *(ჩაფიქრდება)* კარგი, მერიც ჩამატანეთ!

(მერი ხელზე კოცნის პატრონს, შეშინებული ბაზიერი სასწრაფოდ მიიმალება)

პატრონი: *(ღიმილით)* ახლა ყველა თუ დავიხოცეთ, ვინღა გააგრძელებს ჩვენს საქმეს?

გვეყოფა სევდა, სიკვდილი შორსაა. დღეს ჩემი დაბადების დღეა, ვიმხიარულოთ. გაიღიმეთ. *(ბაზიერები უაზროდ იღიმებიან)*

დღეს მინდა გაგანდოთ ის დიდი საიდუმლო, მე და მერიმ წლების განმავლობაში რომ ვინახეთ და თქვენც არ გაგიმხილეთ. ეს იყო ჩემი ყველაზე მნიშვნელოვანი ცდა. ბოლო თექვსმეტი წლის განმავლობაში ჩვენს რაზმში სამოცამდე ბავშვი დაიბა-

Master: Falconers! I feel very thankful hearing this. My conscious life, all of my energy and spirit has been concerned with the path of wayward youths and the taming of falcons. As I look through the stormy days of the years flown by, a true pride swells, as not for one minute, not for one second have I doubted the correctness of this chosen path.

The time has come for big changes, mankind should be freed from feelings, that made-up and meaningless burden. And so we wretched man from deception covered by this vision of the world...

You call me a superior man! This is not correct. I am one ordinary soldier in our great war.

(Chaos of protest sounds)

Falconers, I say sincerely, life honoured me, I have no complaints, only one weary heart; the years are running by. Fifty autumns have passed, and I do not have an heir, a child, a son.

I cannot leave our work behind as an orphan, and I have only one request from everyone: We are all children of death. Bury me in a vast, empty field. No statues are needed, just one boulder as a tomb and bury me with my faithful, gold-eyed falcon Metsamula!

Mary: *(Kneels before Master)* Command them, if I'm alive, to bury me, too, in your grave with you and Metsamula.

First Falconer: *(Rushes to fall down before him)* Me, too, me, too!

Master: *(Thinking)* Okay, okay, bury Mary, too!

(Mary kisses Master's hand, the scared falconer immediately hides)

Master: *(With a smile)* Now with all of us having died, who will continue our work? Enough sorrow, death is far away. Today's my birthday, let's have fun. Smile!

(The falconers dumbly smile)

Today I want to share with you a big secret, Mary and I have kept this from you for years. It was my most important experience. Over

და. არც ერთმა თქვენგანმა არ იცოდა რომელი რომლის შვილი იყო. ბავშვები ქრებოდნენ. მერისა და ექვს ყრუ-მუნჯ ბაზიერ ქალს სადღაც მიჰყავდათ ისინი და საიდუმლოდ მალავდნენ. ბავშვები ცალ-ცალკე იზრდებოდნენ. ჩემი უკანასკნელი ცდა ის იყო, რომ აქ გაჩენილ ბავშვებს აღარ დასჭირებოდათ გამოლოცვის მძიმე დღეები და მიმინოს მოთვინიერებისებური ხერხები, მათ ჩემი მოსაზრებით, სისხლით უნდა გადაცემოდათ მშობლებისაგან ის თვისებები, რაც მე ჩაგინერგეთ, ბაზიერნო!
ისინი მოგვევლინებიან პირველ სრულყოფილ თაობად, რომელიც დაუდებს სათავეს თავისუფალი კაცობრიობის ბედნიერ მომავალს. დღეს ამ სამოცი ბავშვიდან ათი თექვსმეტი წლის ხდება. ბოლო წელიწადს მათზე მზრუნველობა და აღზრდა დაევალა თქვენს მეგობარს გიოს და იგი ჩემგან ამ საიდუმლოს ეზიარა!
დღეს ათი გოგო-ბიჭი მინდორზე გავა, ისინი პირველად შეხვდებიან ერთმანეთს, ნდობით აღჭურვილი ბაზიერები თვალყურს ადევნებენ მათ და ბოლოს უნდა მოგახსენოთ მთავარი სათქმელი, დღეს არჩეული უნდა იყოს ჩემი მემკვიდრე, ჩემი შვილობილი!
მე ჩემს ძედ და მემკვიდრედ ვრაცხ ჩვენს რიგებში ყველაზე უფრო გვიან შემოსულ წევრს გიოს!

> *(და უცებ თითქოს რაღაცამ იფეთქაო, გაისმის სულის ამაფორიაქებელი ბაგუნი, მგრგვინავი მუსიკის ჰანგებს თან ერთვის ზარების მძლავრი რეკვის ხმა.*
> *შემაღლებაზე გამოჩნდება გიო. ბაზიერები მწკრივდებიან და ორი მხრიდან მიემართებიან მისკენ. გიო ოდნავ ზიზღიანი გამომეტყველებით ორივე ხელს უწვდის საამბოროდ მოწიწებისაგან წელში მოხრილ, რიგში ჩამდგარ ქალებს და კაცებს.*
> *ბაზიერები იწყებენ რიტუალურ ცეკვას, სადღესასწაულოდ მორთულ გიოს შუაში ჩაიყენებენ და აღტკინებული შეძახილებით, დანაგაშიშვლებულები როკავენ მის გარშემო. გიოც იშიშვლებს სატევარს და მათთან ერთად*

the last sixteen years roughly sixty children were born in our tribe. None of you knew whose child was whose. The children were disappearing. Mary and six deaf-mute falconer women took them somewhere and secretly hid them. The children grew up separate from one another. This was my last attempt to have children born here so that they would need neither spells nor taming, as it is my opinion that all the qualities I've put in you, falconers should pass onto them through the blood!

They will appear to us as the first perfect generation, which will lay the foundation for a free mankind, a happy future. Today ten of the sixty children are turning sixteen years old. For the last year your friend Gio, with whom I shared this secret, cared for and raised them!

Today ten boys and girl will go to a field, they will meet each other for the first time, with full trust for the falconers watching over them and finally I want to tell you the main announcement, today my heir, my adopted child must be selected!

I select as my son and heir the newest member of our tribe, Gio!

> (A sudden explosion of the soul sounds, as does music and the sound of a bell ringing.
> Gio stands on high. The falconers stand in a line and head toward him on both his sides. With a look of slight disgust Gio puts out both his hands, the curved back of which the falconer men and women kiss in reverence.
> The falconers begin their ritual dance. They put Gio, dressed specially for the celebration, in the middle and dance around him with knives and tribal chants. Gio also takes out a dagger and begins to dance in the middle. The Master stares happily at the scene. The falconers chant and rock in place.)

Master: Roll in the barrels of wine. Lay the table, today is the feast day. Have fun.

იწყებს ცეკვას წრეში. პატრონი ბედნიერი ღიმილით შესცქერის ამ სურათს. ბაზიერნი ველური შეძახილებით ტოკავენ ადგილზე).

პატრონი: გამოაგორეთ ღვინის კასრები. გაშალეთ სუფრა, დღეს ჩაპურების დღეა. იმხიარულეთ.

(ბაზიერი ქალები და კაცები სასწრაფოდ შლიან სუფრას. მოაგორებენ მუხის კასრებს. მხიარული შეძახილებით დარბიან წინ და უკან. ისმის ლანძღვა-გინება, სიცილი. გრძელ სუფრას შემოუსხდებიან. იწყება ღრეობა).

ანი: *(მერის)* ჩემთან პირველი ღამის უფლება გიოს აქვს!

მერი: ვიცი, გილოცავ!

I ბაზიერი: *(მელოტს)* მელოტო, მოდი, შერიგებისა დავლიოთ!

მელოტი: დავლიოთ, ოღონდ, გიო აღარ გააბრაზო!

(ანის პირველი ბაზიერი მიუჯდება გვერდით და რაღაცაზე უწყებს ჩუმად საუბარს. ანი გულგრილად უსმენს, ქაღალდის ჩიტებს აკეთებს და მაღლა ისვრის. პირველი ბაზიერი გაღიზიანებით შეჰყურებს მას).

I ბაზიერი: როგორ მოგეწონა ჩემი დღევანდელი გამოსვლა?

ანი: კარგი იყო!

I ბაზიერი: *(მოშლილი)* დაანებე მაგ ჩიტებს თავი და მე მისმინე!

(ყურში ჩასჩურჩულებს რაღაცას)

ანი: *(მოუტრიალდება)* განა არ იცი, ბაზიერო, გიოს რომ მისცა პირველი ღამის უფლება პატრონმა?! წერას აუტანიხარ, უბედურო!

I ბაზიერი: მაპატიე, ნუ გამამხელ!

ანი: *(იცინის)* ამ ერთხელ მიპატიებია!

(პირველი ბაზიერი შვებით ამოისუნთქავს და იქაურობას გაეცლება)

პატრონი: ახლა ჩვენს უფლისწულს მოვუსმინოთ!

(გიო ფეხზე დგება, მაგრამ ამ დროს ყველას ყურადღებას დარბაზში შემოვარდნილი ყრუ-მუნჯი ბაზიერი ქალი მიიპყრობს. ყრუ-მუნჯი მერის მიეჭრება და თითების მოძრაობით უხსნის რაღაცას).

მერი: *(თვითონაც თითებით ეკითხება ქალს, შემდეგ პატრონს მო-*

(The falconer men and women immediately set the table. The roll in oak barrels. With a loud, cheerful sound they run to and from. You can hear cursing and cussing, laughter. They sit around a long table. The celebration begins.)

Annie: *(To Mary)* Gio has the right to the first night with me!

Mary: I know, congratulations!

First Falconer: *(To Baldhead)* Baldhead, come, let's forgive and forget, let's drink!

Baldhead: Let's drink, as long as you don't make Gio angry!

> *(First Falconer goes beside Annie and starts a quiet conversation with her about something. Annie listens without interest while making paper birds and throwing them into the air. First Falconer looks at her in irritation.)*

First Falconer: How did you like my performance today?

Annie: It was good!

First Falconer: *(Losing his temper)* Stop with the birds and listen to me!
> *(Whispers something in her ear)*

Annie: *(Wheels around to him)* Don't you know, Falconer, that the Master gave Gio the right to the first night with me!? You're making a fatal mistake, you wretch!

First Falconer: I'm sorry, don't tell anyone!

Annie: *(Laughing)* I'll forgive you this one time!
> *(First Falconer heaves a sigh of relief and disappears)*

Master: Now let's listen to our prince!
> *(Gio rises to his feet, but this time the whole hall's attention turns to the deaf-mute falconer woman rushing in. The deaf-mute heads straight to Mary and explains something through sign language.)*

Mary: *(Mary signs a question in response, then wheels around to Master)* This deaf-mute tells a strange story, Master... the ten children, who were taken to the field...

უტრიალდება) უცნაური ამბებს ჰყვება ეს ყრუ-მუნჯი, პატრონო ... ის ათი ბავშვი, მინდორზე რომ გაიყვანეს ...

პატრონი: თქვი, ნუ დამილიე სული!

მერი: მე არაფერი ვიცი, ბოლო წელი გიო ზრდიდა მათ!

ფინალი

გიო: მე გეტყვი, პატრონო! შენ მიერ მოწამლული ლეკვები ერთ წელიწადში ადამიანებად ვაქციე. ყოველღამ ვახვედრებდი ტყეში, ვამეგობრებდი და ვაყვარებდი ერთმანეთს!

პატრონი. *(ზარდაცემული)* გიო!

გიო: ერთი სიბნელეს ჩააკვირდი, პატრონო! მოკლული ბაზიერის აჩრდილი ხომ არ გიპაჭუნებს თვალს?! ის მართალი იყო, შავთვალა მიმინოს კლავენ! შენც დროზე უნდა მოგეკალი!

I ბაზიერი: *(დანას იძრობს)* არც ახლაა გვიან!

პატრონი: *(მკლავებს შლის და ბარბაცით მიდის მისკენ)* გიო!

გიო: ბაზიერნო! თქვენ, ვინც დაივიწყეთ და ფეხქვეშ გაითელეთ ყველაზე წმინდა, სიყვარული, მეგობრობა, სიკეთე, თავგანწირვა, ვინც გაიველანეთ საკუთარი სულის მინდვრები, მძულხართ და მეცოდებით! არ გაპატიებთ საყვარელი გოგონას სულის დასახიჩრებას, არ გაპატიებთ იონას თვითმკვლელობას და არც თქვენს მოკლულ კაცობას ვაპატიებ მას, ვისაც თქვენ პატრონს უწოდებთ! მე თქვენთან დავრჩი, რათა შური მეძია და მე ვიძიე შური! შავთვალა არ თვინიერდება, ბაზიერნო!

თუ გაიგონე, პატრონო, შორი აფეთქების ხმა?! ეს შენი იარაღის საწყობი აფეთქდა! სუნი თუ გცემს კვამლის? ეს შენი მიმინოების დარბაზი იწვის! ყვირილი თუ გესმის ბებერი მეწამულასი?! ყველა მიმინოს თოკი გადაჭრილია. გესმის მათი ფრთების შხუილი? არ გიკვირს, რა უეცრად დაბნელდა ამ გამთენიისას. შენი მიმინოების ჯარმა დაფარა მზე! ცნობ მეწამულას ფრთების სიმღერას?! შენი საპანაშვიდო ზარია, პატრონო! დღეს მე მომკლავენ, მაგრამ გლოვის ზარი შენზე რეკავს, შენზე, უდღე-

Master: Say it, don't torture my soul!

Mary: I don't know anything, in the last year it was just Gio who looked after them!

FINAL

Gio: I'll say it, Master! In one year I turned the puppets you poisoned into humans. Every night I arranged meetings in the woods to help them become friends and love one another!

Master: *(Beyond shocked)* Gio!

Gio: Let's look closely at the darkness, Master! Can you see the shadow of the murdered falconer winking at you!? He was right, you have to kill the black-eyed falcon! You should have killed me at the time!

First falconer: *(Pulls out knife)* It's not too late!

Master: *(Wobbles toward Gio with open arms)* Gio!

Gio: Falconers! You, who forgot who you are and from whom most saintly, lovely, friendship, and kindness has been taken, you who burned down the fields of your own souls, I hate you and I pity you! I won't forgive you for destroying my beloved girl's soul, I won't forgive you for Iona's suicide, nor will I forget that he ruined his own manhood, the one you call Master! I remained with you to seek revenge and I got my revenge! The black-eyed can't be tamed, falconers!

Did you hear, Master, the sound of that explosion in the distance? It is the explosion of your warehouse of weapons! Do you smell the smoke? It's your falcon coop burning! Do you hear the screeching of your ancient Metsamula? Each falcon's rope has been cut, do you hear their wings flapping? Aren't you surprised by the darkened dawn? Your falcon army covered the sun! Recognize the song of

ურო ტირანო! ჩემმა გამოზრდილმა ბავშვებმა გააკეთეს ეს, იმ ბავშვებმა, შენ რომ მანდე და ჩამაბარე!

ბაზიერებო, ბაზიერებო, მე თქვენ მძულხართ, მიყვარხართ და მეცოდებით!

პატრონი: *(წინ გამოვარდება)* არ მომიკლათ შვილი! არ მოკლათ! არ მოკლათ ჩემი შვილი!

(ბაზიერები დანებს იშიშვლებენ)

I ბაზიერი: აქედან მოაშორეთ ეგ ბებერი მძორი! პატრონი. *(ბოდვასავით)* ჩემი შვილი! ჩემი შვილი! *(კრუნჩხვაქცეულ პატრონს მკლავებს უტრიალებენ)*

გიო: ანი, ანი, მოდი ჩემთან!

(ხელს იწვდის მისკენ, მაგრამ ადგილიდან მოსხლეტილი ბაზიერი დანას ურტყამს ფერდში. ბაზიერი გოგო-ბიჭები ორი მხრიდან მიემართებიან გიოსკენ და სათითაოდ ურტყამენ დანას. დაჩეხილი გიო ადგილზე ქანაობს, მაგრამ არ ეცემა)

გიო: მე თქვენ მიყვარხართ და მეცოდებით!

(ბოლოს ანი რჩება მარტო. ის ნელი ნაბიჯით მიდის გიოსკენ და უკანასკნელ, სასიკვდილო დარტყმას აყენებს ბიჭს) ანი!

(შემდეგ თვალები ეხუჭება, საყვარელი გოგონას მხრებზე ჩამოცურდება და ძირს ეცემა. ანი მოტრიალდება და რაღაც სომნამბულურ ცეკვას იწყებს. ბაზიერები უკან-უკან იხევენ და ბოლოს მხოლოდ გიოს გვამთან ჩაჩოქილი პატრონი და მერი, იქვე მდგარი მელოტი და მოცეკვავე ანი რჩებიან).

პატრონი: გიო, გიო!

გიო: *(თვალს ახელს)* ანი...ანი სად ხარ!

მელოტი: ანი ცეკვავს!

გიო: ცეკვავს? რა ალერსიანი ყოფილა.

მერი: ვინ, გიო?

გიო: რა ალერსიანი ყოფილა სიკვდილი!

(თავი გადაუვარდება)

პატრონი: *(ბღავის)* გიო!

Metsamula's wings?! Your song of lamentation, Master! Today they will kill me, but the mourning bell will toll for you, temporary tyrant! The children I brought up did it, the falconers whom you trusted me to raise!

Falconers, falconers, I hate you, I love you and I pity you!

Master: *(Rushes toward him)* Don't kill my child! Don't kill him! Don't kill my child!

First falconer: *(Falconers produce knives)* Remove this ancient corpse from here!

Master: *(As if in a dream)* My child! My child!

> *(Convulsing Master's arms go round behind his back)*

Gio: Annie, Annie, come to me!

> *(He reaches out his hand to her, but a falconer races out of his spot to stab a knife in Gio's side. The men falconers march to Gio in two lines on either side of him and stab him one by one. Gio is wounded and sways in place but does not fall down.)*

Gio: I love you all and I pity you all!

> *(Finally only Annie remains. She slowly steps towards Gio and deals the final, fatal blow.)* Annie!
>
> *(Then his eyes close involuntarily, his head slips down onto his beloved girl's shoulder. He falls down. Annie turns round and as though sleep-walking begins dancing. The falconers step back and finally only Master and Mary, kneeling by Gio's corpse, Baldhead, standing, and Annie, dancing remain.)*

Master: Gio, Gio!

Gio: *(Opens eyes)* Annie... Annie where are you!

Baldhead: Annie is dancing!

Gio: Dancing? How sweet it's been.

Mary: Who, Gio?

Gio: How sweet death has been!

მელოტი: *(თვალს უხუჭავს გიოს)* დაანებე თავი, გიო, მოკვდა.

პატრონი: *(ზედ დაემხობა, შემდეგ თავს მაღლა სწევს)* მარტო მე და შენ დავრჩით, მერი, აღარც იონაა, აღარც გიო! ეჰ, დროზე უნდა მომეკლა გიო! დროზე უნდა მომეკლა, სანამ შევიყვარებდი!

მერი: სანამ შეიყვარებდი!

პატრონი: ჰო, სანამ შევიყვარებდი!

მერი: *(ჩაფიქრებით)* შენ მთელი ცხოვრება მატყუებდი.

პატრონი: შავთვალა გოგო-ბიჭები დარბიან მინდორზე. თითოეულში გიოს სულის ნაწილია, მერი! ჩვენ დავმარცხდით!

მერი: შენ მთელი ცხოვრება მატყუებდი!

პატრონი: *(დიდხანს უყურებს მერის, შემდეგ დანას უწვდის).* გამომართვი და აქვე გამათავე!

(მერი დანას იღებს და შემართავს)

მელოტი: *(რბილად ჩამოართმევს დანას)* რაღა აზრი აქვს, წავიდეთ, მერი! *(ფაქიზად წამოაყენებს და მიჰყავს)*

პატრონი: მე შენ მინდორზე წაგიყვან, შვილო, შენ შავთვალა გოგო-ბიჭებთან! *(ხელში აიტაცებს გიოს და ნელი ნაბიჯით მიდის)*

ანი: *(წამით წყვეტს ცეკვას, პატრონთან მიდის და თავგადაგდებულ გიოს თმაზე გადაუსვამს ხელს)* რა უხეში ქოჩორი გაქვს, გიო!

(პატრონი გადის. ანი ცეკვას განაგრძობს, მაგრამ უეცრად საიდანღაც შემოიჭრება მიმინოების ფრთების შხუილის ხმა, რომელიც ნელ-ნელა ძლიერდება და თანდათან ფარავს ყველას და ყველაფერს!)

დასასრული

(His head drops down)

Master: *(Bellows)* Gio!

Baldhead: *(Closes Gio's eyes shut)* Leave him alone, Gio is dead.

Master: *(Goes down, then holds up his head)* Only you and I remain, Mary, not Iona, not Gio! Eh, I should have killed him at the time! I should have killed him then, before I came to love him!

Mary: Before you came to love him!

Master: Yeah, before I came to love him!

Mary: *(Thoughtfully)* My whole life you've lied to me.

Master: The black-eyed boys and girls are running round the field. In each there is a part of Gio's soul, Mary! We have lost!

Mary: My whole life you've lied to me!

Master: *(Stares at Mary for a long time, then passes her a knife)* Take it and finish me off!

>   *(Mary takes the knife and prepares to stab him)*

Baldhead: *(Gently takes the knife away)* What's the point, let's go, Mary!

>   *(Helps her to get up and softly leads her away)*

Master: I'll take you to the field, son, with your black-eyed boys and girls!

>   *(Quickly takes Gio in his arms and slowly steps forward)*

Annie: *(Abruptly stops dancing, goes to Master and strokes the hair on Gio's slumped head)* What a rough mop of hair you have, Gio!

>   *(Master goes out. Annie continues dancing, but suddenly from somewhere the noise of the falcons' flapping wings cuts in, which grows louder and comes to cover everyone and everything!)*

გოდერძი
ჩოხელი

1954 – 2007

გოდერძი ჩოხელი – მწერალი, სცენარისტი და კინორეჟისორი.
იგი ლექსების, მოთხრობების და ორი რომანის ავტორია.
მისი პირველი წიგნი გამოქვეყნდა 1980 წელს. გადაღებული აქვს
რამდენიმე ფილმი, 1982 წელს კი მისი ნამუშევარი "აღდგომა"
ობერჰაუზენში მოკლემეტრაჟიანი ფილმების საერთაშორისო
ფესტივალზე მთავარი პრიზით დაჯილდოვდა.

Goderdzi
Chokheli

1954 – 2007

Goderdzi Chokheli was a novelist, scriptwriter,
and film director, whose first book was published in 1980.
He went on to write several collections of verses and short
stories and two novels. He also directed several films, and
in 1982 was awarded Grand Prize at the International Short Film
Festival in Oberhausen for *Easter*.

ადამიანთა სევდა

დარდი № 1677. ჩალი

– რა გადარდებს ?

ჩალი ახალგაზრდა ბიჭია. აქამდე ჩუმად იჯდა და ყურს უგდებდა მოხუცებს. ათი დღე იქნება, რაც ქალაქიდან ამოვიდა. უკვე მიეჩვია ამ მოწყენილ და თითქმის ერთფეროვან დღეებს. აქამდე ერიდებოდა დარდების შემგროვებელი გამიხარდაი მასთან საუბარს, ახლა დარდის ნომერი ჩაიწერა და ხელმეორედ ჰკითხა:

MELANCHOLY OF HUMAN BEINGS
Worry No. 1677. Chaghi

Translated by Ollie Matthews

Translator's note: *the following extract is from the book "Melancholy of Human Beings" by Goderdzi Chokheli. In the early nineteen-eighties, Chokheli, a writer and film director, travelled up into the mountains of northern Georgia to document the mountain villagers' way of life, which was still very traditional and had changed little over the decades. The format of the book is a series of "worries": Chokheli began interviewing villagers by asking them what their worries were, hence his character Gamikharda who is referred to as "the worry collector". 'Worry No. 1677: Chaghi' is a rare moment in the book where the question is turned back onto the worry collector and we learn more about his past.*

"What are you worried about?"

Chaghi was a young man. Up until that point, he had been sitting quietly and listening to the old men. Ten days had passed since he'd come up from the town. He had already got used to the dull, dreary days spent up in the mountains. So far, the worry collector Gamikharda had been avoiding talking to him; but then he wrote down the num-

– რა გადარდებს?

– მე, არაფერი...

– სულ არაფერი?!

– არა.

– მაშ რატომა ხარ ეგე მოწყენილი?

– რა ვიცი, ისე, ქალაქი მომენატრა.

– შეყვარებული ხომ არ ხარ?

– არა, არა...

– მაშ რა გადარდებს?

– სადიპლომო თემა მაქვს დასაწერი.

– რაზე უნდა დაწერო?

– რა ვიცი, გუდამაყარზე უნდა დავწერო ნარკვევი, მაგრამ რა უნდა დავწერო.

– ესე იგი, გადარდებს.

– ჰო, მადარდებს...

– შეყვარებული მართლა არა ხარ?

– არა, მაგრამ, გინდაც ვიყვე, სიყვარული რა დარდია.

– შენ შეყვარებული ხარ?

– ვიყავი.

– მერე?

– გზაზე ყაჩაღების დახვდნენ და გააუბედურეს. იმან ჯერ არაფერი თქვა, ერთი დღე იჯდა და უხმოდ მიყურებდა. ვკითხე, რა დაგემართა მეთქი. არაფერი მითხრა. მერე მოვიდა და მუხლებზე მაკოცა. მე იქვე ჩავიხვიე. ხელიდან გამისხლტა და წავიდა. წავიდა და ეგ იყო... წავიდა...

ადევებულ არაგვში ჩაეხრჩო თავი. იმის მერე დარდებს ვაგროვებ. რაც რამ ქვეყანაზე დარდია უნდა შევაგროვო და ღმერთთან წავიდე.

– რა ერქვა? – ჰკითხა ჩაღიმ.

– ნინო

რომელი სოფლიდან იყო?

– დიდებათიდან. საფლავებიდან ცოტა მოშორებით დამარხეს.

ber of the worry and asked for a second time: "What are you worried about?"

"What am I worried about? Oh, nothing..."

"Nothing at all?"

"Nothing."

"So why are you looking so down?"

"How do I know—maybe I'm missing the town."

"Is it because you're in love?"

"No, no, I'm not."

"So what do you worry about?"

"I've got my final course work to write."

"What do you have to write about?"

"Who knows—I've got to write an essay about Gudamaqari, but what is there to write about?"

"And so you're worried."

"Yes, I'm worried."

"Are you really not in love?"

"No, I'm not, but even if I were, why should love be a worry?"

"Why not? Love is the greatest worry."

"Are you in love then?"

"I was."

"Go on."

"When she was walking along the road one day, some bandits were lying in wait and they attacked her. She didn't say anything for quite a while. One day she was sitting and she looked up at me without making a sound. I asked her what was wrong with her. She didn't say anything. Then she came up to me and kissed me on the knees. I reached down and hugged her, but she pulled herself from my arms and went away. She went away and... that's all really... she went away. She threw herself into the churning waters of the Aragvi. And so then I turned to collecting people's worries. Any worry at all in the world, I have to collect it; and then go to God."

რატომ?

რახან თავისი ნებით მოიკლა თავი. ეგეთი რა გაუჭირდაო, ბრაზობდა ხალხი, ჯერ არავინ იცოდა რაში იყო საქმე. მერე ისევ იმ ყაჩაღებს დაეკვეხნათ... გამიხარდაის წყვილი ცრემლი მოადგა თვალებზე და ჩაღის რომ არაფერი შეემჩნია, შებრუნდა, სალომესთან მივიდა და რვეულში დარდის ნომერი ჩაწერა.

"What was her name?" asked Chaghi.

"Nino."

"Which village was she from?"

"Didebati. We buried her not too far from the graveyard."

"How come?"

"Because she killed herself of her own will. The people were angry, and nobody knew yet what had happened to her. But then the bandits started boasting about what they had done…" Tears started welling in Gamikharda's eyes, and so that Chaghi would not notice, he turned around, went over to Salome and wrote down the number of the worry in his notebook.

ადამიანთა სევდა
ისევ ავტორისაგან

გუდამაყრელ მოლაშქრეთა ფილოსოფიის რვეულში ვნახე ქაღალდის ნაგლეჯი, რომელზეც მარტო ორი კითხვა და ორი პასუხი წერია, არც გვარია, არც სახელი, არც სოფლის დასახელება, სადაც ეს არის ჩაწერილი, შუაში ვერსად ჩავსვი და ისევ ბოლოსთვის შემოვინახე:

– რა არის სიცოცხლე?

– სიცოცხლე სევდა არის, ადამიანად ყოფნის ტკბილი სევდა.

– სიკვდილი?

– სიკვდილიც სევდა არის, ადამიანად არყოფნის სევდა.

MELANCHOLY OF HUMAN BEINGS
Something else from the author

Translated by Clifford Marcus

I saw a scrap of paper in the notebook of the Gudamaqrel soldiers. Just two questions and two answers were written on it. No first name, no last name, no place name where this has been written. I couldn't put it in the middle so I kept it for the end.

"What is life?"

"Life is sorrow, the sweet sorrow of human being."

"And death?"

"Death is also sorrow, the sorrow of human non-being."

აკა
მორჩილაძე

1966 –

გიორგი ახვლედიანი, ფსევდონიმით აკა მორჩილაძე, მწერალი
და ისტორიკოსია, პოსტსაბჭოთა საქართველოს საუკეთესო
რომანების ავტორი. აკა მორჩილაძის ნაშრომებში კარგად ჩანს
21-ე საუკუნის დასავლური გავლენა.
1998 წლიდან მოყოლებული, მან გამოსცა ოცი რომანი და
მოთხრობათა სამი კრებული. 2005-2006 წლებში იგი უძღვებოდა
ტელეგადაცემებს ქართულ ლიტერატურაზე. მისი ნაწარმოებების
მიხედვით გადაღებულია რამდენიმე ფილმი და დადგმულია
მრავალი სპექტაკლი.

Aka
Morchiladze

1966 –

Aka Morchiladze is the pen name of Giorgi Akhvlediani, a writer
and literary historian, who has authored some of the best-selling
Georgian literary fiction of the post-Soviet era.
Morchiladze's work displays a reorientation of early 21st-century
Georgian literature towards Western influences. Since 1998,
Morchiladze has published twenty novels and three collections of
short stories. From 2005 to 2006, he also authored and hosted a
popular television series with Georgian literature as its subject.
Several of his works have been filmed and staged.

დამდნარი შოკოლადის სადგური

ოთხ მოქმედებად

მოქმედი პირები:

სადგურის უფროსი
ქალი
მასწავლებლის ცოლი
ნოტარიუსი
პოლიციელი
მებუფეტე
მკერავის ყრუ-მუნჯი გოგო
გრძელწვერა ახალგაზრდა კაცი
მოცისფროწვერიანი უფროსი
თხუთმეტი გრძელწვერა მებრძოლი
მემანქანე
მგზავრები

MELTED CHOCOLATE STATION

A Play in Four Acts

Translated by Geoffrey Gosby

ROLES:

The Stationmaster
The Woman
The Teacher's Wife
The Notary
The Policeman
The Buffet Attendant
The Tailor's Deaf and Mute Daughter
The Long-Bearded Young Man
The Bluish-Bearded Leader
Fifteen Long-Bearded Fighters
The Engine Driver
The Passengers

პირველი მოქმედება

[პატარა სადგურის ბაქანი. შენობის წინა კედელი, სახურავი: ორი ფანჯარა, ძველებური კარი, ბაქნის საათი რკინის ბოძზე. გახუნებული ცისფერი ტენტი კედლის ცალ მხარეს. რელსები. რელსებს იქეთ ტყისპირი. ტყის თავზე ზაფხულის ცა.

ტენტის ქვეშ, მერხზე შუახნის ქალი ზის. მუხლებზე პატარა ყუთი უდევს.

ტყიდან ახალგაზრდა კაცი გამოდის, რელსებს გადმოირბენს და მკვირცხლად ამოხტება ბაქანზე. მუხლამდე შავი ხალათი აცვია და გრძელი წვერი აქვს.]

ახალგაზრდა: ეს რა სადგურია, ბებო?

ქალი: სადაური შენი ბებო ვარ? შვილიშვილები არ მყავს. ჩემი გოგო არ გათხოვილა.

ახალგაზრდა: ყუთში რა გაქვს?

ქალი: გშია? შოკოლადები. ოღონდ დადნა ამ სიცხეში, დარბილდა.

ახალგაზრდა: და რა სადგურია?

ქალი: ჩვენი. . . *[ახალგაზრდა ცას ასცქერის]* ასე ვეძახით, ჩვენი. ორ სოფელს შუაა. არც იმათია, არც ამათი. ჩვენი გამოდის.

ახალგაზრდა: სადგურის უფროსი სად არის, ბებო?

ქალი: ბუფეტში. ბუფეტში იქნება, სულ იქ არის, ბებერი. ბუფეტში გრილა. ბილეთი თუ გინდა, იქ მიაკითხე. პატარა სადგურია.

ახალგაზრდა: მალე ჩამოივლის?

ქალი: ნაშუაღამევს, აგვიანებს ხოლმე.

[ახალგაზრდა კედლის საათს შესცქერის, მერე ცას ახედავს.]

ქალი: ღამით აგრილდება და შოკოლადებიც გამაგრდება.

[ახალგაზრდა თითქოს რაღაცას ბუტბუტებს გაუგებარ ენაზე. ქალი მიაყურადებს.]

ქალი: უცხოელი ხარ? უცხოურად ამბობ რაღაცას.

ACT 1

[The platform of a small train station. The front wall of a building, a roof, two windows, an old-fashioned door, a platform clock atop a tall iron post. A faded blue awning at one end of the wall. Rails. Beyond the rails the edge of a wood. Above the wood a summer sky.
Beneath the awning, a middle-aged Woman is seated on a bench. A small box sits upon her lap. A Young Man emerges from the wood, runs over the rails and jumps swiftly up onto the platform. He is wearing a black tunic that reaches down to his knees, and and has a long beard.]

Young Man: What station is this, Grandma?

Woman: Who are you calling Grandma? I haven't got any grandchildren. My daughter's not married.

Young Man: What have you got in the box?

Woman: Are you hungry? It's chocolates. They've melted in this heat though, gone all soft.

Young Man: And what station is this?

Woman: Ours... *[The Young Man raises his eyes skyward]* That's what we call it, ours. It's between the two villages. Not that one's, not the other one's. So it's Ours.

Young Man: Where's the stationmaster, Grandma?

Woman: In the buffet. He'll be in the buffet, he's always in there, the old fella. It's cooler in the buffet. If you want a ticket go and ask in there. It's a small station.

Young Man: Is the train coming along soon?

Woman: After midnight - it runs late a lot of the time.

[The Young Man looks up at the clock, then at the sky.]

Woman: Come night it'll cool down and my chocolates'll set again.

[The Young Man appears to mutter something in an unintel-

[ახალგაზრდა არ პასუხობს, მდუმარედ დააბიჯებს ბაქანზე.]

ქალი: ღამით ჩამოივლის, ნაშუაღამევს.

[ტყისპირიდან მოკლე სტვენა მოისმის. ახალგაზრდა მსწრაფლ მოტრიალდება და თავადაც მოკლედ და მჭახედ დაუსტვენს. ტყის პირიდან თექვსმეტი კაცი გამოვარდება, რელსებს გადმოირბენენ და მკვირცხლად ამოხტებიან ბაქანზე. ყველას გრძელი და ფართო შავი პერანგი აცვია და ყველას გრძელი წვერი აქვს. თხუთმეტივე საუცხოოდაა შეიარაღებული. ერთს ძალიან გრძელი მოცისფრო წვერი აქვს, ის არის მათი უფროსი. მოცისფროწვერიანი ახალგაზრდას გადაეხვევა. რაღაცას ლაპარაკობენ გაუგებარ ენაზე.

ახალგაზრდა ქალზე მიანიშნებს და გაუგებარი ენით ეუბნება რაღაცას.]

ახალგაზრდა: ყუთში რა გაქვს, ბებო?

ქალი: შოკოლადები. სიცხეში დადნა, მაგრამ საღამომდე ისევ მომაგრდება. ესენი ვინ არიან?

ახალგაზრდა: ეს ჩვენი უფროსია.

[მოცისფროწვერიანი თავს უკრავს ქალს. მებრძოლები ბაქანზე განლაგდებიან.]

ქალი: ჯარი ხართ?. . . თუ ყაჩაღები ხართ?

ახალგაზრდა: ჩვენ მხედრები ვართ, ბებო.

ქალი: მხედრებიო? მერე ცხენები?

ახალგაზრდა: ცხენები. . . მხედრები ვართ, ცხენები არ გვჭირდება.

ქალი: რა ვიცი. . .თქვენ იცით.

ახალგაზრდა: მანდ იჯექი, ბებო და არ გაინძრე.. .

[უფროსი რაღაცას გადაულაპარაკებს ახალგაზრდას.]

ახალგაზრდა: ხო. სადგურის უფროსი აქ არის, არა?

ქალი: ბუფეტში. იქ იქნება.. .

[წვეროსნები ერთმანეთში ლაპარაკობენ. ცას უყურებენ

ligible language. The Woman listens in.]

Woman: Are you foreign? You're speaking in foreign.

[The Young Man doesn't answer; instead he silently paces the platform.]

Woman: It'll be here tonight, after midnight.

[We hear someone give a short whistle from the edge of the wood. The Young Man turns around in a flash and whistles a short, piercing note in response. Sixteen men rush out of the wood, run over the rails and jump swiftly up onto the plat-form. All are wearing long, broad black tunics and have long beards. Fifteen of them are heavily armed. One has a very long, bluish beard - he is their leader. The Bluish-Bearded Leader embraces the Young Man. They speak in an unintel-ligible language.

The Young Man gestures towards the Woman and says something to the Leader in the unintelligible language.]

Young Man: What have you got in the box, Grandma?

Woman: Chocolates. They've melted in the heat, but they'll set again come evening. Who're they?

Young Man: This is our Leader.

[The Bluish-Bearded Leader nods at the Woman. The fighters arrange themselves along the platform.]

Woman: Are you the army?... Or are you bandits?

Young Man: We're Knights, Grandma.

Woman: Knights, you say? Where are your horses?

Young Man: Horses... We're Knights, we don't need horses.

Woman: What would I know... That's your business.

Young Man: Just sit there, Grandma, and don't move...

[The Bluish-Bearded Leader says something to the Young Man.]

Young Man: Yes. The stationmaster's around here, isn't he?

Woman: In the buffet. That's where he'll be...

და რაღაცას წაიბუტბუტებენ. მერე ხუთი მათგანი ადგილიდან მოწყდება, სადგურის კარს შეამტვრევენ და შიგნით შერბიან. უფროსი რაღაცას დასჭყივლებს უცხო ენაზე, სავარცხელს ამოიღებს და მოცისფრო წვერზე ჩამოისვამს ორჯერ-სამჯერ. დარჩენილი მხედრები დარბაზში ხტებიან. რამდენიმე მაყურებელს, მოავლებენ ხელს და სცენაზე აათრევენ, მუჯლუგუნებითა და კონდახების კვრით. სადგურის კედელთან მიყრიან, თოფებით ადგანან თავზე. ეს მაყურებლები არიან მასწავლებლის ცოლი, პოლიციელი, ნოტარიუსი და მკერავის გოგო.

უფროსი გაუგებარ ენაზე ამბობს რაღაცას.]

ახალგაზრდა: ამ წუთიდან წამოდგომა და ტყვია ერთია. ერთი მაქეთ მიჯექი, ბებო. . .

[ქალი წამოდგება და მძევლებთან მიცუცქდება. ორი მებრძოლი თოფებს შეაყენებს და მძევლების თავზე კედელს უშენს, კვამლი დგება, კედელს ნატყვიარები აჩნდება.

უფროსი კვლავ ამბობს რაღაცას გაუგებარ ენაზე.]

ახალგაზრდა: ყველამ აღიარეთ, რომ შეცდით. თქვით, რომ შეცდით. ვინც არ იტყვის, მოკვდება.

მძევლები: შევცდით. . .შემცდარები ვართ. . .

ახალგაზრდა: *[მკერავის გოგოს წამოადგება თავზე]* ყველამ. . .

პოლიციელი: ეგ მუნჯია... ჩვენი მკერავის გოგოა. ყრუ — მუნჯია, არ ლაპარაკობს. არ ესმის.

[უფროსი ყურადღებით შესცქერის გოგოს და კვლავ ამბობს უცხო ენაზე.]

ახალგაზრდა: მუნჯებიც ცდებიან ისიც შემცდარია. თავი დაიქნიოს, რომ შემცდარია.

პოლიციელი: არ ესმის. ყრუ-მუნჯია. მარტო მუნჯი კი არ არის. ყრუ რომ არის, ამიტომაა მუნჯი.

ახალგაზრდა: მე ვკითხავ, შეცდა თუ არა და თავი დაიქნიოს, დააქნევინეთ თავი.

[The bearded men talk amongst themselves. They look up at the sky and murmur things. Then five of them dart from their positions, break down the station door and run inside. The Bluish-Bearded Leader yells something at them in a foreign language, then takes out a comb and runs it two or three times through his bluish beard. The remaining knights jump down into the auditorium. They seize hold of some audience members and drag them up onto the stage, punching them and beating them with the butts of their rifles. They throw them up against the station wall and stand over them with their guns. These audience members are the Teacher's Wife, the Policeman, the Notary, and the Tailor's Deaf and Mute Daughter.

The Leader says something in an unintelligible language.]

Young Man: From now on, getting up means you get a bullet. Go and sit over there, Grandma...

[The Woman gets up and squats down with the other hostages. Two fighters cock their guns and fire a volley at the wall above the hostages' heads. There are puffs of smoke and bullet holes appear in the wall.

The Bluish-Bearded Leader says something again in an unintelligible language.]

Young Man: All of you, confess that you've erred. Say that you've erred. Whoever doesn't say it, dies.

Hostages: We've erred... We're errant...

Young Man: *[Standing over the Tailor's Deaf and Mute Daughter]* All of you...

Policeman: She's dumb... She's our tailor's daughter. She's deaf and dumb, she doesn't speak. She can't hear you either.

[The Bluish-Bearded Leader looks closely at the Girl and again says something in a foreign language.]

Young Man: The dumb err as well, so she's errant too. She can nod her

[სადგურის კარიდან ხმაური მოისმის. ოთხი მებრძოლი სადგურის უფროსს მოათრევს. სადგურის უფროსს თეთრი, შავღილებიანი ხიფთანი აცვია, თეთრი ულვაში აქვს. მეხუთე მებრძოლი ლულის კვრით მოაცილებს მებუფეტეს.
მებრძოლები რაღაცას ეუბნებიან უფროსს.
ერთმანეთში ლაპარაკობენ.]

ახალგაზრდა: *[ძირს დაგდებულ სადგურის უფროსს და მედუქნეს]* მთვრალები ხართ?

სადგურის უფროსი: ვინც ჩვენ ვერ გაგვიგოს. . . ყველასთან კარგად ვარ. პოლიციასთანაც კარგად ვარ, ჯართანაც კარგად ვარ, თქვენთანაც კარგად ვარ... *[კონდახს ჩასცხებენ]*

ახალგაზრდა: უნდა აღიარო, რომ შემცდარი ხარ... შენ შეცდი.

სადგურის უფროსი: *[წამოდგომას ლამობს]* ვის არ შეშლია? მეც შემეშალა... როგორ არ შემშლია. . .ერთხელ. . . *[კედელთან მიათრევენ და მძევლებთან მიაგდებენ]*

[უფროსი ავი თვალით უცქერს მებუფეტეს, ახალგაზრდას ანიშნებს.]

ახალგაზრდა: *[მებუფეტეს]* აბა?

მებუფეტე: სულ ნისიაზე ვარ... აი, ამათ ყველას ჩემი ვალი აქვს. აი, აქედან, გადაღმა სოფლებამდე იარე და ვისაც გინდა კითხე, მე თუ რამე შემშლია. ვისაც გინდა კითხე...არც თქვენთან შემეშლება. აი, არ შემეშლება...არაკაცი კი არ ვარ...რა უნდა შემეშალოს?

[უფროსი წიხლს დაჰკრავს მებუფეტეს.]

ახალგაზრდა: შენ შეგეშალა.

მედუქნე: ვისთან უნდა შემშლოდა? მოიყვანე აბა, ვისთან შემეშალა. მაგ თოფებით ვერ წამახდენთ. არ შემშლია. კაცი ვარ, ქუდი მახურავს. ყველა ჩემს ნისიაზე სვამს აქ.

სადგურის უფროსი: ალალია, მართალია... *[კონდახებს ურტყამენ, მასაც და სხვა მძევლებსაც]* მე შემშლია, მაგას არა. ყველამ იცის. . .

head that she's erred.

Policeman: She can't hear you, she's deaf and dumb. She's not just dumb. She's deaf as well, and that's why she's dumb.

Young Man: I'm going to ask her whether or not she's erred and she can nod her head – make her nod her head.

> *[We hear a loud noise from the station doorway. Four fighters appear dragging the Stationmaster. The Stationmaster is wearing a white coat with black buttons, and has a white moustache. A fifth fighter pushes the Buffet Attendant outside, prodding him with the barrel of his gun.*
>
> *The fighters say something to their Bluish-Bearded Leader. They talk amongst themselves.]*

Young Man: *[To the Stationmaster and Buffet Attendant, who have been thrown to the floor]* Are you two drunk?

Stationmaster: Don't anybody get us wrong... I've got no problems with anyone, me. Not even with the police, the army, not even with you... *[They are struck with rifle butts]*

Young Man: You have to confess that you're errant... You've erred.

Stationmaster: *[Struggling to get up]* Who hasn't strayed in their time? I've strayed myself, the good Lord knows it... Once... *[They drag him to the wall and put him down with the other hostages]*

> *[The Bluish-Bearded Leader looks malevolently at the Buffet Attendant and motions toward the Young Man.]*

Young Man: *[To the Buffet Attendant]* Well?

Buffet Attendant: I'm forever in debt... See them, all of them owe me money. Look, take a walk from here to the villages over there and ask anyone you want if I've strayed against them. Ask anyone you want... I haven't strayed against you either, see, I won't stray, me... I'm no villain... How could I stray against anyone?

> *[The Bluish-Bearded Leader deals the Buffet Attendant a kick.]*

Young Man: You've strayed.

[უფროსი რაღაცას ამბობს, ხალათს ქვემოდან თოკს გამოიძრობს და მებრძოლებს გადაუგდებს. ისინი ყულფს აკეთებენ და მებუფეტეს ჩამოაცვამენ ყელზე. ბაქნის სიღრმისკენ მიათრევენ, თოკს საათის ბოძზე გადაკიდებენ და შეწყობილად ექაჩებიან, ისე, რომ მებუფეტეს მძიმედ სწევენ ჰაერში.]

მებუფეტე: *[ფართხალებს, ხელ-ფეხს იქნევს და ხრიალებს]* არ შემშლია, არ შემშლია...

[ბოლოს იგუდება. მებრძოლები თოკს შეუშვებენ ხელებს და გვამი ზღართანით ეცემა ბაქანზე.]

სადგურის უფროსი: ვაი, ვაი. . .ჩემო ძმობილო, რისთვის?

ახალგაზრდა: თქვენ ყველას შეგეშალათ...ჩვენთან.

ნოტარიუსი: თქვენთან?

ახალგაზრდა: ჩვენ მხედრები ვართ. მოვედით.

ქალი: კი მაგრამ ცხენები?

სადგურის უფროსი: ცხენები. . . ცხენები, ცხენებიიიი!!!! *[წიხლს ჩააზელენ]* უფროსი შეჰყვირებს. ჩანს, ბრძანებას იძლევა.

[მებრძოლები ორ რიგად დაეწყობიან, პირით სცენისკენ. პირველი რიგი ცალ მუხლზეა ჩაჩოქილი, მეორე ფეხზე დგას. მოცისფროწვერიანი წინ გამოდის და მღელვარედ, გაუგებარ ენაზე იწყებს ლაპარაკს. თავიდან თითქოს გულწრფელად, გულში ჩამწვდომად: მერე კი თანდათან ბრაზდება, თვალებს აბრიალებს, ბოლოს კი ყვირის, ღრიალებს, მუშტებს იქნევს. მებრძოლებს მიუბრუნდება და რაღაცას დაიღრიალებს. მებრძოლები ავტომატებს გადმოიღებენ და დარბაზისკენ ისვრიან. დგება კვამლი.]

ფარდა. პირველი მოქმედების დასასრული

[ანტრაქტისას ფარდა კვლავ აიწევა. ჭერში, დახატულ ღრუბლებს შორის ანგელოზები დალივლივებენ. ჭერიდანვე ჩამოშვებულია საქანელა. რომელზედაც ნელა და

Buffet Attendant: Who am I supposed to have strayed against? Bring them here then, whoever I've strayed against. You won't miss me with those guns. I've done no wrong. I'm a man, me, with a hat on my head. Everybody drinks here at my expense.

Stationmaster: That's the honest truth… *[They beat him and the other hostages with their rifle butts]* I've strayed but not him, everybody knows it…

> *[The Bluish-Bearded Leader says something, pulls out a length of rope from beneath his tunic and throws it to the fighters. They fashion a noose and place it around the Buffet Attendant's neck. They drag him along the length of the platform, attach the rope to the clock post and pull on it in unison so that the Buffet Attendant is hauled roughly into the air.]*

Buffet Attendant: *[Thrashes, waves his hands and feet and roars]* I haven't strayed, I haven't strayed…

> *[Finally he goes limp and breathes his last. The fighters let go of the rope and the corpse falls to the platform with a loud thud.]*

Stationmaster: Oh no, no… Oh my brother, why?

Young Man: You've all strayed… Strayed against us.

Notary: Strayed against you?

Young Man: We are Knights. We have come.

Woman: Yes, but where are your horses?

Stationmaster: Horses…. Horses, horseees!!!! *[They rain kicks upon him]*

> *[The Bluish-Bearded Leader starts shouting. It appears that orders are being given.*
>
> *The fighters arrange themselves into two rows facing the auditorium. The first row is down on one knee and the second standing. The Bluish-Bearded Leader comes to the front and beings speaking agitatedly in an unintelligible language. At the start he appears earnest, electrified, then gradually he grows angry, his eyes sparkle, by the end he is shouting,*

ნაზად ირწევა მკერავის ყრუ მუნჯი გოგო. მოისმის ხმა: ფრთხილად, შვილიკო, ფრთხილად. არ ჩამოვარდე. . .]

მეორე მოქმედება

[სიბნელეა. ვიღაც უსტვენს დარდიანი სიმღერის მელოდიას. ასანთს გაჰკრავენ თუ არა, ბაქნის კიდეზე კოცონი აბრიალდება. კოცონს გარშემო მებრძოლები უსხედან. ჩუმად ბაასობენ გაუგებარ ენაზე. სხვა მებრძოლები საგუშაგო ადგილებზე ჩამომდგარან. უფროსი დგას სადგურის სახურავზე და ცას ასცქერის, თან კიდევ რაღაცეებს ბუტბუტებს გაუგებარ ენაზე.

კედელთან მიყრილ მძევლებს ორი გუშაგი ადგას თავზე. ახალგაზრდა კოცონის პირიდან წამოდგება და მძევლებს უახლოვდება.]

ახალგაზრდა: როდის ჩამოდგება მატარებელი?

ქალი: ღამით.

ახალგაზრდა: ღამეა. . .

ქალი: ნაშუაღამევს. . . აგვიანებს ხოლმე.

სადგურის უფროსი: პირი გამიშრა.

პოლიციელი: მომშივდა. . .დილიდან არაფერი მიჭამია.

ნოტარიუსი: მშიერ კუჭზე სიკვდილი მთლად საცოდაობაა. ამათ არ შიათ?

ახალგაზრდა: ჩვენ არ გვშია. ჩვენ მხედრები ვართ.

ქალი: მე მაქვს შოკოლადები. ღამის მატარებლისთის. ოღონდ დამდნარია. სიცხემ დაადნო და ნაშუაღამევს ისევ გამაგრდება, სუსხი რომ დაიჭერს.

ნოტარიუსი: შოკოლადები შემოვინახოთ. ასე აჯობებს. რა იცი, რამდენ ხანს მოგვიწევს აქ ჯდომა. უნდა დაგვხოცონ?

სადგურის უფროსი: ჩვენი მებუფეტე მოკლეს. ჩამოკიდეს, როგორც კატა. როგორ მოკლეს. . . მიყვარდა ხოლმე მასთან ჯდომა. ღვინოს ვწრუპავდით და ვლაპარაკობდით. წლები

roaring, shaking his fists. He turns to the fighters and roars
something, and the fighters raise their guns and fire towards
the auditorium. Smoke rises.]

CURTAIN. END OF ACT ONE

[During the intermission the curtain rises again. On the ceil-
ing, angels float amongst painted clouds. From the ceiling
a swing is suspended, in which the Tailor's Deaf and Mute
Daughter is swinging slowly and gently. We hear a voice:
'Careful, little one, careful. Don't fall down.… ']

ACT TWO

[Darkness. Someone is whistling a mournful tune. A match
is lit and suddenly, on the edge of the platform, a campfire
flares up. Around the campfire the fighters are seated. They
converse quietly in an unintelligible language. Other fighters
stand guard in various positions. The Bluish-Bearded Leader
stands on the roof of the station and looks up at the sky; he
too is muttering things in an unintelligible language.
The hostages thrown against the wall have two guards
standing over them.
The Young Man stands up from the edge of the campfire and
approaches the hostages.]

Young Man: When will the train come?
Woman: Tonight.
Young Man: It's night now…
Woman: After midnight… It's late a lot of the time.
Stationmaster: My throat is parched.
Policeman: I'm hungry… I've had nothing since this morning.
Notary: Dying on an empty stomach is no way to go. Aren't they hun-

გაგვიტარებია ასე.

პოლიციელი: ტერორისტები. . .

ახალგაზრდა: ჩვენ მხედრები ვართ.

ქალი: და არ გშიათ.

ახალგაზრდა: და არ გვშია.. .

სადგურის უფროსი: აი, ბედნიერი ხალხი. თოფები აქვთ და არ შიათ. კატებივით ახრჩობენ პატიოსან ადამიანებს.

[უფროსი ზემოდან გადმოსცქერის მოსაუბრეებს. რაღაცას გადმოსძახებს ახალგაზრდას. ისიც პასუხობს.]

ნოტარიუსი: სადაურები ხართ?

ახალგაზრდა: მხედრები ვართ. აქ მოვედით, რომ პასუხი მოგთხოვოთ იმაზე, რაც შეგეშალათ.

ნოტარიუსი: რა შეგვეშალა?

სადგურის უფროსი: თქვენ ის შეგეშალათ, რომ სადგურზე მოხვედით. მე ის შემეშალა, რომ ორმოცი წელიწადია ამ ბაქნის უფროსი ვარ. ამას ის შეეშალა, რომ ღატაკია და შოკოლადებს ყიდის ბაქანზე, მკერავის გოგოს კი ის შეეშალა, რომ ყრუ მუნჯი დაიბადა და. . .

ახალგაზრდა: სიჩუმეს კოცონების აბრიალება შეუძლია. დუმილი ხანძარსაც გააჩენს.

ნოტარიუსი: რას ლაპარაკობს ეს კაცი? თუ გრძნობ რომ დაგვხოცავენ და თან ვერ გავიგებთ, რა უნდათ?

სადგურის უფროსი: ვერ ხედავ, რამსიგრძე წვერი აქვს? ტერორისტები არიან. ხომ გინახავს ტერორისტები ტელევიზორში?

[უფროსი სახურავიდან ჩამოხტება, მძევლებს დასცქერის. ყრუ-მუნჯ გოგოს გამორჩეულად აკვირდება. ლოყებზე მოავლებს ხელს და თვალებში ჩასცქერის. ახალგაზრდას გადაულაპარაკებს, ის თავს უქნევს.]

ახალგაზრდა კაცი: ამ გოგოს შეუძლია წავიდეს. მეთაური ამბობს, რომ მას შეცდომა არ დაუშვია. უბრალოდ, ასე გამოუვიდა. გააგებინეთ, რომ წავიდეს, ოღონდ უკან არ მოიხედოს.

მასწავლებლის ცოლი: ამნაირი ბოდვა იშვიათად გამიგონია

gry?

Young Man: We are not hungry. We are Knights.

Woman: I've got chocolates. For the night train. But they're melted. They melted in the heat but come midnight they'll harden again, when the cold sets in.

Notary: We should hang on to the chocolates. Best that we do. Who knows how long we'll have to sit here for. Do they plan to kill us?

Stationmaster: They've killed our buffet attendant. They strung him up like a dog. The way they killed him... I used to love sitting with him. We'd slurp wine and chew the fat. It was that way for years.

Policeman: Terrorists...

Young Man: We are Knights.

Woman: And you're not hungry.

Young Man: We are not hungry...

Stationmaster: Look at them, lucky people. They've got guns and they aren't hungry. Stringing decent people up like dogs.

> *[The Bluish-Bearded Leader looks down at the talking hostages from above. He calls something to the Young Man. He answers.]*

Notary: Where are you people from?

Young Man: We are Knights. We've come to make you answer for straying.

Notary: How have we strayed?

Stationmaster: You strayed by coming to the station. I strayed by being stationmaster here for forty years. She strayed by being poor and selling chocolates on the platform, and the tailor's daughter strayed by being born deaf and dumb...

Young Man: Keeping quiet can light a fire. Keeping silent can spark an inferno.

Notary: What is the man talking about? How can it be that we know they're going to kill us but can't understand what they want?

Stationmaster: Can't you see how long their beards are? They're ter-

ცხოვრებაში. როგორ გავაგებინოთ, რომ უკან არ მოიხედოს? რატომ გვკლავთ?

ახალგაზრდა კაცი: ჩვენ მხედრები ვართ. თქვენ შემცდარნი ხართ და არ აღიარებთ. ისე ამბობთ, ზეპირად. თუმცა, ჯერჯერობით ეგეც საკმარისია.

სადგურის უფროსი: როგორ არ ვაღიარებ. . .ერთხელ. . .

ნოტარიუსი: ახლა ამის ლაპარაკს აზრი არა აქვს. ამხანაგი მოგვიკალით. მართლა კარგი კაცი იყო ჩვენი სადგურის მებუფეტე.

ახალგაზრდა: ის არაფერს აღიარებდა.

სადგურის უფროსი: ჩვენ რომ ვაღიარებთ, რას უნდა მოველოდეთ?

ახალგაზრდა: რასაც მოელის ხოლმე კაცი, როცა შეცდომას აღიარებს.

პოლიციელი: მაშ უნდა გვაპატიონ?

[უფროსი მივარდება ყრუ-მუნჯ გოგოს წამოაყენებს და მძევლებს გაჯავრებით ეუბნება რაღაცას. გოგოს თავზე უსვამს ხელს და მძევლების დასანახად მასზე ათითებს.]

სადგურის უფროსი: საბრალოა მკერავის გოგო, მაგრამ პირი მიშრება. ასე ოხრად ნამთვრალევზე არასდროს ვყოფილვარ. ჩაძინებისაც კი მეშინია.

მასწავლებლის ცოლი: გთხოვთ, გაგვიშვათ. რაში გჭირდებით? მე როგორც ვატყობ, თქვენთვის სიცოცხლე ბევრს არაფერს ნიშნავს. ჩემი ქმარი მასწავლებელია და კარგად ვიცი ვინ ხართ.

პოლიციელი: მარტო ჩვენ შეგვეშალა?

ნოტარიუსი: თუ აღიარებ, უნდა გაპატიონ კიდეც.

[უფროსი გაბრაზებით მიუთითებს გოგოზე და კვლავ ამბობს რაღაცას გაუგებარ ენაზე.]

ნოტარიუსი: ლამაზი ენა კი ჩანს. ტერორისტები სულ ლამაზ ენებზე ლაპარაკობენ. გაზეთში ეწერა.

[უფროსი შეჰყვირებს და გუშაგები წიხლების ცემით აჩუმებენ კედელთან მიყრილ მძევლებს.

უფროსი კვლავ ამბობს მგზნებარედ და ყრუ-მუნჯ გოგო-

rorists. You have seen terrorists on television, haven't you?

[*The Bluish-Bearded Leader jumps down from the roof and looks at the hostages, the Tailor's Deaf and Mute Daughter in particular. He caresses her cheek and looks into her eyes. He says something to the Young Man, who nods his head.*]

Young Man: The girl can go. Our Leader says she's committed no wrong. It just turned out that way for her. Tell her to go, but not to look back.

Teacher's Wife: I've never heard such nonsense in my life. How are we supposed to tell her not to look back? What are you killing us for?

Young Man: We are Knights. You are errant and will not confess. That's what you're saying, plainly and simply. Although that's sufficient for now.

Stationmaster: What do you mean I won't confess? Once…

Notary: There's no sense in talking about it now. They've killed our friend. He really was a good man, our buffet attendant.

Young Man: He made no confession.

Stationmaster: And if we confess, what'll happen to us?

Young Man: Exactly what happens to a man when he confesses his wrong.

Policeman: So they'll pardon us?

[*The Bluish-Bearded Leader lunges towards the Tailor's Deaf and Mute Daughter and pulls her to her feet, saying something to the hostages in an angry tone. He places his hand on the Girl's head and points to her for the hostages to see.*]

Stationmaster: That poor girl, but my throat is parched. I'm never been so badly bloody hungover. I'm afraid to even fall asleep.

Teacher's Wife: Please, let us go. What do you need us for? I can see that life has little value to you. My husband's a teacher and I'm well aware of who you are.

Policeman: Is it only us who've strayed?

Notary: If you confess, they'll have to pardon you.

ზე მიუთითებს.]

ახალგაზრდა: ამ გოგოს არ შეშლია. ეს გოგო წავა, თქვენ კი არაფერი გეპატიებათ.

სადგურის უფროსი: მე გამეხარდა, რომ მკერავის გოგოს უშვებენ, მაგრამ თვითონ მკერავს რას უზამენ? რა უნდა ქნას მკერავის გოგომ, თუ მკერავს შეეშალა? მარტო ყრუ-მუნჯები უნდა გადარჩნენ?

ნოტარიუსი: რას ითხოვთ? პირობები არა გაქვთ? ეგება შეასრულოს ჩვენმა მთავრობამ.

[უფროსი ჩაიღიმებს.]

ახალგაზრდა: არ არსებობს მთავრობა. *[ცას ასცქერის]*

[უფროსი ხელს ჰკრავს ყრუ-მუნჯ გოგოს. გოგო ორიოდ ნაბიჯს გადადგამს, მაგრამ არ მიდის. უფროსი კვლავ ხელს ჰკრავს, გოგო წაბარბაცდება მაგრამ იქვე რჩება. უყურებს უფროსს, მერე კი მოტრიალდება და ისევ მძევლებში ჩაჯდება.]

სადგურის უფროსი: კაი გაზრდილია ჩვენი მკერავის გოგო. ყრუ – მუნჯი რომ არ იყოს, უკეთესი რძალი არც ინატრო.

ნოტარიუსი: ისე, რძალი და ცოლი მუნჯი ჯობია.*(ყველანი იცინიან)* ყრუსი რა გითხრათ.. .

ქალი: ჩემი გოგო ჯერ არ გათხოვილა. სიღარიბით დაგვიწუნეს.

[უფროსი ნიშანს აძლევს მებრძოლებს. ერთ-ერთი მებრძოლი ნაღარას მოირგებს ტუჩებზე და ჩაბერავს. მოისმის ავისმომასწავებელი მელოდია. მებრძოლები სხვადასხვა კუთხეებიდან გამორბიან და კვლავ ორ მწკრივად იკავებენ ადგილს პირით დარბაზისკენ: პირველი რიგი ჩაჩოქილია, მეორე კი კვლავ ფეხზე დგას. უფროსი სავარცხელს ამოიღებს და კვლავ ორჯერ-სამჯერ ჩამოისვამს წვერზე. მწყობრის წინ გამოდის და თითქოს ლაპარაკის დასაწყებად ემზადება. ამ დროს გაისმის ჭექა-ქუხილი. ცაზე ელვაა. მოისმის საშინელი გრუხუნი, თითქოს ნგრევის ხმა. მოდის პირდაპირ თავსხმა წვიმა.

[The Bluish-Bearded Leader angrily points at the Tailor's Deaf and Mute Daughter and again says something in an unintelligible language.]

Notary: It does sound like a beautiful language. Terrorists always speak in beautiful languages. I read it in the newspaper.

[The Bluish-Bearded Leader yells something and the guards rain kicks upon the hostages against the wall, silencing them. The Bluish-Bearded Leader speaks again in a fiery tone and points at the Tailor's Deaf and Mute Daughter.]

Young Man: The girl has not strayed. The girl will leave here, but the rest of you will receive no pardon.

Stationmaster: I'm glad they're letting the tailor's girl go, but what'll they do to the tailor? What's the tailor's girl supposed to do if the tailor's strayed? Are only the deaf and dumb to survive?

Notary: What are your demands? Do you not have any conditions? Maybe our government can meet them.

[The Bluish-Bearded Leader smiles to himself.]

Young Man: There is no government. *[He looks to the skies]*

[The Bluish-Bearded Leader strikes the Tailor's Deaf and Mute Daughter. The Girl staggers sideways a couple of steps, but doesn't leave. The Leader strikes her again, the Girl staggers but again stays where she is. She looks at the Leader, then turns around and sits back down amongst the hostages.]

Stationmaster: She's well brought up, our tailor's girl. If it wasn't for her being deaf and dumb, you couldn't wish for a better bride.

Notary: Well, a dumb bride and wife would be all the better. *[All laugh]* I'm not sure about deaf though...

Woman: My daughter's not married yet. Nobody will have her, poor as she is.

[The Bluish-Bearded Leader gives a signal to the fighters. One fighter places a bugle to his lips and blows. We hear a foreboding melody. The fighters come running from their var-

კოცონი ქრება. მებრძოლები ირევიან, უფროსი რაღაცას ყვირის, გარბი-გამორბიან და ყვირიან გაუგებარ ენაზე. კვლავ ისმის გრუხუნი და ნგრევის ხმაც, თითქოს ღრიალი და ტირილი.]

ქალი: რა კარგია, რა კარგია. . . შოკოლადები დამირბილა სიცხემ, ახლა კიდევ ისევ გამაგრდება. ღამის მატარებელზე გავყიდი.

სადგურის უფროსი: დროულია გვალვაზე, დროული...

[ყრუ-მუნჯი გოგო ნელა წამოდგება, სცენის შუაში გამოდის და ნაზად, ფარფატით ცეკვავს, ცდილობს, ამ არეულობაში ახალგაზრდა მოძებნოს და საცეკვაოდ გამოიწვიოს. ხელებს ჩასჭიდებს და შუაში გამოყავს, ცდილობს აცეკვოს.]

ახალგაზრდა: ცეკვა არ შეიძლება. . .ჩვენ მხედრები ვართ!

[გრგვინავს, სჭექს და კოკისპირულად წვიმს.]

სადგურის უფროსი: ა, როგორი ცეკვა იცის მკერავის გოგომ.

ფარდა. მეორე მოქმედების დასასრული

[ანტრაქტის დროს ფარდა კვლავ აიწევა და იგივე სურათია რაც პირველი ანტრაქტისას: ანგელოზები, ღრუბლები, საქანელა. ყრუ-მუნჯი გოგო კვლავ საქანელაზეა, ოღონდ ამჯერად მეტი სიჩქარით ქრის საქანელაზე. კვლავ მოისმის ხმა, რომელიც რამდეჯერმე მეორდება:- ფრთხილად, გოგონა, ფრთხილად. . .]

მესამე მოქმედება

[ბაქანი, მთვარიანი ღამე. მძევლები კვლავ ძველ ადგილას მიყრილან. მებრძოლებს პოზიციები უჭირავთ. შუაში დააბოტებს მოცისფროწვერიანი უფროსი. ახალგაზრდა შორიახლოს დგას.]

სადგურის უფროსი: ვენახებს დაღუპავდა?

ious corners and again take their places in two rows facing the auditorium: the first row is down on one knee and the second standing as before. The Leader takes out a comb and again runs it two or three times through his beard. He comes out in front of the formation and makes as if to speak. At this point we hear thunder and lightning. The sky flashes. We hear a terrible rumbling, almost like a building collapsing. A driving rain sets in, extinguishing the campfire. The fighters are in disarray, the Leader shouts something, and they run hither and thither and shout in an unintelligible language. We hear another rumble and the sound of a building collapsing, almost like roaring and sobbing.]

Woman: Marvellous, marvellous... The heat melted my chocolates and now they'll set again. I'll sell them on the night train.

Stationmaster: Just in time with this drought, just in time...

[The Tailor's Deaf and Mute Daughter slowly rises to her feet, comes out into the centre of the stage and begins a gentle, fluttering dance. She tries in the confusion to find the Young Man and make him join her in dancing. She takes hold of him with both hands and pulls him into centre-stage, trying to make him dance.]

Young Man: Dancing is forbidden... We are Knights!

[The thunder roars and the rain lashes down.]

Stationmaster: Ah, she's quite the dancer, our tailor's girl.

CURTAIN. END OF ACT 2

[During the intermission the curtain again rises to reveal the same scene from the first intermission: angels, clouds, the swing. The Tailor's Deaf and Mute Daughter again sits on the swing, but this time she is swinging at a greater speed. Again we hear a voice which repeats several times: 'Careful, little girl, careful.... ']

პოლიციელი: არამგონია, სწორედ რომ დროულად წამოუშინა. გვალვისკენ მივყავდით და მოარბილა.

სადგურის უფროსი: ეგ მეც ვიცი, მაგრამ ისე წამოუშინა. . .

ქალი: ისე ცხელოდა, შოკოლადები სულ დამირბილა. ამან კიდევ, თავიდან რომ მოვიდა, ბებიაო. ბებია ვარ?

ნოტარიუსი: მგონი ერთმანეთისგან ვერ გვარჩევენ წესიერად. ყველა ერთნაირები ვგონივართ. ჭიანჭველები ვგონივართ. დიდ უბედურებაში გავეხვიეთ.

სადგურის უფროსი: როგორ მოკლეს მებუფეტე.

მასწავლებლის ცოლი: ეგებ დავავიწყდით? ნახე, საერთოდ არ იყურებიან აქეთ. ნელნელა და კედელ-კედელ რომ გავცოცდეთ, ვერ გავიპარებით? დაბლა, ხევისკენ უნდა ჩავყვეთ და იქ რაღას მოგვაგნებენ?

ქალი: აწი მატარებელი მოვა. შოკოლადი უნდა გავყიდო.

პოლიციელი: მთელს მატარებელს ამოჟლეტენ, რა შოკოლადი?

ქალი: გავყიდი შოკოლადს. მე ღარიბი ქალი ვარ. ნახავ, თუ არ გავყიდი შოკოლადს.

ნოტარიუსი: საიქიოში თუ გაყიდი, არ ვიცი. ესენი დაგვხოცავენ. პირწავარდნილი გიჟები არიან. ამის მიხვედრას რა უნდა?

მასწავლებლის ცოლი: აღარც ვახსოვართ.

სადგურის უფროსი: ჩემს ოთახში, უჯრაში, რევოლვერი მიდევს. შევცდი, თუ არ შევცდი, ორმოცი წელიწადია ამ ბაქნის უფროსი ვარ. სანამ მთავრობის ჯარები მოვლენ, რაღაც უნდა მოვახერხოთ. სამოცდაშვიდი წლისა ვარ და სმა მიყვარს. . . სიგრილე მიყვარს. კაცი ვარ?

ნოტარიუსი: რა თქმა უნდა! მე მიხსნი?

სადგურის უფროსი: ჰოდა, მგონია რომ ესენი შეცდნენ. თავის დამდები ხარ?

[ყრუ-მუნჯი გოგო კვლავ მძიმედ წამოდგება და ნელი ნაბიჯით მიდის-მიფარფატებს, გადაჭრის სცენას, მებრძოლებს შორის გადის, ბაქნიდან ფრთხილად ჩახტება რელსებზე და იქ გაჩერდება.

ACT THREE

[The platform, a moonlit night. The hostages are again scattered where they were before. The fighters are in their positions. The Bluish-Bearded Leader paces in the centre. The Young Man is standing off at a slight distance.]

Stationmaster: Will the vines have died?

Policeman: I don't think so, the heavy rain's come down just in time. We were heading for a drought and it'll have softened them up.

Stationmaster: I know that, but it's come down so hard...

Woman: It got so hot all my chocolates melted. Then he comes along and the first thing he does is call me Grandma. Me, a grandma?!

Notary: I'm not sure they can properly tell us apart. They think we're all the same. We're ants to them. We're in a terrible mess.

Stationmaster: The way they killed our buffet attendant...

Teacher's Wife: Is it possible they've forgotten about us? See, they're not looking over here at all. If we slowly crawled away keeping close to the wall, mightn't we escape? Let's head down towards the ravine, how will they find us there?

Woman: The train'll be here any minute. I've got chocolates to sell.

Policeman: They'll exterminate the entire train, what do you mean you've got chocolates to sell?

Woman: I'm going to sell these chocolates. I'm a poor woman. You see if I don't sell them.

Notary: Whether you'll be selling them in the next world I don't know. They're going to kill us. They're completely mad. What will it take for you to see that?

Teacher's Wife: They've forgotten about us.

Stationmaster: In my office, in a drawer, I've got a revolver. Errant or not, I've been master on this platform forty years. Until government troops get here we've got to do something. I'm sixty-seven years old and I love to drink... And I love the cool breeze. Am I not a man?

მებრძოლები გაუნძრევლად დგანან, თითქოს თვალღიად სძინავთო.]

სადგურის უფროსი: თავის დამდები ხარ? როგორმე შიგნით უნდა შევიპაროთ.

პოლიციელი: მე ვარ თავის დამდები.

[მოცისფროწვერიანი უფროსი რაღაცას გადასძახებს ახალგაზრდას, გოგოზე მიაუთითებს. ახალგაზრდა თავს აქნევს. უფროსი ყვირის, მებრძოლები ავტომატებს მომართავენ და დინჯად, შეწყობილად ისვრიან ჰაერში. გოგო არც კი მოიხედავს, ისე ცეკვავს რელსებზე, თითქოს ფარფატებსო.]

ნოტარიუსი: რას გააგონებ? არ ესმის.

მასწავლებლის ცოლი: ჩვენ გვშველის. . .ჩვენთვის გააკეთა. იმათი გატყუება უნდა.

სადგურის უფროსი: აბა, ვივარგოთ. *[სადგურის კარისკენ მიცოცავს. სხვებიც ფრთხილად მიჰყვებიან]*

ახალგაზრდა კაცი: არ გაინძრეთ!

[მებრძოლები მოტრიალდებიან და კარისკენ გახოხებულებს მისცვივდებიან. კონდახებით და წიხლებით სცემენ.]

ახალგაზრდა: თქვენ განწირულები ხართ. თქვენ. . . თქვენ შეცდით. თქვენ ხართ გულბოროტი და ავი ადამიანები და ამისათვის წინ გაგირეკავთ, წინ გაგირეკავთ ქვესკნელისკენ. ტყუილად დაღოღავთ, ტყუილად ხართ ასე თამამნი. თქვენ შეცდით. თქვენ ყველანი შეცდით და ახლა უნდა გვიპასუხოთ. ჩვენ მხედრები ვართ. უნდა გვიპასუხოთ.

[უფროსი ღრიალებს, ცას შეჰღაღადებს, მუშტებს უღერებს მძევლებს, კვლავ ლაპარაკობს ყველასთვის უცხო ენაზე. მძევლებს უმოწყალოდ ურტყამენ.]

სადგურის უფროსი: წადი, თქვენი. . . არ შევმცდარვარ. არ შემშლია, წადი თქვენი. . .

ქალი: მე შოკოლადი უნდა გავყიდო. მე ღარიბი ქალი ვარ...

Notary: Of course! You're asking me?

Stationmaster: Well then, I think it's them who've got it wrong. Can I count on you?

> *[The Tailor's Deaf and Mute Daughter again slowly rises to her feet and, with a slow step, flutters across the stage, passing amongst the fighters. She jumps carefully from the platform onto the rails and stops there.*
>
> *The fighters stand motionless, as if sleeping open-eyed.]*

Stationmaster: Can I count on you? Somehow we've got to steal inside.

Policeman: You can count on me.

> *[The Bluish-Bearded Leader calls something across to the Young Man, motioning towards the Tailor's Deaf and Mute Daughter. The Young Man nods his head. The Leader shouts, the fighters raise their guns and smoothly, in unison, fire into the air. The Girl doesn't even turn her head as she continues her fluttering dance on the rails.]*

Notary: How is she supposed to hear that? She can't hear anything.

Teacher's Wife: She's helping us... She's doing it for us. She's distracting them...

Stationmaster: Well then, let's take our chance. *[He crawls towards the station door. The others cautiously follow him]*

Young Man: Don't move!

> *[The fighters whirl around and run at the hostages crawling towards the door. They kick them and beat them with their rifle butts.]*

Young Man: It is your destiny to die. You... You have erred. You are wicked and evil people and for that we will drive you out from here, drive you down into hell. Your crawling about is in vain, just as your boldness is in vain. You have erred. You have all erred and now you must answer to us. We are Knights. You must answer to us.

> *[The Leader roars towards the sky. He shakes his fists at the hostages and again speaks in a language foreign to all. The*

ნოტარიუსი: მებუფეტე მოკლეს, ყველაზე კეთილი კაცი მთელს ამ მხარეში...

ახალგაზრდა: თქვენ პასუხი მოგეთხოვებათ.

[ღრიანცელია და ამ ღრიანცელში თანდათან მოისმის მატარებლის ბორბლების ხმა.]

ახალგაზრდა: მატარებილი მოდის?

ქალი: ორიოდ წუთში აქ იქნება.

სადგურის უფროსი: არა, ხუთ წუთში. ჯერ ნატბეურის მოსახვევთანაც არ მოსულა. ორმოცი წელია ამ ხმას ვუსმენ.

[უფროსი ბრძანებებს გასცემს. მძევლებს კვლავ კუთხეში მიყრიან და მათ წინ ორ მწკრივად გაეწყობიან.]

პოლიციელი: აი, უნდა დაგვხვრიტონ.... . .

მასწავლებლის ცოლი: არ მაინტერესებს, არ მაინტერესებს. ხომ შეიძლება, რომ არ მაინტერესებდეს?

[ისმის მოახლოებული მატარებლის ბორბლების ხმა. უფროსი კვლავ იწყებს ლაპარაკს, მძევლებს მიმართავს. თითქოს რაღაცას უხსნის მათ, გაბრაზებული, თითით მიანიშნებს რელსებზე მდგარი ყრუ-მუნჯი გოგოსკენ, რომელიც თითქოს ცეკვავსო. უფროსი შეჰყვირებს. მებრძოლები ავტომატებს ამზადებენ.]

ქალი: მე შოკოლადები უნდა გავყიდო. ჩემი შოკოლადები უკვე გამაგრდა და ვერავინ შეატყობს, რომ შუა დღით ისინი თითქმის დამდნარი იყო. მე შოკოლადები უნდა გავყიდო და თქვენ მე ხელს ვერ შემიშლით! მე ღარიბი ქალი ვარ! წადი, თქვენი. . . *[შოკოლადებიან ყუთს მოისვრის მებრძოლებისკენ]*

[ყუთი ფეთქდება. აფეთქების ხმა ძალიან ძლიერია. აუწერელი კვამლია. აღარაფერი ჩანს. სცენა ბნელდება. სულ ახლოა მატარებლის ბორბლების ხმა.]

ქალი: მე რა ვიცი, რატომ წავიდა და დადგა იქ...

[სიჩუმე. ორთქლმავლის დინჯი და ღონიერი ქშენა ისმის. იქაურობა თანდათან ნათდება. სცენაზე მატარებელი ჩამომდგარა. მებრძოლები აღარსად არიან.

hostages are beaten mercilessly.]

Stationmaster: Go to blazes... I've not erred, I've not strayed, go to blaz-es...

Woman: I have to sell my chocolates. I'm a poor woman...

Notary: They killed the buffet attendant, the kindest man around here...

Young Man: You will all have to answer.

[There is a loud din, and from this din we gradually hear the wheels of a train.]

Young Man: Is the train coming?

Woman: It'll be here in a couple of minutes.

Stationmaster: No, in five minutes. It hasn't reached Drylake Bend yet. Forty years I've listened to that sound.

[The Leader gives orders. The hostages are again thrown into the corner and the fighters form two rows in front of them.]

Policeman: It looks like they're going to kill us...

Teacher's Wife: I don't care, I do not care. I am allowed, aren't I, not to care?

[The wheels of the approaching train can be heard. The Leader begins to speak again, addressing the hostages. It is as if he is explaining something to them, angrily, pointing his finger at the Tailor's Deaf and Mute Daughter standing on the rails, who appears to be dancing. The Leader shouts something. The fighters aim their guns.]

Woman: I have to sell my chocolates. My chocolates have set again now and nobody's going to know that at midday they were almost completely melted. I have to sell my chocolates and you can't get in my way! I'm a poor woman! Get away from me... *[She throws the box of chocolates at the fighters]*

[The box explodes with a powerful sound. Inexplicable smoke obscures everything. The stage goes dark. The sound of train wheels is very close by.]

Woman: How should I know why she'd go and stand there...

მატარებლიდან მგზავრები ჩამოდიან. სცენიდან დარბაზში შემოვარდება ზაფხულის მშვიდი და გრილი ღამის სურნელი. ქალი მერხიდან წამოდგება და ჩამოსულ მგზავრებს შოკოლადებს სთავაზობს.]

ქალი: ახალთახალი შოკოლადები, ბატონო... უფრო ახალი ვიდრე აქაურ ბუფეტში აქვთ.

[ზოგიერთი მგზავრი ბაქანზე მხოლოდ გასაბოლებლად ჩამოსულა. ერთი მათგანი საათის ბოძთან, მერხზე წამოწოლილ მებუფეტეს დასცქერის.]

მგზავრი: ეს კაცი მკვდარია?

[სადგურის უფროსი ორთქლმავლის კიბეზე ჩამომჯდარ მემანქანეს ემასლაათება. ერთად აბოლებენ სიგარეტს.]

სადგურის უფროსი: დღეს ბევრი არ დაგიგვიანია.

მემანქანე: საკვანძოზე ცოტახანს ვიდექით. რა ხდება აქეთ?

სადგურის უფროსი: არაფერი. . . მებუფეტე დაგვითვრა. ძალიან ინერვიულა და დაგვითვრა. საათთან ჩამოჯდა და იქვე დაეძინა. ადგილიდან ვერ დავძარით. ხედავ? *[მიუთითებს]*

მემანქანე: *[ხითხითებს]* როგორ დაძრავ მთას? კარგი კაცია თქვენი მებუფეტე. მეც კი მაქვს მისი ვალი.

[სადგურის უფროსი საათს გასცქერის.]

სადგურის უფროსი: დიდხანს ხომ არ დგახართ?

მემანქანე: ორი წუთი კიდევ მაქვს.

ქალი: ჰეი, ჯერ არ დასძრა მატარებელი. ეგებ კიდევ ვინმეს მოუნდეს შოკოლადები.

[სადგურის უფროსი და მემანქანე გულიანად იცინიან.]

სადგურის უფროსი: გამოძიებისა რა ისმის?

მემანქანე: *[ჩაფიქრებით]* კარგი არაფერი. რა უნდა ისმოდეს? დაიღუპა კაცი. ეჰ. . .*[მძიმედ წამოიმართება და კაბინაში ადის. ისმის ორთქლმავლის კივილი და ერთი ამოქშენა]*

სადგურის უფროსი: აბა. . . გელოდებით. *[პატარა დროშას ამოაძვრენს საიდანღაც და შემართავს]*

[სინათლე კლებულობს. ორთქლმავალი ქშენს და კვლავ

[Silence. We hear the hushed, powerful puffing of a steam engine. The scene slowly lights up again. The train has come to rest on stage. The fighters are nowhere to be seen.
The passengers alight from the train. The peaceful and cool scent of a summer night wafts down from the stage into the auditorium. The Woman stands up from the bench and offers chocolates to the alighted passengers.]

Woman: Freshly made chocolates, sir... Fresher than they've got in the station buffet.

[Some passengers have alighted onto the platform to smoke. One of them stands by the clock pole and observes the Buffet Attendant, who is stretched out on the bench.]

Passenger: Is this man dead?

[The Stationmaster is talking to the Engine Driver, who is sat on the steps of the train. They are smoking together.]

Stationmaster: You weren't that late today.

Engine Driver: We were held up a bit at the junction. What's going on around here?

Stationmaster: Nothing... Our buffet attendant got drunk. He was so upset that he drank too much. He sat down there by the clock and went straight to sleep. We couldn't move him. See? *[Points]*

Engine Driver: *[Chuckles]* How can you move a mountain? He's a good man, your buffet attendant. Even I owe him money.

[The Stationmaster looks at the clock.]

Stationmaster: Do you have to be off soon?

Engine Driver: I've got another couple of minutes yet.

Woman: Hey, the train hasn't started moving yet. Maybe somebody else will want chocolates.

[The Stationmaster and Engine Driver laugh heartily.]

Stationmaster: What's the latest on the enquiry?

Engine Driver: *[Pensively]* Nothing good. What would there be to hear? Someone died. Oh well... *[He rises laboriously to his feet and climbs*

კივის, მგზავრები სწრაფად არბიან ვაგონებში.]

ფარდა. მესამე მოქმედების დასასრული

[მესამე ანტრაქტის დროს კვლავ აიწევა ფარდა და კვლავ ისეთივე სურათია, როგორიც წინა ორი ანტრაქტისას. ოღონდაც ახლა საქანელაზე მჯდომი ყრუ-მუნჯი გოგო გაშმაგებით დააქანებს საქანელას და გამაფრთხილებელი შეძახილიც ბევრად უფრო შემაძრწუნებელი და ხმამაღალია: ფრთხილად. ...ფრთხილად!!!]

მეოთხე მოქმედება

[ნაცნობი სადგურის ბაქანი. საღამო ჟამი. შოკოლადის გამყიდველი ქალი ზის მერხზე, მუხლებზე პატარა ყუთი უდევს. შემოდის სადგურის უფროსი. მორიდებული ნაბიჯით გამოვა ბაქნის კიდესთან. თეთრ ხიფთანზე ზედა ორ ღილს შეიკრავს და საჩქაროდ მოიხდის თეთრ კარტუზს. ოდნავ მლიქვნელურად ინაცვლებს ფეხს, ხელებში კარტუზს ჭმუჭნის, თმაზე ჩამოისვამს ხელს, ულვაშის მოჩეჩვას ცდილობს, მერე კი გადაიფიქრებს.]

სადგურის უფროსი: ორმოცი წელიწადია ამ სადგურის უფროსი ვარ, ბატონო გამომძიებელო. უცნაურია არა? ზუსტად ორმოცი. ომიანობის დროსაც კი ამ სადგურის უფროსი ვიყავი. რახანია ვიხვეწვები პენსიას, მაგრამ არ მიშვებენ. ვინ მოვა ამ მივიწყებულ და მივარდნილ ბაქანზე? ახალგაზრდას ვერ შემოიტყუებ, ხნოვანი კი მეცა ვარ. . . რა თქმა უნდა, რა თქმა უნდა, ბატონო გამომძიებელო. ამ ჩვეულებისათვის არასოდეს მიღალატია. ეს პატარა სადგურია. დღეში ორი მატარებელი მოდის. მე გადამცემს ვუსმენ და მატარებელს ბაქანზე ვხვდები. მანამდე შემოწმებაც ხდება, როგორც წესია ისე. ერთი მატარებელი შუადღით აივლის, მეორე კი შუაღამით ჩამოივლის. სულ ასეა,

up into the cabin. We hear the whistle of the steam engine and a single puff.]

Stationmaster: Ok then... I'll see you next time. [He takes out a small flag from somewhere and brandishes it.]

[The light fades. The steam engine puffs and whistles again, the passengers quickly dash into the carriages.]

CURTAIN. END OF ACT THREE.

[During the third intermission the curtain rises again to reveal the same scene from the previous two intermissions. But the Tailor's Deaf and Mute Daughter is now swinging furiously, and the warning exclamation is much louder and more terrible: 'Careful... Careful!']

ACT FOUR

[The familiar station platform. Evening time. The Woman is sitting on the bench, with a small box on her knees. Enter the Stationmaster. He steps carefully to the edge of the platform. He fastens the top two buttons on his white coat and hurriedly removes his white cap. He changes his stance as if searching for the most flattering one, clutching his cap tightly in his hands he straightens his hair with his fingers and tries to turn up his moustache, but then changes his mind.]

Stationmaster: I've been in charge of this platform for forty years, Mr Investigator. It's strange, isn't it? Exactly forty. I was even stationmaster during the war. How long have I been begging for my pension now, but they won't let me go. Who else will come to this forgotten station out in the middle of nowhere? You won't trick any young man into it, and I'm an oldie too... Of course, of course Mr Investigator. I've never failed to follow the routine. This is a small sta-

ძველი დროიდან. ბაქანი ერთი გვაქვს. გზა ორი... რა თქმა უნდა, იმ დღესაც ასე იყო. საერთოდ, აქ ყველა ყველას იცნობს. სხვებსაც შეგიძლიათ ჰკითხოთ. მე სულ კაბინეტში ვარ და მატარებლის ჩამოდგომამდე ოცი წუთით ადრე გამოვდივარ. ეს დრო საკმარისია, უსაფრთხოების წესების გადასამოწმებლად. არასდროს არაფერი მომხდარა...და უცებ. აჰ, ბატონო. . . ძნელია. ჩვენ ხომ ყველანი ერთმანეთს ვიცნობთ. ერთმანეთის დაბადება გვახსოვს. გვიყვარს ერთმანეთი. ჭირი და ლხინი ერთი გაქვს. .. . მე რას ვფიქრობ, იცით, ბატონო? ეს ამბავი იქეთ უნდა მომხდარიყო, ბაქნიდან ჩრდილოეთით. ბოდიში ამ მძიმე ნათქვამისათვის. . .*[ვითომდა წაიქვითინებს]* ეგებ ზემოთ მოხდა და ათრია მერე. რელსები სუფთა იყო. ჩვენ ყველანი ვიცნობდით და მეც ბაქანზე ვიყავი. სხვა რა საქმე მაქვს? ბუფეტში? რა თქმა უნდა, შევდივარ. . . ალბათ ჩაგიკაკლეს, გადახუხვა უყვარსო. . .ეჰ, ბატონო ენის სიმწარეს ვერ გაზომავ. ორი ჭიქის დასალევად კაცს იმდენი დრო აქვს, რომ თუ ტვინი სულ არ გაფრენია, თავის სამუშაოს არ დაამთხვევს. მე ადამიანების სიცოცხლე მაბარია და არაფრით დავუშვებდი. . . არაფრით ბატონო გამომძიებელო. ორი მედალიცა მაქვს. . . საბრალო, საბრალო. . .

[ქვითინით ჩაღუნავს თავს და ქვემოდან აპარებს თვალს]

[სადგურის კარიდან მასწავლებლის ცოლი გამოდის. სწრაფი ნაბიჯით მოდის წინ და სადგურის უფროსს გვერდით ამოუდგება.]

მძევალი ქალი: შეიძლება, არა, ბატონო გამომძიებელო? კი, დასამალი რა არის? ძალიან მძიმე სურათია. მე ვიყავი მოსაცდელ დარბაზში. თუ მოსაცდელი დარბაზი ჰქვია. თვითონ ნახეთ, რაც არის. მე იქ ვიყავი. შუადღის მატარებელს ველოდი. მეშვიდე ვაგონით ჩემი გარე ბიძაშვილი მგზავრობდა და რახან მატარებელი ჩვენთან ჩერდებოდა, მინდოდა ამანათი გამეტანებინა. გავატანე კიდეც. ფოსტას სჯობს. ორ კაპიკს დაზოგავ. რომ გითხრათ, მართლაც დავინახე, როგორ შემო-

tion. Two trains come a day. I listen for the signal and meet the train on the platform. Before that I do my checks, like the regulations say I'm supposed to. One train comes along at midday and the second at midnight. It's always been like that, since old times. We've only got the one platform, but two routes... Of course, that's how it was that day too. Everybody knows everybody here, generally speaking. You can ask the others too. I'm always in my office and come out twenty minutes before the train arrives. That's enough time to make all the necessary safety checks. Nothing had ever happened... Then suddenly. Ah, sir... It's hard. With us all knowing each other. We remember each other being born. We love each other. We've been through thick and thin together... Do you know what I think, sir? I think it happened over there, north of the platform. Sorry to be so matter-of-fact. *[Appears to let out a sob]* It likely happened up there and then she got dragged. The rails were clean. We all knew her and I was on the platform too. What else would I have been doing? Was I in the buffet? Of course I go in there... They were probably getting carried away, telling you I like a drink... Ah sir, I don't understand why you're talking that way. A man can find enough time to drink a couple of glasses that he won't do it at work, unless he hasn't got a brain in his head. I've got human lives on my shoulders and there's no way I'd make a mistake like that... No way Mr Investigator. I've got two medals... Terrible business, terrible... *[He lowers his head with a sob, glancing up furtively as he does so]*

> *[From the station door the Teacher's Wife appears. Quickly she steps forward and stands beside the Stationmaster.]*

Teacher's Wife: It's ok for me to speak, isn't it Mr Investigator? But yes, what do I have to hide? It's an awful state of affairs. I was in the waiting room. If it's called a waiting room. See for yourself what it is. I was there. I was waiting for the midday train. My second cousin was travelling in the seventh carriage and when the train stopped at our station I wanted to give him a package. I gave it to him an-

ვიდა დარბაზში. მაგრამ რა? ათასჯერ დამინახია. დიდი რამე. ეგებ ხელი უნდა ჩამევლო, მაგრამ რას იფიქრებ? თანაც ასეთი სიცხეები იყო. მაინც არ ჩავავლებდი. ამ წვიმამ ცოტათი გამოგვახედა თვალებში. თანაც, მე არ ვიყავი ასე ახლო მათთან. ადრე რაღაც დავა მოგვიხდა. ჩემმა ქმარმა ჟილეტი მიიტანა, გულისპირის გამოსაცვლელად. ძალიან კარგი ნაჭერი გვქონდა. . .მოკლედ, არ მინდა ახლა ამაზე ლაპარაკი. მე ჩემს ამანათზე ვფიქრობდი და ისიც არ ვიცი, საით წავიდა. არ მიმიქცევია ყურადრება. თქვენ იცით, რას ნიშნავს აქ შუადღე გვალვის დღეებში? ადამიანს იმდენი საფიქრალი აქვს. საერთოდ არ ვიპრანჭები. არ არის პრანჭვის დრო. სხვას რომ აქცევ ყურადღებას, ესე იგი გინდა, რომ ყურადღება მოგაქციონ. არ ვიპრანჭები და არც ვფიქრობ, რომ ისეთი რამ მოხდა, რაც აქამდე არ მომხდარა. გაზეთები ნახეთ, ბატონო გამომძიებელო. უამრავი უბედური შემთხვევაა. ჩემი ქმარი მასწავლებელია, ასე რომ, ბევრი რამ ვიცი. . .

[ამ სიტყვებზე ტყის პირიდან გამოდის პოლიციელი. შარვლის ღილებს იკრავს. მკვირცხლად გადმოირბენს რელსებზე და ბაქანზე ამოხტება. სადგურის უფროსს და მძევალ ქალს უახლოვდება. მათ გვერდით ჩამოდგება, პირით დარბაზისკენ.]

პოლიციელი: კი, ბატონო. სწორედ აქ ვიყავი ამ დროს. დილის შვიდ საათზე ერთი პირი შემოვლა დამთავრებული მაქვს. ამ სადგურს აქეთ-იქეთ ორი სოფელია და ორივე მე მაბარია. ამ ორ სოფელს თავშესაყარი ადგილი ერთი აქვს, სადგურის ბუფეტი. მამაკაცები აქ იკრიბებიან. ოღონდ დღის მატარებელზე აქ არავინაა. თორმეტ საათზე ვინ მოვა? მხოლოდ მე და სადგურის უფროსი ვართ. მე ბაქანზე დავაბიჯებ, მერე უკან გავდივარ, გზაჯვარედინზე. საქმე არაფერია. სამის შემდეგ ისევ სოფლების შემოვლას ვიწყებ. მერე ვსადილობ და ღამემდე მძინავს. შუაღამის მატარებელზე მოვდივარ და ბაქანზე ვმორიგეობ. ღამეა მოგეხსენებათ. წესრიგია საერთოდ. ძალიან

yway. It's better than the post. I save a couple of kopecks. To tell you the truth I did see her come into the hall. But so what? I must have seen her a thousand times. What of it. Perhaps I should have taken her by the hand. But what would you think then? It was so hot too. I wouldn't have touched her anyway. We hadn't seen rain like that in a long time. In any case I wasn't that close with her. We'd had a bit of an argument a while ago. My husband had brought in a jacket to have the lining changed. It was a really nice piece of clothing... But I don't want to talk about that now. I was thinking about my package and have no idea which way she went. I wasn't paying attention. Do you know what it's like here in the middle of the day during the drought? A person has so much on their mind. I don't even put makeup on, it's no time for makeup. If you're paying attention to other people it means you want them to pay attention to you. I don't put on makeup and don't imagine things happening either that haven't happened before. Look at the newspapers, Mr Investigator. So many tragedies. My husband's a teacher, so I'm aware of all these things.

> *[Upon these words the Policeman appears from the edge of the forest, buttoning his trousers. He swiftly runs over the rails and jumps up onto the platform. He approaches the Stationmaster and the Teacher's Wife. He takes his place beside them, facing the auditorium.]*

Policeman: Yes sir. I was right here at the time. Come seven in the morning I've finished one patrol. There are two villages, one in each direction from the station, and I'm responsible for both. There's one place that's useful for keeping an eye on these two villages - the station buffet. It's where the men gather. Although there's nobody here on the day train. Who's going to come at 12? It's just me and the stationmaster. I walk the platform, then go back up to the crossroads. There's nothing to do. After three I start patrolling the villages again. Then I have dinner and sleep until the evening. I come

წესიერი ხალხია ჩვენსკენ. ისე არავინ თვრება, რომ ჩხუბი მოხდეს. ამბობენ, ზომიერად სმა კაცს თენთავს და უდარდელს ხდისო. არ ვიცი. ეს ცუდი არ მგონია. იმ ამბის, კი რა გითხრათ. ალბათ აქ ვიყავი. სამწუხარო ამბავია. არავინ დამინახავს. შეიძლება ბუფეტშიაც ვიყავი, მაგრამ თუ მატარებელი უნდა მოსულიყო, ბაქანზე ვიქნებოდი. შუადღის მატარებელი? იმ დროსაც აქ ვარ ხოლმე. მე მეგონა ეს ღამით მოხდა. ასე არ იყო? რას ვფიქრობ ხოლმე როცა ბაქანზე დავდივარ? რა მოგახსენოთ, ბატონო გამომძიებელო? მე უბრალო კაცი ვარ. მე რიგითი პოლიციელი ვარ. ცხადია, ვიცნობდი, სახეზე. ბევრჯერ მინახავს დედასთან ერთად.

არ ვიცი. ნამდვილად არ მახსოვს, რომ იქ მდგარიყოს, სახიფათო ადგილას.

[არხეინი ნაბიჯით შემოდიან ნოტარიუსი და მებუფეტე.]

მებუფეტე: მიდი, ჯერ შენ. . .მე ონკანზე ჩავალ, წყალს შევისხამ. წყალი არ გაუვა, მე დამბრალდება. მე ვარ აქ ყველაზე ჩვეულებრივი. ყველას გაეხარდება. ყველას ჩემი ვალი აქვს... შენც, შე ბებერო. წყალი უნდა შევისხა, მეტად მთვრალსა ვგავარ.

ნოტარიუსი: სიმთვრალე არ დაგვეტყობა. მე ვილაპარაკებ. ეგ საქმე მე მომანდე. ნოტარიუსი ვარ. როცა ნოტარიუსი და მებუფეტე მიდიან სადმე, მებუფეტე უნდა დუმდეს. ამით საქმე მოიგებს. ჰა, შევთანხმდით?

მებუფეტე: ჩემს მაგივრად შენ ვერ ილაპარაკებ.

ნოტარიუსი: ასე უკეთესი გამოვა. აბა, დაფიქრდი, რა იცი ამ ამბის შესახებ?

მებუფეტე: არც არაფერი.

ნოტარიუსი: საქმეც ეგაა. შენ არაფერი იცი ამ საქმისა და გამომძიებელი სულ იოლად გამოგიჭერს. მე კი ყველაფერი ვიცი ამ საქმისა და შემიძლია უკეთ ვიალპარაკო.

მებუფეტე: მე ეგრე მწამს, რომ სათქმელი უნდა ითქვას. მე ხომ ჟღალი თმა არა მაქვს, რომ ეშმაკობა დავიწყო? რაც სათქმელია უნდა ითქვას. ბატონო გამომძიებელო. . .

down for the midnight train and stand watch on the platform. It's night, you know. Everything's in order. The people are very decent around here. Nobody gets drunk enough to get into a fight. They say drinking in moderation relaxes a man and helps him forget his problems. I don't know, I don't think it's a bad thing. What to say about what happened though I don't know. Most likely I was here. It's a regrettable business. I didn't see anybody. I might have been in the buffet too, but if the train was due I'd have been on the platform. The midday train? I'm generally here at that time. I thought it happened at night. Was that not when it happened? What am I usually thinking about when I'm patrolling on the platform? What can I tell you, Mr Investigator? I'm a simple man. Just an ordinary policeman. Of course I knew her, I knew her face. I've seen her many a time with her mother. I don't know, really I don't remember her being stood there on that dangerous spot.

[The Notary and the Buffet Attendant enter stage, walking in a carefree manner.]

Buffet Attendant: Go on, you first... I'm going to the tap to splash some water on myself. If there's no water I'll get the blame. I'm the one who's here most often. Everyone's happy about that. Everybody owes me money... You too, old chap. I need to splash some water on myself, I look like a drunk.

Notary: We aren't going to look drunk. I'll do the talking. Leave it all to me. I'm a notary. When a notary and a buffet attendant go somewhere, the buffet attendant should keep quiet. It's the best way to handle this. Agreed?

Buffet Attendant: You won't be able to speak for me.

Notary: It's better that way. Think about it then, what do you know about all this?

Buffet Attendant: Not a thing.

Notary: That's the point. You know nothing about all this and the investigator's going to have no trouble catching you out. But I know

ნოტარიუსი: მოიცა. . .

მებუფეტე: ბატონო გამომძიებელო. ჰეი. . .ბატონო გამომძიებელო. ბევრი არაფერი გამეგება ამ საქმისა, მაგრამ მე ის ვიცი, რომ ჩვენ ასეთი ხალხი ვართ. მე ვცდილობ, რომ ჩემი სადარდელიც არ ვიდარდო. აი, ეს არის საქმე.

ნოტარიუსი: ბატონო გამომძიებელო. ჩვენ ის ეტლიდან დავინახეთ. მე და ამ პატიოსანმა ბატონმა. ერთ კარგ მეგობართან მივიჩქაროდით. მინდა გითხრათ, რომ ის სადგურისკენ კი არ მიდიოდა, სადგურიდან მოდიოდა. ჩემი ეჭვით, მოსახვევისკენ წავიდა.

მებუფეტე: ამას არა აქვს მნიშვნელობა. სად მივდიოდით, არანაირი მნიშვნელობა არა აქვს. თუნდაც ბუფეტში ვმჯდარიყავით. ბუფეტი მოსაცდელი დარბაზის გვერდითაა. . . ალბათ იქაც ვისხედით. ბატონო გმომძიებელო, თქვენ საიდან ჩამოფრინდით? აქამდე სად იყავით? ახლა იოლია ამ უბედური სადგურის დადანაშაულება. აქ ყველა დღე ერთნაირია.

ნოტარიუსი: მე ისიც კი გავიფიქრე, ალბათ მამამისი სადმე შორიახლოს არის-მეთქი. საკუთარ თავსა ვგვემ იმისათვის, რომ ეტლი არ გავაჩერებინე. რას ვიფიქრებდი? ჩვენ რომ წინდაწინ ვიცოდეთ...

სადგურის უფროსი: მართლაც ასეა ბატონო გამომძიებელო. ჩვენ ძალიან წესიერი და პატიოსანი ხალხი ვართ. ყველას დავავიწყდით და ალბათ ჩვენც დაგვავიწყდა ბევრი ვინმე...

[სადგურის კარიდან ნელი ნაბიჯით გამოდის ყრუ-მუნჯი გოგო. ქალს მიადგება და შოკოლადის ყუთს დასცქერის, მერე ისე მოაბიჯებს, თითქის თოკზე გადისო. სცენაზე მყოფებს შუაში გაუვლის, ნელი ნაბიჯით. ყველას სათითაოდ აკვირდება. ისინი, თითქოს თვალს არიდებენ. გოგო ამ ფრთხილი სიარულით ბაქნის კიდეს უახლოვდება.]

ქალი: მე ღარიბი ქალი ვარ. ამ ოხერმა სიცხემ შოკოლადები დამიდნო. არა უშავს, ღამით აგრილდება და შოკოლადი გამაგ-

everything about all this so I'll know what to say.

Buffet Attendant: I still think I should say what needs to be said. You think I've got red hair and'll start playing the devil? What needs saying should be said. Mr Investigator...

Notary: Wait...

Buffet Attendant: Mr Investigator. Well, Mr Investigator. I don't know much about this matter, but I do know that that's the sort of people we are. I try not to be too sad about my troubles. That's the thing.

Notary: Mr Investigator. We saw it from our cart. Me and this respectable gentleman. We were hurrying to see a good friend. I should tell you that she wasn't going towards the station, but coming from it. My suspicion is she was headed towards the bend.

Buffet Attendant: That isn't important. Where we were going doesn't matter. Although we might have been sitting in the buffet. The buffet's next to the waiting room... We were probably sitting there. Mr Investigator, where have you flown in from? Where were you before? It's easy now to blame this poor station. Every day is the same here.

Notary: I was thinking at the time, her father must be somewhere around here. I blame myself now that I didn't stop the cart. What was I supposed to think? When we'd known each other so long...

Stationmaster: That's really how it is Mr Investigator. We're very decent and respectable people. Everybody forgot about us and I suppose we forgot about a lot of people too...

> *[The Tailor's Deaf and Mute Daughter steps slowly out of the station door. She stands by the Woman and looks at her box of chocolates. Then she takes a few steps as if balancing on a tightrope. She walks amongst the people standing on the stage, with a slow step. She looks at each of them one by one. They look away as if trying to avoid her gaze. Walking in the same careful way, the Girl approaches the edge of the platform.]*

რდება. ღამის მგზავრებს უნდა მივყიდო. ჩემი გოგო ჯერ არ გათხოვილა, ღარიბები ვართ. რა თქმა უნდა დავინახე ჩვენი მკერავის გოგო. რა თქმა უნდა დავინახე. ალბათ სხვებმაც დაინახეს. აი, ამ კარიდან გამოვიდა, ბაქნის კიდესთან მივიდა და ქვემოთ ჩაცოცდა. *[გოგო ბაქნიდან რელსებზე ჩაცოცდა და ნელა მსუბუქი რწევით, ტანის და ხელების ნაზი რხევით გაუყვა რელსებს]* რაღაცნაირი ცეკვა იცის, ამ ცეკვა-ცეკვით გაუყვა რელსებს. ვიფიქრე დავუძახებ-მეთქი, მაგრამ მაინც ვერ გაიგონებდა. მე შოკოლადს ვყიდი. ძალიან ცხელოდა ამ დღეებში. მკერავის გოგო კი მართლა მეცოდება. სულ აქ ტრიალებდა, აქ ერთობოდა, სხვა გასართობი ჩვენთან არ არის. ხალხი უნდა ათვალიერო.

[გოგო რელსებს მიუყვება, ყველანი გაშეშებულან ბაქანზე. ისმის მატარებლის ბორბლების ხმა.]

მასწავლებლის ცოლი: რა სიცხეა. მეშინია ამ ბავშვის. ღმერთმა დასაჯა ეგენი, ჩვენი მკერავი.

[პოლიციელი ამთქნარებს.]

ქალი: შოკოლადები ბატონო, სულ ცინცხალი სამგზავრო შოკოლადი.

სადგურის უფროსი: მატარებელი ჩამოდგა?

მებუფეტე: მერამდენე მატარებელია?

სადგურის უფროსი: დღეს პირველია... თუ მეორე. არ ვიცი, ბებერო.

მებუფეტე: არა, საერთოდ...

ნოტარიუსი: აბა, რა იცის? აბა, ის გვითხარი, მერამდენე ჭიქაა?

სადგურის უფროსი: ჩვენ ალალამართალი ხალხი ვართ.

[სამნი ჭიქებს უჭახუნებენ ერთმანეთს. პოლიციელი კვლავ ამთქნარებს.]

მებუფეტე: ძალიან განვიცდი საბრალო გოგოს დაღუპვის ამბავს. ბევრს ვფიქრობ ამაზე. ერთხელაც მოგვაკითხავენ. მოგვაკითხავენ და რას ვეტყვით?

სადგურის უფროსი: კარგი ერთი, რა უნდა ვუთხრათ? ჩვენ რა,

Woman: I'm a poor woman. This bloody heat melted my chocolates. Never mind though, in the evening it'll cool down and they'll set again. I need to sell them to the night passengers. My daughter isn't married yet, we're poor. Of course I saw our tailor's girl. Of course I saw her. I expect the others saw her too. She came out of that door there, went to the edge of the platform and climbed down. *[The Tailor's Deaf and Mute Daughter climbs down from the platform onto the rails and slowly, genty rocking, gently waving her hands and body, follows the rails]* She's got this strange way of dancing, she was doing that and following the rails. I was thinking I should call out to her, but she wouldn't have heard anyway. I sell chocolates. It was very hot during those days. But I really feel sorry for the tailor's girl. She just hung around amusing herself, there's nothing else to do around here. You have to watch people.

> *[The Tailor's Deaf and Mute Daughter follows the rails. All stand on the platform dumbstruck. We hear the sound of a train's wheels.]*

Teacher's Wife: It's so hot. I'm afraid of that child. God punished them he did, punished our tailor.

> *[The Policeman yawns.]*

Woman: Chocolates sir, fresh chocolates? Chocolates for your journey?

Stationmaster: Has the train come?

Buffet Attendant: What number train is it?

Stationmaster: The first one today... Or the second. I'm not sure old chap.

Buffet Attendant: No, I mean in total...

Notary: Well how would he know? Tell us this, what number glass is that?

Stationmaster: We're simple, honest people.

> *[All three clink glasses. The Policeman yawns again.]*

Buffet Attendant: I was so sad to hear about that poor girl getting

შევცდით?

ნოტარიუსი: როგორც მოვლენ, ისე წავლენ, იმიტომ რომ არ არსებობს.

სადგურის უფროსი: ცუდი სიზმარი ხომ არ გინახავს?

მებუფეტე: *[ლოთურად ჩაფიქრებული]* არა, რას ვეტყვით?

[ისევ უჭახუნებენ ჭიქებს.]

ნოტარიუსი: არაფერსაც არ ვეტყვით. შოკოლადს ვაჭმევთ.. . და წავლენ. . . ხა-ხა-ხა.

[სამივენი იცინიან. იცინიან ქალებიც. მატარებლის ხმა სულ ახლოა.]

ფარდა

killed. I've been thinking about it a lot. They'll come and see us one of these days. They'll come and see us and what will we say to them?

Stationmaster: Come on now, what are we supposed to say to them? What, did we do anything wrong?

Notary: They'll go just as they came, because there's no way we did.

Stationmaster: You haven't been having nightmares, have you?

Buffet Attendant: *[Deep in drunken thought]* No, but what are we going to say to them?

> *[They clink glasses again.]*

Notary: We won't say anything to them. We'll give them some chocolates to eat... And they'll be on their way... Hahaha.

> *[All three laugh. The women laugh too. We hear the sound of the train nearby.]*

CURTAIN

გამოსათხოვარი პარტია

ოთხ მოქმედებად

მოქმედი პირნი

მარია
მარკუსი, მისი ქმარი
ოსკარი, მათი მეზობელი
ბერტა, ცოლ-ქმრის შინამოსამსახურე
ინსპექტორი გუგი

THE FAREWELL ROUND

A Play in Four Acts

Translated by Walker Thompson

DRAMATIS PERSONAE

Maria
Marcus, her husband
Oscar, their neighbour
Inspector Gugi
Berta, Maria and Marcus' maid

1 მოქმედება

მარიას და მარკუსის ბინა. ლამაზად მოწყობილი დიდი ოთახი. მარკუსი წამოგორებულა დივანზე და ღიღინებს. ისმის ზარის ხმა.

მარკუსი: ბერტა, გაუღე, მარია იქნება.

შემოდის ოსკარი.

ოსკარი: მარია არა ვარ.

მარკუსი: აჰ, (*წამოჯდება*) ეგ რა საწვიმარი გაცვია?

ოსკარი: ფრანგულია. რომ იცოდე, იყიდება კარგი რაღაცეები.

მარკუსი: დაჯექი, მაგ ფანჯრიდან ახალს ვერაფერს დაინახავ.

ოსკარი: (*ჯდება. მარკუსი ვისკის ბოთლს იღებს კარადიდან და ორ ჭიქას ჩამოასხამს*) დავლიოთ?

მარკუსი: მარია იგვიანებს. (*გადაჰკრავს*) მოხალული თხილის საყიდლად წავიდა. უკვე შვიდია, როგორ ფიქრობ, სად უნდა იყოს?

ოსკარი: (*ცოტას მოსვამს*) მოხალული თხილის საყიდლად. დაველოდოთ, რას ვაკეთებთ?

მარკუსი: ვეღარ ვითმენ. მეგონა, შენზე ადრე მოვიდოდა.

ოსკარი: რა მოხდა? ქალია, მაღაზიაში შევიდა, რაღაცამ მიიტყუა, ათვალიერებს. მოვა....

მარკუსი: ჰო, მაგრამ ვეღარ ვითმენ. ისე მივეჩვიე, რომ შვიდი საათის მოახლოებამდე სულიც კი მელევა. მარია ჩემი ცოლია, მაგრამ ორ კაცში რომ გამოდიოდეს თამაში, არ დაველოდებოდი. მე და შენ დავიწყებდით.

ოსკარი: ასე იცის. მიჩვევაა. როგორც მიეჩვიე, ისე გადაეჩვევი. უბრალოდ თამაშია.

მარკუსი: (*უჯრიდან ბანქოს იღებს, ჭრის*) გუშინ კარგი პარტია გვქონდა. დალიე, რა. თამაშს უხდება.

ოსკარი: (*მოსვამს*) ამანაც მიჩვევა იცის. უნდა გადაეჩვიო. ბევრი უნდა იწვალო.

მარკუსი: რა გადაჩვევა აგიტყდა? ექიმთან ხომ არ იყავი? ექიმებმა

ACT I

Maria and Marcus' flat. A beautifully arranged room. Marcus lounging on the couch and humming. The bell rings.

Marcus: Bertha! Open the door, it'll be Maria!

(enter Oscar)

Oscar: I'm not Maria.

Marcus: Ah *(sitting down)*, what's that raincoat you've got on?

Oscar: It's French. Don't you know, there's some good stuff for sale.

Marcus: Take a seat, you won't be able to see anything new from that window.

Oscar: *(Sits down. Marcus takes a bottle of whisky from the cupboard and pours two glasses.)* Shall I have a drink?

Marcus: Maria is late. *(takes a shot)* She's gone to buy roast hazelnuts. It's already seven, I reckon. Where could she be?

Oscar: *(takes a little sip)* Gone to buy roast hazelnuts. Let's wait, though what shall we do?

Marcus: I can't wait any longer. I thought she'd be here before you.

Oscar: Well, what do you expect? She's a woman. She goes into the store, something catches her eye, then she has a look around. She'll come...

Marcus: Yeah, but I can't wait any longer. I've got used to becoming impatient around 7 o'clock. Maria is my wife, but if we could get a game going with just us two men, I wouldn't wait. We would start, you and I.

Oscar: It's habit, you know. What you can learn, you can also unlearn. It's a simple game.

Marcus: *(takes a deck of cards from the drawer, cuts)* We had a great round yesterday. You, have a drink, it's all in the spirit of the game.

Oscar: *(takes a sip)* You're addicted to it, you know. You need to get out of it. And you'll need to suffer a lot for it.

Marcus: Why do you insist I should give it up? You haven't been to

იციან ხოლმე, არ მოწიო, არ დალიო, გააკონტროლე ემოციები... სად არის ეს ქალი?

ოსკარი: მომიწევს. ყველაფერს უნდა გადავეჩვიო.

მარკუსი: (*დაისხამს და დალევს*) კუჭის ანთება დაგიდგინეს?

ოსკარი: უარესი. გულის ანთება. ახლა მართლა დალევდა კაცი (*გამოცლის ჭიქას*). გამოსამშვიდობებლად მოვედი, მარკუს. (*თავად დაისხამს და ნახევარს დალევს.*)

მარკუსი: გამოსამშვიდობებლად?

ოსკარი: ჰო. მივდივარ, გადავდივარ. ერთი საათის წინ სამაკლერო კანტორიდან დამირეკეს. ბინა გაიყიდა. (*სევდიანი ღიმილით*) გამოსათხოვარი პარტიის სათამაშოდ მოვედი.

მარკუსი: (*ჩაფიქრებული*) რა სისულელეა... არც ვიცოდი, რომ ბინის გაყიდვას აპირებდი. რატომ გადაწყვიტე?

ოსკარი: თავად არა თქვი ამ ფანჯრიდან ახალს ვერაფერს დაინახავო?

მარკუსი: ეგ რა მიზეზია. თან, რომ არ გაგვიმხილე...

ოსკარი: რატომ უნდა შემეწუხებინეთ?

მარკუსი: ასე შევეჩვიეთ ერთმანეთს... სად გადადიხარ?

ოსკარი: ქალაქგარეთ. იქ იაფია ეზოიანი სახლები. უკვე შევუთანხმდი.

მარკუსი: გამოყრუვდები. რა უნდა ქნა მარტომ? ბანქოსაც ვერავინ გეთამაშება.

ოსკარი: ხომ გითხარი, უნდა გადავეჩვიოთქო.

მარკუსი: და ჩვენ ვინღა გვეთამაშება?

ოსკარი: ორკაციან თამაშს უნდა შეეჩვიო. ან სულაც პასიანსებს, პასიანსს სულ არ უნდა პარტნიორი. მარტოც მშვენივრად ითამაშებ. ხან გაიშლება, ხან არა.

მარკუსი: სევდიანი ამბავია. კარგად ვიყავით ერთად. სად არის მარია? ვივახშმოთ მაინც. თხუთმეტ წუთში დავბრუნდებიო. არ გვინდა ეს გამოსათხოვარი პარტია. მარია მოვა და ვივახშმოთ.

ოსკარი: გამოსათხოვარი ვახშამი.

მარკუსი: ესე იგი, თამაში დამთავრდა. დიდი ისტორია დავასრუ-

the doctor, have you? Doctors are always going on about how you shouldn't smoke, shouldn't drink, should control your emotions... Where is this woman?

Oscar: I have to. You have to give up everything.

Marcus: *(pours and takes a drink)* Have they diagnosed you with inflammation of the stomach?

Oscar: Worse. Inflammation of the heart. Now really anyone would drink. *(drains his glass)* I have come to say goodbye, Marcus. *(pours himself another glass and drinks half of it)*

Marcus: To say goodbye?

Oscar: Yes. I'm going away. Moving house. An hour ago I got a call from the estate agent. They've sold the flat. *(smiling wistfully)* I've come to play a farewell round.

Marcus: *(pensive)* What nonsense... I didn't even know you were going to sell the flat. Why have you chosen to?

Oscar: You yourself said that I wouldn't see anything new from this window...

Marcus: What sort of reason is that? Besides, you could have told us...

Oscar: Why should I have troubled you?

Marcus: We've really got used to each other's company... Where are you moving to?

Oscar: Out of town. It's cheap to buy a house with a garden there. I've already put in an offer.

Marcus: You'll be bored. What is there for you to do there alone? There's no-one to play cards with.

Oscar: I told you, you have to get out of the habit of it.

Marcus: And who is it you'll be playing with, then?

Oscar: You'll have to get used to playing with two people. Or just play solitaire; you don't need a partner for solitaire. You can play alone splendidly. Sometimes you win, sometimes you don't...

Marcus: A sad piece of news. It was nice being together. Where is Maria? Let's have supper, then. She said she'd be back in 15 min-

ლეთ.

ოსკარი: ჰოოო... აღარ იეჭვიანებ, რომ მე და მარიკა შეთანხმებულები გეთამაშებოდით.

მარკუსი: (*სიცილით*) აბა? მოდი თითოც დავლიოთ. გამოთხოვებაა მაინც...(სვამენ) ისე, მართლა უცნაურად მიგებდით ბოლო დროს. თამაში მე გასწავლეთ და თქვენ კი იგებდით. საეჭვიანოა, აბა რა? თუ ორნი არ შეთანხმდნენ, ასე გაუთავებლად ვერ მოიგებენ.

ოსკარი: ჰოდა, კარგ დროს მივდივარ. ეჭვებსაც ბოლო მოეღება.

მარკუსი: ვხუმრობ, ოსკარ. კაცი რომ აგებს, ყველაფერს ფიქრობს. რაღაცას ხომ უნდა დააბრალოს მარცხი? რა ეჭვი, რის ეჭვი. ნეტავ არ წასულიყავი და სულ წავაგებდი ხოლმე. კარგი საღამოები იყო.

ოსკარი: შაბათობით დაგპატიჟებთ ხოლმე, დავსხდეთ ჩემს ეზოში და ვიჭუკჭუკოთ.

მარკუსი: (*ხელს ჩაიქნევს*) შორს იქნები.

ოსკარი: საგარეუბნო მატარებლით ჩამოხვალთ, დარჩებით და მეორე საღამოს დაბრუნდებით.

მარკუსი: სად გადაიკარგა ეს ქალი? ბერტა! ბერტა!

შემოდის წინსაფარაფარებული ბერტა.

მარკუსი: ბერტა, სად წავიდა მარია?

ბერტა: წავიდა.

მარკუსი: მოხალული თხილის საყიდლად მივდივარო.

ბერტა: თხილი მე მოვიტანე. მე მომაქვს ხოლმე.

მარკუსი: მეც ეგ გამიკვირდა.

ოსკარი: ეგებ ფუნთუშების საყიდლად წავიდა? ქუჩის კუთხეში ახალი საფუნთუშე გახსნეს.

ბერტა: მე მოვიტანე ოთხი ფუნთუშა.

ოსკარი: ეგებ ღვინო მოუნდა, ან ნაცნობი შეხვდა და კაფეში ჩამოჯდა? რა იცი...

მარკუსი: მოიღრუბლა კიდეც. წვიმას იწყებს.

ოსკარი: გაზაფხულია. უნდა იწვიმოს.

utes. I don't want to play a farewell round. Maria will come and we'll have supper.

Oscar: A farewell supper.

Marcus: Well, we're done playing, then. The end of an era.

Oscar: Yes, don't you be jealous anymore that Maria and I have been playing in league against you.

Marcus: *(laughs)* Huh? Let's have another drink each. I guess it's good-bye, then. *(they drink)* So, it's really strange that you beat me in the end. I taught you to play, after all, but you kept winning. Enviable, isn't it? So what? If two people are in league with each other, you can't win.

Oscar: Yes, but – I suppose I'm moving at the right time, it'll put a stop to all this jealousy.

Marcus: I'm only joking, Oscar. When someone loses, there is nothing he won't think. What is there for him to blame his failure on? What envy? – Envy of what? If only you weren't going and could just lose once more. Those were nice evenings we had.

Oscar: I'll invite you both out on Saturday, let's sit in my garden and have a chat.

Marcus: *(waves dismissively)* It's a long way...

Oscar: You can come out on the local train, stay the night, and go back the next evening.

Marcus: Where has that woman gone off to? Bertha! Bertha!

(enter Bertha, in apron)

Marcus: Where is Maria gone?

Bertha: She's gone.

Marcus: Gone to buy roast hazelnuts.

Bertha: I've brought the roast hazelnuts. I'm usually the one that brings them.

Marcus: That's what surprised me.

Oscar: Maybe she went to buy some rolls? A new bakery has just opened on the street corner.

მარკუსი: ჰო, მაგრამ უნდა გვეთამაშა, შენ გელოდით. ასე არასოდეს მოქცეულა. ახლა წვიმა წამოვა, გაილუმპება.

ბერტა: ქოლგა წაიღო.

მარკუსი: ქოლგა წაიღო? რად უნდოდა ქოლგა? არ წვიმდა და ქოლგა წაიღო?

ოსკარი: არც ახლა წვიმს. მოღრუბლული იყო და ეტყობა იფიქრა, წვიმა არ წამომეწიოსო.

მარკუსი: როდის იყო, თხუთმეტი წუთით ქოლგით მირბოდნენ, წვიმამ არ მომისწროსო?

ოსკარი: რას გაიგებ. ქალია.

ბერტა: შინდისფერი ფეხსაცმელებიც ჩაიცვა, ყელიანი ფეხსაცმელები.

მარკუსი: რაო? ზამთრის ფეხსცმელი ჩაიცვა? პიკნიკებზე რომ ჩანთით დააქვს ხოლმე, ტალახში თუ მოვხვდით, გამომადგებაო?

ოსკარი: (*ვითომ უდარდელად*) აი, მეგობარო, ამიტომაც არ მყავს ცოლი. ნერვიულობის მეტი არაფერია.

მარკუსი: არა, როგორ არა. სხვაც ბევრია, მაგრამ...ლაბადაც ხომ არ მოუცვამს, ბერტა?

ბერტა: ლაბადა, რა თქმა უნდა, შარფიც, ისე ჩაიცვა, თითქოს სადღაც მიდისო.

მარკუსი: რას ბოდავ, ბერტა? სად სადღაც მიდისო? რატომ არ მითხარი, თუ ასე სამგზავროდ გამოეწყო და წავიდა?

ბერტა: რატომ უნდა მეთქვა. რა ვიცოდი, რომ დაიგვიანებდა. ოთახში შევედი და დავინახე, რომ შინდისფერ ფეხსაცმელებს იცმევდა. მერე ქოლგა აიღო, ლაბადაც... სამზარეულოდან გავიგონე, როგორ გემშვიდობებოდათ.

მარკუსი: ეს ქალი გაგიჟებულა! როდის მემშვიდობებოდა? მითხრა მოხალული თხილის საყიდლად მივდივარო... კარიდან დამიძახა, მე აქ ვიწექი და არც გამიხედია. ხომ იცი, უნდა ვითამაშოთთქო და მალე მოვალო.

ბერტა: ეგრე არ იყო. მან მგონი გითხრათ, ნახვამდისო და თქვენ მგონი უთხარით, სულ კარგად იყავიო.

Bertha: I've brought four rolls.

Oscar: Maybe she was struck by a desire for wine, or ran into a friend and sat down in a café? Who knows...

Marcus: It has got cloudy again. It's starting to rain.

Oscar: It's spring, it has to rain.

Marcus: Yes, but we had to play. We were waiting for you. She has never behaved like this. Now the rain is coming and she'll get soaked.

Bertha: She took an umbrella with her.

Marcus: An umbrella? What would she have needed an umbrella for? It wasn't raining and yet she took an umbrella with her?

Oscar: It's not raining now, either. It was overcast and it seems she thought she might get caught in a downpour.

Marcus: How come, if she was going out for fifteen minutes, did she think she might get caught out in the rain?

Oscar: What do you expect? She's a woman.

Bertha: She has also put on oxblood boots, ankle-high ones.

Marcus: What? She has put on winter boots? The ones she takes in the bag when we go on picnics, in case we get stuck in the mud?

Oscar: *(pretending to be carefree)* Look, friend, that's why I don't have a wife. Nothing but trouble.

Marcus: No, that's not true. It's a lot more than that, but... surely she didn't put on a raincoat, Bertha?

Bertha: A raincoat? Yes, of course, and scarf, too; she got dressed like she was going somewhere...

Marcus: What sort of nonsense are you talking, Bertha? Why didn't you tell me that she was getting dressed to go somewhere?

Bertha: Why should I have told you? I knew she'd be running late on us. She came into the room and I saw that she was wearing the ox-blood boots. Then she took an umbrella, and a raincoat, too... From the kitchen I thought she was saying goodbye.

Marcus: This woman has gone mad! When would she have said good-

მარკუსი: ბერტა! აბა, კარგად დაფიქრდი, რას ამბობ? მე აქ დივანზე ვიწექი აი, ასე. მან...

ოსკარი: ეგებ არც უსმენდი, ჭერს შესცქეროდი და რაღაც გითხრა...

მარკუსი: რა სისულელეა? რა უნდა ეთქვა?

ოსკარი: ტყუილად ნუ ნერვიულობ, ჯერ რვის ნახევარიც არ არის. ეგებ რაღაც დაგიბარა, შენ კი ვერ გაიგონე. დაველოდოთ.

მარკუსი: აი, წვიმაც წამოვიდა. დალაგებით მითხარი ბერტა, რა ჩაიცვა?

ბერტა: შინდისფერი ფეხსაცმელი. რუხი ლაბადა და სქლად ნაქსოვი შარფიც... ჩანთა აიღო და წავიდა. წასვლა არ დამინახია, თქვენ გელაპარაკებოდათ.

მარკუსი: რომელი ჩანთა, ბერტა?

ბერტა: ყავისფერი ჩანთა.

მარკუსი: რად უნდოდა ყავისფერი ჩანთა თხილის საყიდლად თუ მიდიოდა?

ოსკარი: და რა იცი, რომ თხილის საყიდლად წავიდა?

მარკუსი: თვითონ მითხრა.

ბერტა: ეგ არ უთქვამს.

მარკუსი: აბა, რა მითხრა ბერტა?

ბერტა: კარგად ვერ გავიგონე, ონკანთან ვიდექი და წყლის ხმაური მიშლიდა. დაგიბარათ რაღაც...

მარკუსი: რა? რა?

ოსკარი: (*წამოდგება*) დამშვიდდი. ჯერ სანერვიულო არაფერია. მე ჩემთან ვიქნები. მომიკაკუნე, თუ რაიმეს შეიტყობ.

მარკუსი: მოიცა, ნუ წახვალ.

ოსკარი: ჩემთან ვიქნები, შორი ხომ არ არის. უხერხულიც კია, რომ რაღაც ამბავს შეესწრები. თან მაკლერმა უნდა დამირეკოს.

მარკუსი: რომელმა მაკლერმა? ჩვენ ხომ ბანქო უნდა გვეთამაშა.

ოსკარი: მე ხომ გამოსამშვიდობებლად მოვედი. დაგავიწყდა?

მარკუსი: არა, მაგრამ...

ოსკარი: შინ ვიქნები...მომიკაკუნე. (*გადის*)

bye to me? She just said she was going to buy roast hazelnuts... She shouted at me from the door, I was lying there and I didn't look. You know, all she said was that we should play a round and that she'd be back soon.

Bertha: That's not how it was. I thought she said 'goodbye' to you, and I thought you said 'take care' to her.

Marcus: Bertha! Look, have you even thought about what you are saying? I was just lying here on the couch, like this. She...

Oscar: Perhaps you weren't listening, staring at the ceiling and she said something to you...

Marcus: What nonsense! What would I have said?

Oscar: Don't get worked up over nothing, it's not even half seven yet. Maybe she let you know about something on the way out and you just couldn't hear. Let's wait...

Marcus: Look, it's started to rain. Bertha, tell me again, step by step, what she put on.

Bertha: Oxblood boots, a dark grey raincoat, and a coarsely knit scarf, as well... She took her bag and left. I didn't actually see her leave, she was saying something to you.

Marcus: What bag, Bertha?

Bertha: The brown bag.

Marcus: What would she have needed the brown bag for, if she was going to buy hazelnuts?

Oscar: And how do you know she was going to buy hazelnuts?

Marcus: She told me herself.

Bertha: She didn't say that.

Marcus: Well then, what did she tell me, Bertha?

Bertha: I couldn't hear clearly, I was standing by the tap and the running water blocked out my hearing. She told you something on the way out...

Marcus: What? What?

Oscar: *(standing up)* Calm down. It's nothing to get worked up about.

2 მოქმედება

ოსკარის ბინა, საწერ მაგიდასთან ზის ოსკარი, ქაღალდებში იქექება. მოისმის ზარის ხმა.

ოსკარი: მობრძანდით, ღიაა.

შემოდის მარკუსი.

ოსკარი: აბა, რა ხდება?

მარკუსი: (*გახარებული*) სისულელე. მარია დაბრუნდა, სულ გალუმპული. ტრამვაის ნომერი არევია და წვიმაში მოყოლილა. კიდევ კარგი, ქოლგა წაიღო. ჭკვიანი ქალია, ვერაფერს იტყვი.

ოსკარი: შენ კი აღელდი. აკი გითხარი, საშიში არაფერიამეთქი.

მარკუსი: ეს ბერტა მთლად გამოჩერჩეტდა.

ოსკარი: რა გასაკვირია. ისედაც არ იყო დიდი ჭკუის და სიბერეში...

მარკუსი: მარიას მართლა უთქვამს, მოხალული თხილის საყიდლად მივდივარო, ოღონდ მოუტყუებია. ჩემთვის საჩუქრის საყიდლად წასულა მოედანზე, თამბაქოს მაღაზიაში.

ოსკარი: შენ რა, დაბადების დღე გაქვს?

მარკუსი: ჩემი დაბადების დღე შემოდგომაზეა. ხომ იცი, მარია როგორი ქალია. უცებ გადაუწყვეტია, მარკუსს რაიმე უნდა ვაჩუქოო და თამბაქოს მაღაზიაში გაპარულა. ბრაზილიური სიგარების ყუთი უყიდია.

ოსკარი: ვერაფერს გაუგებ ამ ქალებს. გგონია, რომ რაღაც ცუდი უნდა მოხდეს და ამ დროს კარგს მოახდენენ.

მარკუსი: ანდა, პირიქით.

ოსკარი: პირიქით?

მარკუსი: ჰო. ასე ხდება. ახლა წამოდი, ვივახშმოთ და ის სიგარებიც გავაბოლოთ. ამ საქმისთვის კონიაკიც აღმოვაჩინე სამზარეულოში.

ოსკარი: მერე გვიანი არ არის? თანაც, უკვე ვივახშმე.

მარკუსი: მაშინ დავსხდეთ, გავაბოლოთ და ვილაყბოთ. მარიაც გელოდება, კონიაკიც მზადაა. თან გემრიელად წვიმს, ფანჯ-

I'll be at my place. Come and knock if you learn anything.

Marcus: Wait, don't go.

Oscar: I'll be at my place, it's not far. It's not great that I have become mixed up in this whole affair. Besides, I have to call the estate agent.

Marcus: What estate agent? We still have to play cards together.

Oscar: I did just come to say goodbye. Did you forget?

Marcus: No, but...

Oscar: I'll be at home... Come and knock. *(exit)*

ACT II

Oscar's flat. He is sitting at his desk, rummaging through his papers. The bell rings.

Oscar: Come in, it's open.

(enter Marcus)

Oscar: Well, what's happened?

Marcus: *(happy)* A silly thing. Maria has come back, soaked to the bone. She got the number of the tram mixed up and got stuck in the rain. Good thing she took an umbrella. She is a clever woman, you have to give her that.

Oscar: How surprising! Well, it's not as if she ever had a big brain, and now in old age...

Marcus: Maria did tell me that she was going to buy roast hazelnuts, but she lied. She went down to the tobacco shop on the square to buy a gift for me.

Oscar: What, is it your birthday or something?

Marcus: My birthday is in the autumn. You know what sort of woman Maria is. She suddenly decided she had to buy a gift for her Marcus and ran out to the tobacco shop. She has bought a box of Brazilian cigars.

Oscar: One just can't ever understand women. You think they've done

რები გამოვაღე.

ოსკარი: საუცხოო სურათია.

მარკუსი და ოსკარი მარკუსის და მარიას ბინაში გადიან, ისევ იმ ოთახში. სავარძელში მარიაზის.

ოსკარი: აი, მარიაც. როგორ გვანერვიულე.

მარია: (*ხალისიანად*) ტრამვაის ნომერი ამერია. წვიმდა და ვერ დავინახე წესიერად. ისე უცებ ჩამობნელდა. მოედანზე სამი მანქანა შეასკდა ერთმანეთს ამ წვიმის და სიბნელის გამო.

მარკუსი: აი, სიგარებიც. (*ყუთს იღებს მაგიდიდან*) ერთი ნახე, რა წაუწერია.

ოსკარი: (*ყუთს სახურავს ახდის და კითხულობს*) დაუვიწყარ მარკუსს სამუდამო სახსოვრად, მეუღლისაგან. ხე-ხე...

მარკუსი: აბა, როგორი მიძღვნაა?

მარია: ისეთი, სამი წლის ერთობლივ ცხოვრებას რომ ეკადრება.

მარკუსი: მე კი მგონია, რომ ასეთი რამეები სამგლოვიარო გვირგვინებს აწერია ხოლმე. ასე არ არის?

ოსკარი: მთავარია, რომ საუცხოო სიგარებია.

მარია: რასაც ვფიქრობდი, ის წავაწერე. უბრალოდ, სიტყვების უმრავლესობა გაცვეთილია და გრძნობებს ვეღარ გამოხატავს. სხვანაირად წერა რომ შემეძლოს, პოეტი ვიქნებოდი.

მარკუსი: აშკარად დაკრძალვის წარწერაა. დამკრძალავ ბიუროებში ნიმუშებიც კი არსებობს. (*ოსკარი სიგარას ამოიღებს და აბოლებს*) ეს სიგარები დამკრძალავ ბიუროში ხომ არ იყიდე?

მარია: დაცინვას ჯობია კონიაკი დაუსხა ოსკარს. (*ოსკარს*) ძალიან მეწყინა შენი ამბავი. ძალიან მიეჩვიეთ ერთმანეთს შენ და მარკუსი.

ოსკარი: ზღაპრული სიგარაა.

მარია: როდის გადადიხარ, ოსკარ?

ოსკარი: ხვალ დილით სატვირთო სამსახურიდან მოვლენ ფურგონებით.

მარია: კი მაგრამ, ახალი ბინა უკვე შეარჩიე?

ოსკარი: ორი თვის წინათ. მხოლოდ ამ ბინის გაყიდვასღა ვე-

something bad, and then it turns out they've done something good.

Marcus: Yes, or the other way around.

Oscar: The other way around?

Marcus: Yes. These things happen. Come now, let's have supper and have a puff on these cigars. I've discovered some brandy in the kitchen just for the occasion.

Oscar: Don't you think it's a bit late? Besides, I've already had supper.

Marcus: In that case, let's all sit down together, have a smoke, and shoot the breeze. Maria's waiting for you, too, and the brandy is ready. In any case, it's raining steadily and I left the windows open.

Oscar: How odd.

> *Marcus and Oscar go out into Marcus' and Maria's flat, into the same room. Maria is sitting in an armchair.*

Oscar: Look, Maria's here too. *(to Maria)* You gave us quite a fright.

Maria: *(cheerily)* I got the tram number mixed up. It was raining and I couldn't see straight. Then it got dark all of a sudden. Three cars collided on the square because of the rain and the dark.

Marcus: Here are the cigars, too. *(takes the box from the table)* Have a look at the inscription.

Oscar: *(opens the cover of the box and reads)* To my unforgettable Marcus, I will remember you forever, from your loving wife. Ha ha.

Marcus: What sort of dedication is that, anyway?

Maria: The kind that comes out of years of living together.

Marcus: I thought those were the kinds of things they wrote on funeral wreaths, am I wrong?

Oscar: The main thing is how amazing the cigars are.

Maria: I wrote what I thought. It's just that the majority of words have become hackneyed and it's no longer possible to express your feelings. To write it any other way, I'd have had to be a poet.

Marcus: It's obviously a funeral inscription. They have samples like it in the offices of funeral companies. *(Oscar takes a cigar and starts smoking)* Did you by any chance buy these cigars from the office of

ლოდი.

მარია: აი, წინდახედული კაცი.

ოსკარი: დღეს დამირეკეს რომ კლიენტი ნაპოვნია. კვირის ბოლოდან ახალი მეზობელი გეყოლება, მარკუს.

მარკუსი: წავიდეს, ერთი.

ოსკარი: რატომ? ეგებ მასაც უყვარდეს საღამოობით ბანქოს თამაში.

მარკუსი: შენნაირი პარტნიორი აღარ მეყოლება. შენ ერთგული პარტნიორი ხარ. აი, ახლაც მგონია, რომ ვსხედვართ და ვთამაშობთ. შვიდი საათის დადგომას მოუთმენლად ველოდი ხოლმე. ხვალიდან რაღა ვქნათ, როცა მოსაღამოვდება, პარკში ვისეირნოთ?

მარია: მე არ ვისეირნებ.

მარკუსი: რატომ?

მარია: როდის იყო, რომ ვსეირნობდი? მარტო ისეირნებ.

ოსკარი: გული მიგრძნობს, ახალი მეზობელი დიდი ბოთე იქნება. ყურებით დაიჭერ და ათიდან ცხრა პარტიას მოუგებ.

მარკუსი: ნეტავ მასე იყოს, მაგრამ თუ მარია იმასაც ისევე შეეკრა, როგორც შენ, ისევ წაგებული დავრჩები.

მარია: გესმის, ოსკარ? მაინც ვერ ამოიგდო გულიდან ეს ბოღმა და ეჭვები. კაცი სამუდამოდ გადადის, ვინ იცის კიდევ როდის შეგხვდება და გამოსამშვიდობებელ სიტყვას ეჭვით ავსებ.

მარკუსი: არავითარი ეჭვი. მე არა ვარ ეჭვიანი კაცი. ასე იყო და მორჩა, ხომ არ ვბრაზობ?

ოსკარი: არა, მარკუს, არ ბრაზობ. ჩვენ ხომ ვილაპარაკეთ მარიას მოსვლამდე.

მარია: ესე იგი, მაინც ვერ მოისვენა. რა მოხდა, ვის არ წაუგია?

მარკუსი: ეგრე იოლად არ არის. უბრალოდ, ძალიან კარგად ვიცი ეს თამაში და ვხვდები, რომ თუ სამი პარტნიორიდან თითოეული მხოლოდ თავისთვის თამაშობს, შეუძლებელია, რომ ყოველთვის ერთმა წააგოს.

ოსკარი: ასეა.

a funeral company?

Maria: It is better to pour some brandy than to laugh. *(to Oscar)* Your news has made me sad. You and Marcus had really grown fond of each other.

Oscar: A capital cigar.

Maria: When are you moving, Oscar?

Oscar: The removals vans are coming tomorrow morning.

Marcus: Yes, but have you chosen a new flat?

Oscar: I already did — two months ago. I've only been waiting to sell this flat.

Maria: Ah, a prudent fellow.

Oscar: Today I received a call telling me that a buyer has been found. You will have a new neighbour by the end of the week, Marcus.

Marcus: So that's the end of it, then.

Oscar: Why do you say that? Maybe he might also like to play cards.

Marcus: I don't think I'll ever have another partner like you. You're a loyal partner. Ah, even now I feel like we are sitting and playing. I used to wait impatiently for 7 o'clock to come. What else can we do tomorrow after night has fallen, go for a walk in the park?

Maria: I'm not going to go for a walk.

Marcus: Why not?

Maria: When did I ever go on walks?

Oscar: I feel as if the new neighbour will be a real dunce. You can pull the wool over his eyes and win nine out of ten rounds.

Marcus: If only it were so, but if Maria teams up with him as well, in the same way she did with you, I'll remain a loser.

Maria: Are you listening, Oscar? You just can't get over your resentment and jealousy. Someone is moving away forever, God knows when you'll see him again, and your parting words are full of jealousy.

Marcus: There's no jealousy at all. I'm not a jealous person. That's how it was, so enough said — surely you aren't angry?

მარკუსი: შენ ძალიან კეთილი კაცი ხარ, ოსკარ და სხვაგვარ პასუხს არც მოველოდი.

ოსკარი: ასეთია თამაშის ფილოსოფია. ყოველთვის ეძებ, რას ჩაებღაუჭო, მაგრამ ეს გამიზნულად არ ხდება. ეს ძალაუნებურად გამოდის. წაგებულს კი გონია, რომ მის წინააღმდეგ შეითქვნენ.

მარია: თამაში თამაშია. ამდენს არ ვფიქრობ. თუ მოგეჩვენა რამე ძალაუნებურია. ასეთი არაფერი ყოფილა. ერთხელ მაინც თუ მითხოვია შენთვის დახმარება?

მარკუსი: ოსკარი ნამდვილი ჯენტლმენია. ცხადია, რომ გადამწყვეტ მომენტში უფრო სუსტის მხარეს დაიჭერდა. ამისთვის ყოველთვის მზად ვიყავი. მაგრამ სულ სხვაა, როცა ქალი გადაწყვეტს ამის გაკეთებას. ქალებს ეს უსამართლოდ და საზიზღრად გამოსდით. რაღა შენ გეხმარებოდა, მე აქ არ ვიყავი?

ოსკარი: ეს სხვა ამბავია. შენ მისი ქმარი ხარ. თქვენ სულ ერთად ხართ. გიყვართ და გძულთ ერთმანეთი, ალერსობთ და დაობთ. განა შენ მისთვის პარტნიორი ხარ? თქვენ ერთნი ხართ. შენ ყველაფერი ხარ. თამაშისას კი ყველაფერში გარკვევა ძნელია. ეს გონების მომენტია. ის გრძნობს ჩემს მხარდაჭერას და მეხმარება. ალბათ, ასეა. შენ კი ებრძვი. შენ მისთვის პარტნიორი კი არა ქმარი ხარ. სხვანაირად გხედავს. ძვირიანი სიგარებიც ხომ შენ გაჩუქა და არა მე? წვიმაში გაიქცა. ეს სულ სხვაა.

მარკუსი: ესე იგი, ჩვენ რომ ერთად ვწევართ და ერთმანეთს წარმოუდგენლად ვეალერსებით, აქედან არაფერი გამომდინარეობს?

ოსკარი: გამომდინარეობს, როგორ არა.

მარკუსი: უნდა გამომდინარეობდეს, იმიტომ რომ მე მას სიამოვნებას ვანიჭებ.

მარია: რა აუტანელ რაღაცეებზე ლაპარაკობთ. ამის სმენა აღარ შემიძლია (*წამოდგება და გადის.*)

Oscar: No, Marcus, I'm not angry. We *did* talk about this before Maria came back.

Maria: You see, then, you couldn't lay off. After all, who *hasn't* ever lost?

Marcus: It's not as straightforward as that. To put it simply, I know this game very well, and I reckon that if each one of the three partners is playing for himself alone, it is impossible for one of them to win every time.

Oscar: That's how it is.

Marcus: You are a very kind man, Oscar, and I wouldn't have expected any other answer from you.

Oscar: That's the philosophy of any game. You're always looking for something to hold on to, whereas in fact nothing happens intentionally. It comes about randomly. The loser thinks that there has been a conspiracy against him.

Maria: A game is a game. I don't think as much. If it seemed to you to be intentional, it was nothing of the sort. Did I ever once ask for your help?

Marcus: Oscar is a true gentleman. It's obvious that he took the weaker side in a critical moment. I was always braced for this. But it's another thing altogether if it's a woman who is choosing to do this. It's unfair and disgusting for women to do this. Wasn't I here when she was helping you?

Oscar: That's another story. You're her husband. You're together all the time. You love and hate each other, you hug each other and argue with each other. Besides, are you just a partner for her? You are one flesh. You are everything for each other. It's difficult to make everything clear when playing a game. It requires concentration. She feels my support and helps me. It might be so. But here you are fighting. Surely you are more than just a partner for her? Surely you are her husband as well? Isn't it you whom she gives pricey cigars? She dashed out in the rain for you. It's totally different.

ოსკარი: აი, გააქციე ცოლი.

მარკუსი: (*ხითხითებს*) ძალიან განიცდის ხოლმე, როცა შემოწმებას დავუპირებ. ქალების ტვინი, მოგეხსენება...უბრალოდ, არ პასუხობს ჩემს კითხვებს.

ოსკარი: ქალებს ვერ გაუგებ...არც უნდა ეცადო. ამაზე ფიქრი შორს წაგიყვანს.

მარკუსი: და რაღაც საშინელებამდე მიგიყვანს. მოწრუპე ეგ კონიაკი, კარგი კონიაკია, ტკბილად დაიძინებ გადაბარგერბის წინ.

ოსკარი: (*ქიქას იღებს და მოსვამს*) ეჰ, წავედი, მართლაც კარგად უნდა გამოვიძინო. დილით ადრე მომადგება სატვირთო სამსახურის ორი ფურგონი.

მარკუსი: მოიცა, ჯერ ადრეა. ბერტამ რულეტი გამოაცხო. ჯერ კი სიგარა მოგაწევინე, მაგრამ არა უშავს, რულეტი მივირთვათ, ჩაი დავლიოთ და ასე გამოვეთხოვოთ ერთმანეთს.

ოსკარი: დამიგვიანდება, ვერ გამოვიძინებ.

მარკუსი: ნახევარი საათი რას წყვეტს? ბერტა! ბერტა!

ბერტა შემოდის.

მარკუსი: რულეტი და ჩაი, ბერტა.

ბერტა: ახლავე (*გადის*)

ოსკარი: მართლა სასიამოვნოდ უშხაპუნებს ეს წვიმა. კარგია, რომ ფანჯარა გამოგიღია.

მარკუსი: სხვანაირი ცხოვრება რომ გვქონდეს, უეჭველად რაღაც მოხდებოდა ასეთ ღამეს.

ოსკარი: როგორ სხვანაირი?

მარკუსი: სხვანაირი ცხოვრება, როგორიც რომანებშია. ფათერაკები, ანდალუსია, ბოშები, სიყვარული, დანა, სისხლი და თავის გადარჩენა.

ოსკარი: ეგეთი ცხოვრება მგონი აღარ არსებობს.

მარკუსი: ნუ იტყვი, ჩვენ რა ვიცით? რას ვწვდებით ამ უბრალო ქალაქიდან?

გაიანე შემოდის, მოაგორებს გორგოლაჭებიან მაგიდას.

Marcus: You see, if we're standing together and ineffably caressing each other, doesn't it mean anything to you?

Oscar: Yes, of course it means something to me, how could it not.

Marcus: Yes, it should mean something to you, since I am the one who gives pleasure to her.

Maria: What unbearable things you are saying. I can't listen to it any more. *(stands up and exits)*

Oscar: Look now, you've driven your wife away.

Marcus: *(sniggering)* She usually gets agitated when I try to control her. Women's brains, as you know... she simply wasn't answering my questions.

Oscar: You won't understand women... just you try. You can't make any sense of them.

Marcus: Yes, you'll become horrified trying to make sense of them. Pour some of this cognac, it's good cognac, you'll sleep well before your move.

Oscar: *(takes the glass and sips)* Oh, I really do have to go home and get a good night's sleep. Early tomorrow morning I'm expecting two vans from the moving company to pull up to my house.

Marcus: Hold on! It's still early. Bertha has baked a Swiss roll. Though I've already smoked a cigar; but who cares, let's have some Swiss roll, drink some tea and say farewell to each other like that.

Oscar: I will get back late, I won't be able to get a good night's sleep.

Marcus: What difference will half an hour make? Bertha! Bertha!

    Enter Bertha.

Marcus: The Swiss roll and some tea, Bertha.

Bertha: Coming right up. *(leaves)*

Oscar: The rain pattering on the window is really pleasant. It's good you opened the window.

Marcus: If our life were different, something would definitely happen this evening.

Oscar: How so, different?

მარკუსი: აი, რულეტი და ჩაი. (*გაიანეს*) მარიასაც მოუტანე ფინჯანი. და საერთოდ დაუძახე, რატომ გაგვექცა?

ოსკარი: ეწყინა.

მარკუსი: ჰო, მაგრამ ხომ უნდა გამოგემშვიდობოს? ბოლოსდაბოლოს შეკრულები იყავით. (*ორივენი იცინიან*) ბერტა, თხოვე, რა მოვიდეს. ოსკარი მიდის და უნდა დაგემშვიდობოსთქო.

ბერტა: როგორ ვთხოვო? წავიდა.

მარკუსი: ვინ წავიდა?

ბერტა: მარია.

მარკუსი: მარია? მარია სად წავიდა?

ბერტა: ლაბადა აიღო და წავიდა.

მარკუსი: რას ბოდავ, ბერტა?

ბერტა: სამზარეულოში შემოვიდა, ორცხობილას წაატეხა და წავიდა. კარის ხმა გავიგონე.

მარკუსი: ბერტა, ნუ გადამრიე შენი კარის ხმებით. ჩვენ რატომ ვერ გავიგონეთ? ნახე, ეგებ საწოლშია.

ბერტა: საწოლში ლაბადა რად უნდოდა? წავიდა.

მარკუსი: (*წამოდგება*) მე თუ არ მოვძებნე, არაფერი გამოვა. რა უბედურებაა? კაცს ვერ დავლაპარაკებივარ...(გადის)

ბერტა: წავიდა. რატომ არ მიჯერებს?

ოსკარი: ვერ ვხდები, სად უნდა წასულიყო. ისეთიც არაფერი უთქვამს, რომ ძალიან სწყენოდა.

ბერტა: შორს არ წავიდოდა. ლაბადაც უფრო თვალის ასახვევად აიღო.

ოსკარი: ეგებ სადმეა, ოთახში. რატომ წავიდოდა?

ბერტა: წავიდა, კარის ხმა იყო. სამზარეულოში გავიგონე.

ოსკარი: ჰო, მაგრამ, რატომ წავიდოდა?

ბერტა: რატომ არ წავიდოდა? რახან არ ვამბობ? ოთხი დღეა თავისი ტანსაცმლის გამოლაგება დაიწყო. სულ ჩემოდნებში ჩაალაგა. ის ჩემოდნები ტაქსით გაზიდა, სად არ ვიცი. რა ჩემი საქმეა?

ოსკარი: (ჩაფიქრებული)მაგის თქმა მოგიწევს მარკუსისთვის.

Marcus: If it were a different life, like the sort you get in novels. Ill-starred heroes, Andalusia, gypsies, love, daggers, blood, and survival.

Marcus: You don't say! Well, who knows. What news even reaches us anyway, living in this simple town?

Enter Bertha, pushing a trolley.

Marcus: Here are the Swiss roll and tea. *(to Bertha)* You've brought a cup for Maria. Why don't you go and call her — why has she run away from us?

Oscar: She was upset.

Marcus: Yes, but doesn't she need to say goodbye to you? After all, the two of you were in cahoots. *(they both laugh)* Bertha, go on, ask her to come. Tell her that Oscar is leaving and wants you to say goodbye to him.

Bertha: How am I meant to ask her? She's gone.

Marcus: Who's gone?

Bertha: Maria.

Marcus: Maria? Where's Maria gone?

Bertha: She took her raincoat and left.

Marcus: What nonsense are you talking, Bertha?

Bertha: She came into the kitchen, broke off part of a biscuit, and left. I heard the door close.

Marcus: Bertha, don't make me mad with your stories of closing doors. How is it, then, that we didn't hear anything? Go and see, perhaps she's in the bedroom.

Bertha: What would she have needed the raincoat for in the bedroom? She's gone.

Marcus: *(standing up)* If I don't go look for her, nothing will come of it. What a shame — can't even talk to someone without .... *(exits)*

Bertha: She's gone. Why doesn't he believe me?

Oscar: I can't guess where she would have gone. She didn't say anything to me about being upset.

თუ, რა თქმა უნდა არ დაბრუნდება.

ბერტა: არაფერსაც არ ვეტყვი. მე მსახური ვარ, რა ჩემი საქმეა? მერე მე დამბრალდება. თუ თქმაა, თქვენ უთხარით.

ოსკარი: მე ხვალ დილით გადავდივარ ამ სახლიდან. ვფიქრობ, რომ ვეღარასოდეს ვნახავთ ერთმანეთს. თანაც, რომ ვუთხრა ჩემოდნების ამბავი, მაინც თქვენსკენ უნდა გამოვიშვირო ხელი.

ბერტა: თუ მეგობარი ხართ, ეტყვით.

ოსკარი: არა, არა. არაფერში მჭირდება ეს აურზაური. ახლა წავალ და დავიძინებ. ოჯახია და თვითონ გაარკვიონ.

ბერტა: ერთხელ კაცმაც მოაკითხა. სწორედ თქვენნაირი საწვიმარი ეცვა.

ოსკარი: რა სისიულელეა? ეგ საწვიმარი ამასწინათ ვიყიდე.

ბერტა: არა, ახლა გამახსენდა. თქვენ კი არ გრევთ ამ საქმეში.

ოსკარი: ეგღა მაკლია. მაგ ქალს რომ მარკუსი არ უყვარს, ბანქოს თამაშისასაც ვხვდებოდი. ყოველთვის მე ამირჩევდა ხოლმე.

ბერტა: მე არ ვიცი ბანქოს თამაში. მე იმას გეუბნებით, რაც შევამჩნიე.

ოსკარი: კიდევ რამე ხომ არ შეგიმჩნევიათ?

ბერტა: რაღაცრაღაცეები, ოღონდ ახლა ვერ ვეტყვი. ვერ გავუბედავ. თუ მკითხავს, რაღა გაეწყობა.

ოსკარი: მე მითხარით, ბერტა.

ბერტა: თქვენ ხომ ხვალ დილით სამუდამოდ გადადიხართ? რაღაში გჭირდებათ ეს ამბავი.

შემოდის მარკუსი.

მარკუსი: არ არის. არსად არ არის.

ოსკარი: არაფერი მესმის...

მარკუსი: რა ჯანდაბაა? მთელი საღამო ისე იქცევა, თითქოს ბანქოს ვთამაშობდეთ. სად უნდა წასულიყო?

ოსკარი: ძალიან მერიდება, მაგრამ... ჩემთან გავალ.

მარკუსი: ცოტახანს მოიცადე, ოსკარ. ახლა ნუ დამტოვებ. ერთი კარგად დავფიქრდეთ, რა ოინი მომიწყო.

Bertha: She's gone, I did hear the door shut. I heard it from the kitchen.

Oscar: Yes, but why would she have left?

Bertha: Why wouldn't she have left? Because I didn't say anything? She's been packing her clothes for days now. She has packed whole suitcases of them. She sent the suitcases away in a taxi, whereto I don't know. It's none of my business.

Oscar: *(pensive)* You should have said something about this, for Marcus' sake. Or else she won't come back, of course.

Bertha: I won't tell him anything. I am a servant, it's none of my business. Then they will accuse me. If it has to be said, you will tell him.

Oscar: I'm moving out of this building tomorrow morning. I think that we won't see each other ever again. Besides, in order to tell the story about the suitcases, I'd have to bring you into it.

Bertha: If you are his friend, you will tell him.

Oscar: No, no. I don't need any of this fuss. I'll go and sleep now. It's all in the family and you'll sort it out yourselves.

Bertha: One time a man came to visit. He had on a raincoat exactly like yours.

Oscar: What nonsense! I bought this raincoat just a little while ago.

Bertha: No, I remember it like that. I won't involve you in this business.

Oscar: Don't even think about it. I was able to guess while we were playing cards that that woman doesn't like Marcus. She always used to prefer me.

Bertha: I don't know about the card game you were playing. I'm only telling you what I observed.

Oscar: Did you by any chance notice anything else?

Bertha: This and that, but I can't tell him anything now. I wouldn't dare. Though if he asks me, I'll have no choice.

Oscar: Tell me, Bertha.

Bertha: But you're moving away forever tomorrow. What use is this story to you?

(enter Marcus)

ოსკარი: (*ოხვრით*) კარგი, კარგი...
ბერტა: მე სამზარეულოში ვიქნები, თუ რამე საჭირო იყოს. (*გადის*)
მარკუსი: ცოლი გამექცა, ოსკარ?
ოსკარი: ეე...არა მგონია. რატომ ფიქრობ ასე?
მარკუსი: ყველაფერი ისე არ არის, როგორც შენ ხედავ ჩემო კეთილო ოსკარ. ყველაფერი ისე არ არის.

3 მოქმედება

ბერტა სადარბაზოში დგას, ფრთხილად აკაკუნებს ოსკარის ბინის კარზე. კარი ჩუმად იღება. ბერტა შედის. ოთახში მარია დგას.

მარია: (*ჩურჩულით*) რა ხდება, ბერტა?
ბერტა: ყვირის. არც მთლად ხმამაღლა, მაგრამ ყვირის. ახლა პოლიციაში დარეკვა გადაწყვიტეს.
მარია: ოსკარს როგორ უჭირავს თავი?
ბერტა: ოსკარი ცოტათი ავაღელვე, როგორც გადავწყვიტეთ, ისე. არაფერი შეიმჩნია. თუმცა, მივანიშნე, რომ ეჭვი მაქვს.
მარია: მარკუსს რას ეუბნება?
ბერტა: ყველაფერს და არაფერს. ეგ არ შეეშლება.
მარია: როგორ ფიქრობ, დროა?
ბერტა: ერთი ორი წუთიც.
მარია: კარგი, ბერტა, კარგი.

ბერტა ფრთხილად გამოდის სადარბაზოში და მარკუსის ბინის კარში იპარება.

მარია ტელეფონთან მიდის, ყურმილს იღებს და ნომერს კრეფს.

მარია: მე ვარ... გაწვიმდა, ჰო... გაზფხულია და უხდება კიდეც... ჰო...ჰო... საუცხოოა. მშვენიერია. კარგი...

მარია ყურმილს დაკიდებს, სკამზე გადაფენილ ლაბა-

Marcus: Not there. She isn't anywhere.

Oscar: I don't understand anything…

Marcus: What the hell? She's been acting all evening as if we were playing cards. Where could she have gone?

Oscar: If you'll excuse me, but… I'm leaving to go to my place.

Marcus: Wait a little while, Oscar. Don't leave now. Let's have a think about what sort of trick she could have played on me.

Oscar: *(sighs)* Fine, fine…

Bertha: I will be in the kitchen in case you need anything. *(exits)*

Marcus: Has my wife run away, Oscar?

Oscar: Uh… I don't think so. What makes you think that?

Marcus: Everything isn't as you see it, my good Oscar. No, everything isn't as you see it.

ACT III

Bertha is standing in the hallway. She carefully knocks on the door to Oscar's flat. The door opens quietly. Bertha goes in. Maria is standing in the room.

Maria: *(whispering)* What is going on, Bertha?

Bertha: He's shouting. Not quite out loud, but he's shouting. Now he's got it in his head to call the police.

Maria: How is Oscar taking it?

Bertha: It has made Oscar nervous that he's got this in his head. He hasn't given any sign of it. Although, I have signaled to him that I am having doubts.

Maria: What is he saying to Marcus?

Bertha: Everything and nothing. He won't let anything slip.

Maria: What do you think, is it time?

Bertha: Give it another minute or two.

Maria: Fine, Bertha, fine.

დას დასწვდება და სადარბაზოში გადის. მერე თავისი ბინის კარს შეაღებს და შედის.

ოთახში სხედან მარკუსი და ოსკარი, მარკუსს ხელებში ჩაურგავს თავი.

ოსკარი: მგონი, ნერვიულობას ჯობს, რაიმე გადავწყვიტოთ.

მარკუსი: რა?

ოთახის კარი იღება და შემოდის ლაბადამოსხმული მარია.

ოსკარი: (*გაოგნებული*) მარია...მოვიდა. მარია...

მარკუსი: მარიკა.

მარია: რა იყო, რა მოხდა?

მარკუსი: სად იყავი? პოლიციაში ვრეკავდი.

მარია: პოლიციაში?

ოსკარი: მარია.

მარკუსი: ჰო, პოლიციაში. მოვკვდი ნერვიულობით. ბერტამ თქვა, ლაბადა აიღო და წავიდაო. მე მეგონა...

მარია: რა გეგონა? ფანჯრები რომ გამოაღე და წვიმით რომ ტკბები, ვიღაცის კატა შემოცოცდა საწოლ ოთახში. კარგი მოვლილი კატა იყო. ვარდისფერი ბაფთა ეკეთა. ფანჯრიდან ხომ არ გადავაგდებდი?

მარკუსი: რა სისულელეა.

ოსკარი: ჩვენ აღარ გელოდით.

მარია: რატომ?

ოსკარი: მარკუსმა თქვა, ეწყინა და გაიქცაო.

მარია: ღმერთო რა სულელია ჩემი ქმარი. ასეთ სულელს ცოლი რასაც უნდა იმას უზამს.

ოსკარი: სხვანაირი ცოლი.

მარია: შენ უფრო ჭკვიანი მეგონე, ოსკარ.

მარკუსი: ოსკარისგან რ გინდა? ოსკარმა თავისი საქმეები გადადო და აქ იჯდა, შენ რომ სულელურად გაუჩინარდი.

მარია: აბა, რა მექნა? ორცხობილა მოვუტეხე და იმით მოვიტყუე. შენს ბალიშზე იყო დაბრძანებული. მერე ქვემოთ ჩავიყვანე

Bertha carefully comes out into the hallway and sneaks through the door of Marcus' flat.

Maria goes up to the phone, picks up the receiver, and dials the number.

Maria: I can't... It's started to rain, yeah... It goes with it being spring and all... Yeah... Yeah... It's amazing, great. Fine...

Maria hangs up the receiver, grabs her raincoat, which is draped over the back of a chair, and goes out into the hallway. Then she pushes open the door to her own flat and goes in.

Oscar and Marcus are sitting in the room. Marcus is holding his head in his hands.

Oscar: I think it's better to decide on something than to get worked up.

Marcus: What?

The door to the room opens and Maria enters in her raincoat.

Oscar: *(astonished)* Maria... She's come back. Maria...

Marcus: My little Marika.

Maria: What was it, what's happened?

Marcus: Where were you? I was on the phone with the police.

Maria: With the police?

Oscar: Maria.

Marcus: Yes, with the police. I was dying from anxiety. Bertha said you took your coat and left. I thought...

Maria: What did you think? You'd opened the window to enjoy the rain, and someone's cat had climbed up into the bedroom. It was a well groomed cat, wearing a pink bow. What would you have expected to me to do, throw it out the window?

Marcus: What nonsense.

Oscar: We had given up waiting for you.

Maria: Why?

Oscar: Marcus said you were upset and had left.

Maria: Lord, how silly my husband is. A wife can do anything she likes to such a silly husband.

და წვიმაში ველარ დავტოვე. ქუჩის მეორე მხარეს, მაღაზიის ტენტის ქვეშ დავსვი და ამოვედი. რა მოხდა?

მარკუსი: ღმერთო, რა უცნაური საღამოა. მგონი, ვიღაცას ჩემი სიკვდილი უნდა. ორჯერ გაუჩინარდა ერთ საღამოს.

მარია: გეჩვენება რაღაცეები. ოსკარიც დასვი აქ. ხვალ დილით გადადის, შენი სიგიჟის თავი აქვს?

მარკუსი: ბოდიში, ოსკარ. მართლაც სულელურად გამოვიდა. ხომ ხედავ, რა უცნაური ქალია. ბერტასგან კი ვერაფერს გაიგებ ადამიანურად. ძალიან უტვინოა.

მარია: გაუშვი ეს კაცი. ცოდოა, ცხოვრება ხომ არ უნდა მოგიძღვნას?

მარკუსი: მართლა, ოსკარ, ბოდიში. აღარ დაგახანებ, მინდოდა ცოტა სხვანაირად დაგმშვიდობებოდი, მაგრამ, ხომ ხედავ როგორი ცოლი მყავს?

ოსკარი: არაუშავს. საბოდიშო არაფერია. სიმართლე ითქვას, სად უნდა მეჩქარებოდეს?

მარია: (*გაოცებული*) მე მეგონა სახლში გინდოდა ყოფნა.

ოსკარი: არა, მართლაც...

მარკუსი: რა სისულელეა? იყავი კიდევ ერთხანს. მარიაც საბოლოოდ დაგვიბრუნდა, არა? (*იცინიან*)

მარია: რა თქმა უნდა.

ოსკარი: ერთი რამ მინდოდა მეთხოვა შენთვის და ამ არეულობაში და დამავიწყდა.

მარია: ჩემთვის?

ოსკარი: ორივესთვის. უფრო კი მარკუსისთვის. რაიმე სახსოვარი მინდოდა მეთხოვა. დავხედავ და გამახსენდებით.

მარია: როგორი სენტიმენტალური ყოფილხარ. ისე არ გაგახსენდებით, რამეს რომ არ დახედო?

ოსკარი: როგორ არა, მაგრამ...

მარკუსი: ეს ქალი გადამრევს. გენანება?

მარია: ვხუმრობ. სულ გაგიჟდი?

ოსკარი: მარიას კარგი იუმორი აქვს.

Oscar: A different sort of wife.

Maria: I thought you were cleverer than that, Oscar.

Marcus: What you do want from Oscar? Oscar put aside his own business and sat here, after you disappeared so idiotically.

Maria: Well, what else was I to do? I broke off a piece of the biscuit and coaxed the cat with it. She was recumbent on your pillow. Then, when I brought her down, I couldn't leave her in the rain. I put her down under the awning of a shop on the other side of the street and came back up. What happened?

Marcus: Lord, what a strange evening this is. I think that someone will want to kill me next. She has disappeared twice within the same evening.

Maria: You're imagining things. You made Oscar sit here. He's moving tomorrow, he's in no mood to put up with your madness.

Marcus: I'm sorry, Oscar. I must've come across as really idiotic. But you see what a strange woman she is. You won't get anything out of her on a human level. She's really brainless.

Maria: Let the man go. I feel bad, surely he doesn't want to devote this life to this?

Marcus: Oscar, I truly am sorry. I won't hold you up any longer. I would have liked to say goodbye in a rather different way, but you do see what sort of wife I have?

Oscar: It doesn't matter. There's nothing to excuse. To tell you the truth, where do I have to run off to anyway?

Maria: *(surprised)* I thought you wanted to be at home?

Oscar: No, in fact...

Marcus: What nonsense! Just stay for a bit. Maria has finally come back to us, hasn't she?

    (they laugh)

Maria: Of course.

Oscar: There was one thing that I wanted to ask you for, but I forgot it in all the chaos.

მარკუსი: რა დროს იუმორია? უკვე მოვიფიქრე, რაც უნდა გაჩუქო. ესაა, რომ მოსაძებნია, ჩემს კომოდში იქნება, რომელიმე უჯრაში. ბაბუაჩემის ნაქონი მაღვიძარა საათი. ძველი, შვეიცარული საათი. მარია, მოძებნე, რა?

ოსკარი: ძველი საათი ძალიან ძვირფასი საჩუქარია. ასეთ რამეს ვერც წარმოვიდგენდი. მე უბრალოც მეყოფა, ვთქვათ, სიგარების ცარიელი ყუთი, ან სანთებელა, რომელსაც არ მოვიხმარ.

მარკუსი: არა, კაცს ისეთი რამ უნდა აჩუქო, რაც შენთვის ძვირფასია. მარია, ჩემი კომოდის მესამე უჯრაში იქნება.

მარია: შენს უჯრებში მე ვერ ვერკვევი, თავად მოძებნე. მერე იტყვი, ყველაფერი ისე ამირდამირია, როგორც ცხოვრებაო. ასე არ ამბობ ხოლმე?

მარკუსი: აი, ცოლი. (*წამოდგება*) თავად მოვძებნი. არ მოიწყინო, ოსკარ. (*გადის*)

ოსკარი: რატომ დაბრუნდი? გაგიჟდი? და საერთოდ, რას ენამწარეობ?

მარია: ჩუმად! იმიტომ დავბრუნდი, რომ რაღაც დამრჩა. აუცილებელი, წარმოუდგენლად საჭირო. ამ გაწამაწიაში, კიდევ კარგად ვიქცევი.

ოსკარი: რა სისულელეა, რა სისულელეა! რა უნდა დაგრჩენოდა...თერთმეტის ათ წუთზე მატარებელი გადის, ნახე, რომელი სათია. უკვე სადგურზე მეგონე...

მარია: ჯერ ადრეა. კიდევ მოვასწრებთ. შენ წახვალ და მე გამოვეპარები.

ოსკარი: ჰო, მაგრამ მაშინ რაღატომ მოიფიქრე ეს სულელური წარმოდგენა? ისე გავაცუცურაკებთ, როგორც ბანქოს თამაშისასო, ასე არ ამბობდი? ახლა რა გამოდის? ჩვეულებრივად ხომ ისედაც წავიდოდით?

მარია: მე მოვიგონე. დიახ. მაგრამ ბეჭედი დამრჩა. ბეჭედი, დედაჩემის სახსოვარი.

ოსკარი: ამ თქვენმა საოჯახო ნივთებმა სულ გადამრია. საათი,

Maria: Ask me?

Oscar: Both of you. And Marcus, too. I wanted to ask you for some sort of a keepsake. Something I can look at and remember you by.

Maria: How sentimental you've been. So will you not remember us without having something to look at?

Oscar: Of course, but...

Marcus: This woman will drive me mad. Is there something you begrudge me?

Maria: I'm only joking. Have you completely lost your mind?

Oscar: Maria has a good sense of humour.

Marcus: What sort of time is it for humour? I had already thought of something to give you. The problem is that it is something that I have to go look for, it will be in my commode, in some drawer or another. It is an alarm clock that belonged to my grandfather. An old, Swiss clock. Maria, why don't you go look for it?

Oscar: An old clock is a very precious gift. I would never have imagined something like that. Something simple would suffice, say, an empty cigar box, or a lighter that I won't use.

Marcus: None, one has to give something that is precious for himself. Maria, it will be in the third drawer of my commode.

Maria: I can't find my way around in your drawers, you go look yourself. Then you will say that everything is jumbled in there as in life. Isn't that something you are wont to say?

Marcus: What a wife. *(stands up)* I will go look myself. Don't get bored in the mean time, Oscar. *(exits)*

Oscar: Why did you come back? Have you gone mad? Also, why do you have such a venomous tongue?

Maria: Hush! I came back because I forgot something. Something essential, unimaginably necessary. And I still behaved well in that hustle.

Oscar: What nonsense! What nonsense! What could you have forgotten? The train leaves at quarter part ten, and look what time it is! I

ბეჭედი...

მარია: ასეა. ჩვენ ოჯახი ვართ.

ოსკარი: ოჯახი. კარგი ოჯახი კი ხართ. ცოლი კარის მეზობელთან ერთად მიიპარება ახალი ოჯახის შესაქმნელად და ქმარს დამამცირებელ გამოთხოვებას უწყობს.

მარია: ძალიან კი მოგეწონა. თვითონ არა თქვი, ბანქოს პარტიას გავსო?

ოსკარი: ყველაფერი კარგად მიდიოდა, მშვენივრად. ამგვარი გათამაშება არც მინახავს. ერთი ცრუ გაპარვა და მეორე ნამდვილი. ახლა კი რა გამოდის? ბეჭდისთვის დაბრუნდი.

მარია: არაუშავს, უარესი მოვიფიქრე. მესამედაც გავქრები.

ოსკარი: დავიტანჯე აქ ჯდომით. ტაქსი ათის ნახევარზე მოვა ჩემს წასაყვანად. შემნახველი საკნიდან ჩემოდნები ხომ უნდა გამოვიტანო? თანაც ამ თქვენმა ბერტამ დამაფრთხო. ჩემოდნები ჩაალაგაო. რაღაცეები ვიცი და როცა საჭიროა მაშინ ვიტყვიო. კაცს შენნაირი ლაბადა ეცვაო.

მარია: სულელი ქალია. ნახევარი დრო კიდევ გვაქვს, ნახავ რასაც ვიზამთ. (*ტუჩებში აკოცებს და ფანჯარასთან მივა.*) ისევ მოვახერხებ და შენთან გავალ. ისე ვიზამ, სააბაზანოში ვეგონო.

ოსკარი: აღარ შემიძლია, ერთი სული მაქვს ვაგონის ფანჯრიდან დავინახო აქაურობა.

მარია: ნუ ნერვიულობ. სამაგიეროდ ერთად ვიქნებით.

შემორბის მარკუსი.

მარკუსი: მარია! რა ამბავია ჩვენს თავს?

მარია: რა ამბავი უნდა იყოს?

მარკუსი: მაღვიძარა ვერ ვიპოვე. მაღვიძარა კი არა, ტანსაცმლის კარადებიც კი ცარიელია.

მარია: კარადები ცარელია?

მარკუსი: ცარიელია! შენი ტანსცმელი იქ არ არის, მხოლოდ საკიდებია.

მარია: რას ბოდავ?

thought you'd already have been at the station...

Maria: It is still early. We will wait a while longer. You will go and then I will escape from him.

Oscar: Yes, but why then did you think up this silly spectacle? To make sport of him, as when we were playing cards, weren't you saying? Now what's come of it? You know, we could have gone normally!

Maria: I made it up. Yes. But I forgot the ring. The ring, a keepsake from my mother.

Oscar: You've made me mad with all these family objects. The cloak, the ring...

Maria: That's how it is. We are a family.

Oscar: Some family. Ha! – some family indeed. The wife escapes with the next door neighbour to found a new family, and throws a degrading farewell party for the husband.

Maria: And you liked it a lot. Didn't you yourself say it's like playing cards?

Oscar: Everything was going well, splendidly. I've never seen such play-acting before in my life. One false disappearance and another real one. But what will come of it now that you've come back to get the ring?

Maria: It doesn't matter, I thought it would be worse. I will disappear a third time.

Oscar: I've been suffering from all this sitting around. A taxi is coming to get me around 9:30. But I have to take the suitcases out of the storage locker. Anyway, this Bertha of yours gave me a real fright. All this business about, 'she's packed the suitcases, I know this and that and I will say it when need be, there was a man wearing a raincoat like yours...'.

Maria: She is a stupid woman. We still have half an hour, you'll see what we can do. *(she kisses him on the lips and goes over to stand at the window)* So we'll manage and get to your home. We'll act in such a way as to make him think I'm in the bathroom.

მარკუსი: მიბრძანდი და ნახე. გამაგებინეთ, რა ამბავია ჩვენს თავს? გაგვძარცვეს? როდის გაგვძარცვეს?

მარია: რა გაგვძარცვეს. როდის უნდა გავეძარცვეთ. რას ლაპარაკობ. (*გადის*)

ოსკარი: ეს რაღა უბედურებაა?

მარკუსი: ბერტა! ბერტა...

შემოდის ბერტა.

მარკუსი: ბერტა, ტანსაცმლის კარადები ცარიელია.

ბერტა: ქურდი აქ არ შემოსულა. მე სულ სახლში ვარ. თქვენ ფანჯრები გააღეთ, ეგებ მაშინ გადმოძვრა ვინმე.

მარკუსი: (*დამცინავად*) მაშინ კატა გადმომძვრალა, ჩემს ცოლს თუ დავუჯერებთ. სადაც კატა, იქაც ქალის კაბები, არა?

ბერტა: რა ვიცი. მე მგონია, რომ თვითონ თქვენმა ცოლმა ჩაალაგა ის კაბები ჩემოდნებში.

მარკუსი: და რა უყო, ბერტა?

ბერტა: მე არ ვიცი. მე მგონია, რომ თვითონ ჩაალაგებდა ზამთრის კაბებს, ახლა ხომ გაზაფხულია.

მარკუსი: კარგი, წადი ბერტა.

ბერტა გადის.

მარკუსი: ეს ქალი იდიოტია. ყველაფერს მარიას აბრალებს. რა დაქანცული სახე გაქვს, ოსკარ. დაგტანჯეთ მთელი საღამო. ოჯახი ასეთი რამაა.

ოსკარი: არაფერი...უბრალოდ, გავალ, დავისვენებ, მართლა მჭირდება დასვენება.

მარკუსი: კარგი...ისე, დამეთანხმე, რომ რაც ხდება, უცნაურია. ეს ყველაფერი ძალზე უცნაურია.

ოსკარი: კი ასეა.

მარკუსი: მარია ორჯერ გაუჩინარდა სახლიდან, ახლა კი კაბებიც გაქრა.

ოსკარი: მართლაც. (*ხელს უწვდის*) აბა, ღამე მშვიდობის.

მარკუსი: საათი რომ ვერ ვიპოვე? მგონი საათიც მოპარულია.

ოსკარი: მარიას აღარ შევაწუხებ, შენ გამოეთხოვე ჩემს მაგივ-

Oscar: I can't do this any longer, all I can think of is when I'll be looking at these parts for the last time from the window of the train.

Maria: Don't worry. We'll be together in due course.

Enter Marcus.

Marcus: Maria? What's happened to us?

Maria: What do you mean, what's happened to us?

Marcus: I couldn't find the alarm clock. It's not just the alarm clock that's missing, but all the wardrobes are empty.

Maria: The wardrobes are empty?

Marcus: Empty! Your clothes aren't in there, only the hangers.

Maria: What nonsense are you talking?

Marcus: Get yourself in there and see for yourself. Then be so kind as to explain what is happening to us. Have we been burgled? When could they have burgled us?

Maria: We haven't been burgled. When could they have burgled us? What are you saying? *(exits)*

Oscar: What's the trouble now?

Marcus: Bertha! Bertha!...

Enter Bertha.

Marcus: Bertha, the wardrobes are empty.

Bertha: It's no thief what's come in here. I've been here all the time. You've been opening the windows, maybe it's someone's climbed in?

Marcus: *(sarcastically)* Then the cat did climb in, if my wife is to be believed. Where the cat is, the dresses might also be, no?

Bertha: What do I know? I think that it was your wife herself who packed the dresses into suitcases.

Marcus: And what did she do with them, Bertha?

Bertha: I don't know. I think she was packing her winter dresses, now that it's spring.

Marcus: Fine, go away, Bertha.

Exit Bertha.

რად.

ისმის ზარის ხმა.

მარკუსი: ეს ვინღაა?

ოსკარი: არ ვიცი.

ბერტა შემოდის.

ბერტა: იქ ერთი კაცია, თქვენს მეუღლეს კითხულობს.

მარკუსი: რა სისულელეა? ვინ უნდა კითხულობდეს ჩემს მეუღ-
ლეს?

ბერტა: მაღალი, წარმოსადეგი კაცია. დაწინწკლული საწვიმარი
აცვია.

მარკუსი: აბა, ერთი თხოვე, შემობრძანდეს. ვინ უნდა იყოს, ასე
დაუპატიჟებლად?

ოსკარი: რა გითხრა. თავბრუ დამეხვა, აღარც ვიცი რა ვიფიქრო.

ბერტა გადის და სტუმარს შემოუძღვება.

სტუმარი: დიდი ბოდიში, მაგრამ ღამის ცვლაში ვმუშაობ და სხვა
დროს ვერაფრით მოვიდოდი. რამდენიმე შეკითხვა უნდა და-
ვუსვა თქვენს მეუღლეს.

მარკუსი: ბოდიში, მაგრამ ვინ ბრძანდებით?

სტუმარი: მეშვიდე საპოლიციო უბნის ინსპექტორი გუგი. (*საბუთს
 იღებს ჯიბიდან და კვლავ ინახავს.*)

მარკუსი: მერედა საიდან იცით, რომ მეუღლე მყავს?

სტუმარი: შეცდომა გამორიცხულია. მე ამ საქმეს ვემსახურები
(*ხელს უწვდის სანდროს*) ინსპექტორი გუგი.

მარკუსი: უცნაურია, არა, ოსკარ? კიდევ ერთი უცნაურობა.

ოსკარი: აღარც კი ვიცი, რა ვიფიქრო.

მარკუსი: მარიას ვკითხოთ. რა დარჩენია იმ ცარიელ კარადებ-
ში? ბერტა! დაბრძანდით, ინსპექტორო.

შემოდის ბერტა.

მარკუსი: ბერტა, ერთი მარიას დაუძახე, მგონი მართლაც რაღაც
უბედურებაა ჩვენს თავს.

ბერტა: წავიდა.

მარკუსი: ვინ წავიდა, ბერტა?

Marcus: That woman is an idiot. Always blaming Maria for everything. How worn-out your face looks, Oscar. I've troubled you all evening. That's family for you.

Oscar: Never mind … Quite simply, I'll leave and get some rest, I really need some rest.

Marcus: Fine… But you have to admit that what's been going on is strange. All of it is really quite strange.

Oscar: Yes, it is.

Marcus: Maria has disappeared twice and now the dresses are gone, too.

Oscar: Indeed. *(offers his hand to Marcus)* Well, good night.

Marcus: What about my not being able to find the clock? I think the clock, too, has been stolen.

Oscar: I won't bother Maria anymore, say goodbye to her for me.

(The doorbell rings.)

Marcus: Who could that be now?

Oscar: I don't know.

(Enter Bertha.)

Bertha: There's a man here asking for your wife.

Marcus: That's absurd, who would be asking for my wife?

Bertha: A tall, presentable man, wearing a speckled raincoat.

Marcus: Well, ask him to please come him. Who could it be, come like this without an invitation?

Oscar: What can I tell you? My head is spinning. I don't know what to think anymore.

(Bertha goes out and shows in the visitor.)

Visitor: My most sincere apologies, but I am working the night shift and by no means would be able to come at another time. I have some questions to ask your wife.

Marcus: Excuse me, but do you mind my asking who you are?

Visitor: Inspector Gugi, Seventh Police District. *(takes his identification out of his pocket and puts it back in)*

ბერტა: თქვენი ცოლი. შინდისფერი ფეხსაცმელები ჩაიცვა, ქოლგა აიღო და წავიდა.

მარკუსი: სულ გადაირიე, ბერტა?

ბერტა: წავიდა. მე თვითონ დავუკეტე კარი.

მარკუსი: როდის?

ბერტა: მას შემდეგ, რაც ეს ბატონი მობრძანდა.

სტუმარი: ასეა, გაიქცა.

მარკუსი: რას ჩმახავთ? ჩემი ცოლი სად უნდა გაქცეულიყო?

სტუმარი: თავი აარიდა ჩემთან შეხვედრას.

მარკუსი: თქვენთან შეხვედრისთვის თავი რატომ უნდა აერიდებინა?

სტუმარი: ეს თვითონ უკეთ ეცოდინება. ტელეფონი გაქვთ?

მარკუსი: ტელეფონი რად გინდათ?

სტუმარი: უარი უნდა დავამოწმო. სამორიგეოს შევატყობინო, რომ დასაკითხმა თავი აარიდა დაკითხვას.

მარკუსი: აი, საგიჟეთი. რა გინდათ ჩემი ცოლისგან?

ოსკარი: მარკუს, მე გავალ, თუ შეიძლება. ჩემთან გავალ და...

მარკუსი: კარგი, ოსკარ. კარგი. დიდი ბოდიში ყველაფრისთვის. ხომ იცი, ლამაზად მინდოდა.

გადაეხვევიან ერთმანეთს. ოსკარი გადის.

მარკუსი: ბერტა! ბერტა!

4 მოქმედება

მარკუსის და მარიას ბინა. ოთახში ინსპექტორი გუგი და მარკუსი სხედან.

მარკუსი: ახლა მე მაქვს სანერვიულო. თქვენმა სულელურმა მოსვლამ ჩემი ცოლი დააფრთხო. სად ვეძებო? იმავე პოლიციის განყოფილებას მივმართო, რომელმაც მის დასაკითხად გამოგვზავნათ?

სტუმარი: ჩვენი სამსახური ასეთია. ის შემთხვევით აღმოჩნ-

Marcus: And how is it that you know I have a wife?

Visitor: We cannot reckon with the possibility of my having made a mistake. I have been on this job for a long time. *(offers his hand)* Inspector Gugi.

Marcus: It's strange, isn't it, Oscar. Yet another strange occurrence.

Oscar: I really don't know what to think anymore.

Marcus: Let's ask Maria what is left in the empty wardrobes. Bertha! Please, do sit down, Inspector.

> *Enter Bertha.*

Marcus: Bertha, go and call Maria, I think that a real misfortune has come upon us.

Bertha: She's gone.

Marcus: Who's gone, Bertha?

Bertha: Your wife. She put on her oxblood boots, took her umbrella, and left.

Marcus: Have you gone completely mad, Bertha?

Bertha: She's gone — I'm telling you, I locked the door behind her my-self.

Marcus: When?

Bertha: After this gentleman came in.

Marcus: What inanities are you blathering? Where would my wife have fled to?

Visitor: To avoid a meeting with me.

Marcus: Why would she have wanted to avoid a meeting with you?

Visitor: She'll know herself better than we do. Do you have a 'phone?

Marcus: What do you need a 'phone for?

Visitor: To report her absent. To let the duty officer know that the subject for questioning has avoided interrogation.

Marcus: This is a madhouse. What do you want with my wife?

Oscar: Marcus, I'm going to go, if you don't mind. I'll go to my place and...

Marcus: Fine, Oscar, fine. I'm really sorry for everything. You know, I

და ავარიის ადგილას. პირველადი ჩვენება იქვე მისცა. მისამართიც ჩააწერინა. წვიმაში მანქანის მართვას სიფრთხილე სჭირდება. ეს შეჯახება მოედანზე მოხდა შვიდის ნახევარზე.

მარკუსი: მესმის, მესმის. მართლაც იყო წასული საყიდლებზე და მგონი ეგ ავარიაც ახსენა... ხომ შეგეძლოთ დაგერეკათ?

სტუმარი: განა არ ვრეკავდი? ტელეფონი ერთთავად დაკავებული იყო.

მარკუსი: ძალიან უცნაური საღამოა, ძალიან უცნაური. ყველაფერთან ერთად, ჩემი ცოლის კაბები გაქრა ტანსაცმლის კარადიდან.

სტუმარი: (*ხალისით*) ჰოდა, დროზე მოვსულვარ. უბრალოდ, ვერ გავიგე, რატომ უნდა შეშინებოდა თქვენს მეუღლეს ჩემი? ორიოდ უწყინარ კითხვას დავუსვამდი და საქმეც მოთავდებოდა.

მარკუსი: ჩვენ რომ ძველი ნაცნობები ვიყოთ, უფრო წვრილად აგიხსნიდით, მაგრამ ახლა ამის თხრობას არც აზრი აქვს და არც წესია, უცხო კაცს, მითუმეტეს პოლიციელს, შენი ოჯახის თავგადასავალი უამბო. მე და ჩემმა ცოლმა გადავწყვიტეთ საოჯახო წარმოდგენა გაგვეთამაშებინა. ჩვენ კარგი მსახიობები ვართ, მე და ჩემი ცოლი. მიირთვით კონიაკი, ბატონო ინსპექტორო. ჰოდა, თქვენ სწორედ ამ წარმოდგენის მესამე აქტის ბოლო სცენებში დაგვატყდით თავს.მთელი წარმოდგენა ჩაგვიშალეთ. საუცხოო ექსპრომტი მოვახერხე და ამ დროს თქვენ შემოაბოტეთ. ალბათ, ჩემი ცოლი დაიბნა. ეჭვი არ მეპარება, სადარბაზოში იმალება.

სტუმარი: მაპატიეთ. მართლაც უცნაური ამბავი ჩანს. სულაც არ მინდა მისი სმენა. მართლაც პირად ისტორიაში შემოვიჭერი.

მარკუსი: თქვენ გამოსათხოვარი პარტია ჩაგვიშალეთ.

სტუმარი: ბოდიშს ვიხდი. კონიაკი კი მართლაც საუცხოოა.

მარკუსი: ხვალ დილითვე ჩემი ცოლი თქვენს დაწესებულებაში მოვა და საჭირო პასუხებს მოგახსენებთ.

სტუმარი: ეჭვიც არ მეპარება...რაკი ასეა, კიდევ ერთხელ მოგი-

wanted to say goodbye nicely.

They embrace. Oscar exits.

Marcus: Bertha! Bertha!

ACT IV

Marcus and Maria's flat. Marcus and Inspector Gugi are sitting in the room together.

Marcus: Now I have something to worry about. Your idiotic visit has scared off my wife. Where am I to look for her? I might as well appeal to the same police department that has sent you out to question her.

Visitor: That's the nature of my work. She turned up by chance at the scene of the accident. She gave me the first piece of evidence, and wrote down her address. Driving in the rain requires caution. The crash on the square happened at half past six.

Marcus: Yes, yes, I get it. As it happens, she *had* gone shopping and I think she mentioned this... But couldn't you at least have called?

Visitor: But I was calling, you see. The 'phone was engaged the whole time.

Marcus: It's been a very strange evening, very strange. On top of all this, my wife's dresses have vanished from the wardrobe.

Visitor: *(cheerily)* Well, then, it looks like I've come at the right moment. The only thing is, I don't understand why your wife would have been afraid of me. I was just going to ask a couple of harmless questions and then the matter would have been settled.

Marcus: If we were old friends, I would explain to you in detail, but it makes no sense for me to tell you about it now, and it also isn't appropriate to tell a stranger, much less a police officer, about one's family adventures. My wife and I chose to enact a family spectacle; we are good actors, my wife and I. Here, have some brandy, Mr

ბოდიშებთ და...

ისმის ზარის ხმა.

მარკუსი: აი, მობრძანდა შეშინებული ბოცვერი. ბერტა! გაუღე მარიას...

ოთახში ოსკარი შემოდის.

მარკუსი: აჰ, ოსკარ, შენა? მე კი მეგონა მარია დაბრუნდა. დღეს იმდენჯერ გაქრა და იმდენჯერ დაბრუნდა, რომ... ვერ დაიძინე?

ოსკარი: ვერა. ვფიქრობ, სად უნდა წასულიყო. მარტო გაგიჭირდება ასეთ დროს. ამიტომაც დავბრუნდი.

მარკუსი: გმადლობ, ჩემო ოსკარ. გმადლობ. ინსპექტორთან საუბრის შემდეგ დავმშვიდდი და შენმა მღელვარებამ თითქოს გამაკვირვა. ასე არ არის, ინსპექტორო?

სტუმარი: ასეა. სანერვიულო არაფერია.

ოსკარი: ჰო, მაგრამ სად წავიდა?

მარკუსი: ინსპექტორმა საღამო ჩაგვიშალა, მაგრამ მთავარს მაინც მივაღწიეთ. მარია დაბრუნდება. ჩვენ ვფიქრობთ, რომ ინსპექტორისა შეეშინდა. რომელი საათია?

ოსკარი: ათის ოცდახუთი წუთი.

მარკუსი: ოჰ, რა დრო გასულა. ახლა უკვე მთელი ქალაქი თვლემს. მხოლოდ სადგურზე ფხიზლობენ. ღამის მატარებლების დროა.

სტუმარი: მართლაც. მე მიყვარს ღამის მატარებლები, საძინებლი კუპეები. წვიმაში მგზავრობა ხომ ასეთი სასიამოვნოა.

მარკუსი: გაზაფხულის წვიმას ბევრი არაფერი სჯობს. გამოაღე ფანჯრები და ისუნთქე ღრმად.

სტუმარი: კარგი. ჩემი წასვლის დროა. კიდევ ერთხელ მაპატიეთ. თქვენი მეუღლის კაბების თაობაზე კი ხვალვე შეგიძლიათ მოგვმართოთ. თქვენი მეუღლე ხომ მოვა და იქვე მოვისმენთ მის ნაამბობსაც გამქრალი ტანსაცმლის შესახებ.

მარკუსი: მშვენიერია. ასეც მოვიქცეთ.

სტუმარი: ახლა კი, თქვენი მეუღლე ალბათ დაინახავს, როგორ

Inspector. Well, then, you stormed in on the final scenes of the third act of this play. The whole performance is ruined. I had managed something amazing and impromptu, and you barged in at that moment. Perhaps my wife is stumped. I've no doubt she's hiding in the entryway.

Visitor: Pardon me. It seems to be a truly strange tale. I don't want to hear it at all. I've really stuck my nose into a personal story of yours.

Marcus: You have ruined the farewell round of our card game.

Visitor: I beg your pardon. By the way, the brandy is amazing.

Marcus: My wife will come tomorrow morning to your bureau to give you the necessary answers.

Visitor: I have no doubt... Well, all that's left is for me to apologise to you once more and...

The doorbell rings.

Marcus: Look! The frightened hare has returned. Bertha! Open the door for Maria.

Oscar enters the room.

Marcus: Ah, Oscar, it's you! There I was thinking Maria had come back. She has disappeared and come back so many times today... Could you not sleep?

Oscar: No, I couldn't. I was thinking about where she could have gone. It must be hard for you to be alone at such a time. That's why I've come back.

Marcus: Thank you, my dear Oscar. Thank you. After our conversation with the Inspector I calmed down, and your agitation almost surprised me. Isn't that right, Inspector?

Visitor: Yes, that's how it is. There's nothing to worry about.

Oscar: Yes, but where did she go?

Marcus: The Inspector has ruined our evening, but we still achieved the most important thing. Maria will come back. We think she was afraid of the Inspector. What time is it?

Oscar: It's twenty-five past nine.

ჩავჯდები ჩემს მანქანაში და შინ დაბრუნდება. ასე არა თქვით, უთუოდ სადარბაზოში იმალებაო?

ოსკარი: სადარბაზოში?

მარკუსი: ჰო. აბა, სხვა რა ვიფიქრო? ინსპექტორი წავა და გიამბობ. პატარა ისტორიაა.

სტუმარი: ჰო, მართლა... (*უბიდან ოთხად გაკეცილ ქაღალდს და ფანქარს იღებს*) მე გამოძახების ქაღალდს დავტოვებ. იქ, მისაღებში წარადგენს. (*ნაჩქარევად აწერს ხელს ქაღალდზე და მაგიდაზე დებს.*) აბა, ღამე მშვიდობის. კარგ დროსტარებას გისურვებთ.

მარკუსი: გმადლობთ.

ინსპექტორი გუგი გადის.

მარკუსი: წეღან, კატა რომ გაიყვანა მარიამ, მშრალი ლაბადით რატომ დაბრუნდა? ინსპექტორს სველი ლაბადა ეცვა.

ოსკარი: არ ვიცი, მარკუს. არც კი შემიხედავს ხეირიანად.

მარკუსი: დიდად არეული საღამო გამოვიდა. მარიკა ავტოკატასტროფას შეესწრო და ინსპექტორიც ამიტომ მოვიდა.

ოსკარი: ააა...

მარკუსი: მართლა? მგონი ეს ერთადერთი სიმართლეა დღეს.

ოსკარი: და მარია სად არის?

მარკუსი: მე რა ვიცი? ჯანდაბამდე წასულა. დავიღალე.

ოსკარი: კი, მაგრამ...

მარკუსი: რა, მაგრამ?

ოსკარი: ის, ტანსაცმელი?

მარკუსი: ტანსაცმელი?

ოსკარი: ტანსაცმელიც და... თვითონ მარია?

მარკუსი: ტანსაცმლისა შენ უკეთ უნდა იცოდე. ჩემოდნები ერთად არ გაზიდეთ სადგურში? შემნახველი საკანი ნომერი ოცდაცხრამეტი.

ოსკარი: რა ჩემოდნები?

მარკუსი: იმას ნუ მომაყოლებ, მეგობარო, რაც ჩემზე უკეთ იცი. მგონი კარგად ვიძიეთ შური, მეც და ჩემმა ცოლმაც. ბოლომდე

Marcus: Oh, how time flies. The whole city is slumbering already. Only the people at the station are sober. It's the time for night trains.

Visitor: Indeed. I love night trains. The sleeper compartments, travelling in the rain - it is so very pleasurable.

Marcus: There's nothing much better than a summer rain. To open the window and breathe deeply...

Visitor: Good. It's time for me to go. Pardon me once again. You can call tomorrow regarding your wife's dresses. Your wife can come then and there, we will listen closely to what she has to say about your clothes going missing.

Marcus: Splendid. That's exactly what we'll do.

Visitor: And now, perhaps, your wife will see me getting into my car and come back in. Didn't you say she was hiding in the entrance hall?

Oscar: In the entrance hall?

Marcus: Yes, well, what else do you think? The Inspector will go and I will tell you. It's not a long story.

Visitor: Yes, indeed. *(takes a piece of paper folded into a square out of his breast pocket)* I will leave you an order of summons. You will present it to the receptionist there. *(hurriedly signs the document and places it on the table)*. Well then, good night. I wish you all a pleasant time together.

Marcus: Thank you.

Exit Inspector Gugi.

Marcus: Funny, just a while ago, when Maria took the cat out, why was her raincoat dry when she came back in? The Inspector was wearing a wet raincoat.

Oscar: I don't know, Marcus. I didn't look at it properly.

Marcus: It has turned out to be a mixed-up evening, in a big way. Maria witnessed a car accident and that's why the Inspector came.

Oscar: Uuh...

Marcus: Really? I thought that was the only true thing today.

არ გამოგვივიდა, მაგრამ...ინსპექტორმა ყველაფერი ჩაშალა. ამიტომაც გელაპარაკები ახლა. რა წესია მეზობლის ცოლთან რომანის გაბმა?

ოსკარი: რა სისულელეა...მე... მე ახლავე წავალ და...

მარკუსი: წადი. წადი, და მადლობა მითხარი, რომ ჯერჯერობით ცოცხალი ხარ. ცოცხალი კი იმიტომ ხარ, რომ ჩემ ცოლთან დაწოლა ერთხელაც ვერ მოახერხე. ამაღამ აპირებდი. მატარებელი რომ დაიძრებოდა, არა? ორჯერ შემობრუნდი ჩვენთან, იმიტომ რომ მარიამ ორჯერვე მოგატყუა. ეს სახლის გაყიდვის ზღაპარიც იმიტომ მოიგონე, არა? ვერ მიხვდი, რომ ჩვენ მოთამაშე ხალხი ვართ? მარიას უმაღლესი სამხედრო ჯილდო ერგება. მგონი მიხვდი, რომ გაგათამაშეთ. ამაზე მეტი სახსოვარი რაღა გინდა? საფლავში ჩამოგყვება...

ოსკარი: შენ საზიზღარი კაცი ხარ. ყოველდღე ვხედავდი რა დღეში გყავდა ეგ ქალი. როგორ ტანჯავდი, ამცირებდი, აშინებდი. სად არის? სად გადამალე? რახან ასეთი უღირსი რამ გამოიგონე, ღიად ვითამაშოთ. სად არის მარია?

მარკუსი: მამაციც ყოფილა. მე უღირსი რამ მომიგონია, თვითონ კი გულისფანცქალით ჩაება ამ უღირს პარტიაში.

ოსკარი: სად არის მარია?

მარკუსი: შეყვარებული რაინდი. არ ვიცი სად არის. წარმოდგენა არა მაქვს.

ოსკარი: ყველაფერი დაგეგმე. საბრალო ქალი დააშინე. ისეთი რამ შემომთავაზე, რაც გულშიაც კი არ გამივლია. წარმოდგენა არაფერში მჭირდებოდა. უბრალოდ, მარიას დავეთანხმე, ვიფიქრე, რომ სიმწარის ღირსი ხარ. რად მინდა წარმოდგენა? ისედაც წავიყვან. ისედაც წავალთ.

მარკუსი: ვერა.

ოსკარი: არ შემაშინო...

მარკუსი: არ უყვარხარ. შენ არ უყვარხარ.

ოსკარი: და შენ უყვარხარ, არა?

მარკუსი: ჩემი ცოლია. თანაც, შენი მატარებელი უკვე გავიდა. ათი

Oscar: And where is Maria?

Marcus: What am I supposed to know? To hell with her. I am tired.

Oscar: Yes, but...

Marcus: But what?

Oscar: Those, the clothes?

Marcus: The clothes?

Oscar: The clothes and... Maria herself?

Marcus: You should know better about the clothes than I do. Didn't you take the suitcases away to the station together? Storage locker number thirty-nine.

Oscar: What suitcases?

Marcus: My friend, don't make me tell you what you yourself know better than I do. I thought it would be good for us to take revenge on you, me and my wife. But it didn't turn out the way we wanted, but... the Inspector ruined everything. That's why I'm speaking to you now. Do you think it's right to have an affair with your neighbour's wife?

Oscar: What nonsense... I'll... I'll go this very minute.

Marcus: Go, and thank me that you're still alive. You're only still alive because you didn't manage to lie down in bed together. As you were intending to do this evening. As soon as the train got moving, right? You came back twice to our house because Maria lied twice. Selling this house was a fairy tale you made up, wasn't it? Couldn't you have guessed we were gambling folk? Maria deserves the highest military award. I think you guessed we were playing you. What more do you need to remember us by? It will go with you to the grave.

Oscar: You are a disgusting man. I saw every day how you treated that woman. How you tortured her, humiliated her, threatened her. Where is she? Where have you hid her? Since you've come up with such a base thing, let's play openly. Where is Maria?

Marcus: She has been brave, too. In order for me to think up something

წუთია. აღარ მინდა ეს ლაპარაკი, მომწყინდა (*რევოლვერს იძრობს*)

ოსკარი: ბერტა...

მარკუსი: ხა-ხა-ხა! იპოვნა მშველელი. მარტოხელა კაცმა თავის სახლში მოიკლა თავი. ინსპექტორიც აქვე იყო, ლამის მოგვიშინაურდა. არ გავისეირნოთ?

ოსკარი: მარია...მარიაც მოკალი?

მარკუსი: ღმერთო, რა სულელია. მარია რატომ უნდა მომეკლა? უბრალოდ, დამნაშავეებს ვსჯი. მარიას კი არაფერი დაუშავებია. ხვალ ჩვეულებრივი დღე იქნება. მარია საპოლიციო უბანში მივა ინსპექტორთან სასაუბროდ. იმ პატიოსანმა კაცმა, უწყებაც კი დატოვა. აი (*მაგიდიდან გაკეცილ ქაღალდს იღებს და დახედავს*) რაო? (*ქაღალდს დაიქნევს და ხსნის, ჩასცქერის. ოსკარი რევოლვერს იძრობს*)

ოსკარი: აბა, ახლა ვილაპარაკოთ.

მარკუსი: (*ყურადღებას არ აქცევს, თავის რევოლვერს დივანზე მიაგდებს და ქაღალდს ჩასცქერის*) რა...რატომ...რ... (*მოწყვეტით ჩაეშვება სავარძელში, ქაღალდს მიაგდებს*)

ოსკარი: მარია... მარია სად არის?

მარკუსი: მარიამ წერილი გამოგვიგზავნა. შეგიძლია წაიკითხო. ხმამაღლა.

ოსკარი: (*ქაღალდს დასწვდება*) რაო? ეს რა არის?

მარკუსი: წაიკითხე. წაიკითხე, ბრიყვო...

ოსკარი: საღამო მშვიდობისა მარკუს და ოსკარ. არ ვიცი, ცოცხლები ხართ, თუ არა, მაგრამ მაინც მინდა გითხრათ, რომ ორივენი მძულხართ. ეს ძნელი ასახსნელია, მაგრამ გასაგები იქნება. მარკუს, შენ იმიტომ მძულხარ, რომ ჩემი ქმარი ხარ. ოსკარ, შენ იმიტომ, რომ საზიზღრად ცდილობდი ლოგინში შეგეთრიე და არავინ იცის რა დღეში ჩამაგდებდი, რომ გამოგყოლოდი. იმაზე ნაკლები ნამდვილად არ იქნებოდა, რაც ჩემს ოჯახურ ცხოვრებას მოჰყვა. თქვენს საზიზღარ თამაშში, მე ჩემი პარტია მქონდა, რომელიც, როგორც ჩანს, მოვიგე. ოსკარ,

so base, she herself had to get involved wholeheartedly in this base game.

Oscar: Where is Maria?

Marcus: The besotted knight. I don't know where she is. I don't have any idea.

Oscar: It was you who planned everything. You threatened the poor woman. The thought of you making such an offer didn't even cross my mind. I had no use for such a spectacle. All that happened was that I agreed with Maria that you deserved to be betrayed. What use do I have for spectacle? I will take her anyway. We'll go anyway.

Marcus: You can't.

Oscar: Don't threaten me.

Marcus: She doesn't love you. She doesn't love you.

Oscar: But she loves you, then?

Marcus: She's my wife. Besides, your train's already left. Ten minutes ago. I don't want any more of this talk, I've had enough. *(he draws a revolver)*

Oscar: Bertha...

Marcus: Hahaha! You've found yourself a saviour. A lonely man killed himself in his own home. The inspector was here, we've come to be on good terms with him. Shall we go for a walk?

Oscar: Maria... Did you kill Maria, too?

Marcus: Lord, what nonsense. What would I have killed Maria for? I only punish the people who are guilty. Maria hasn't done anything wrong. Tomorrow will be a normal day. Maria will go to the police division in order to speak to the Inspector. That honest man even left us a note with his division on it. Here... *(takes the folded piece of paper off the table and looks at it)*... What? ... *(waves the piece of paper around and opens it; Oscar draws his revolver)*

Oscar: Now we can talk.

Marcus: *(pays no attention, tosses his own revolver onto the couch*

ჩვენი მატარებელი თერთმეტის ათ წუთზე გადიოდა მესამე ბაქნიდან. მე ჩავჯდები მატარებელში, რომელიც თერთმეტ საათზე გადის მეექვსე ბაქნიდან. მარკუს, დიდი მადლობა, რომ ბარგი ჩამილაგე. ოსკარ, დიდი მადლობა, რომ სადგურამდე მიმატანინე. სიგარები ჩემი სახსოვარია. აქვე მოგახსენებთ, რომ ეს წერილი იმ ადამიანმა მოგიტანათ, რომელსაც ჩემი გული ეკუთვნის. მის დიდ ნიჭსა და სიმამაცეს თქვენც შეაფასებდით. მგონია, რომ მასთან ერთად ბედნიერი ვიქნები. მშვიდობით... (*ოსკარიც მოწყვეტით დაჯდება*).

მარკუსი: უუუუჰ... როგორ... როგორ...გამომეპარა...უუ...უუ...ინსპექტორი გუგი...

ოსკარი: ის... ინსპექტორი...ინსპექტორია ის, ვინც...

მარკუსი: ო, რა ბრიყვი ხარ?

ოსკარი: ბრიყვი...ბრიყვი არა ხარ?

მარკუსი: ბერტა! ბერტა...

შემოდის ბერტა.

მარკუსი: ბერტა, სად არის ჩემი ცოლი?

ბერტა: მგონი მოვიდა.

ოსკარი: მოვიდა?

ბერტა: კარის ხმა იყო.

მარკუსი: რა დავაშავე ამდენი სულელის ხელში? ფეხსაცმელები მომიტანე ბერტა.

ბერტა: ფეხსაცმელები?

მარკუსი: ჰო, ფეხსაცმელები. სადგურში მივდივარ.

ბერტა: სადგურში?

მარკუსი: ჰო! ჰო! მომიტანე ფეხსაცმელები.

ბერტა გადის.

მარკუსი: თერთმეტზე გადისო, არა? თუ არ მოგვატყუა.

ბერტას ფეხსაცმელები შემოაქვს და გადის. მარკუსი ნაჩქარევად იცმევს. რევოლვერს წამოავლებს ხელს და გარბის.

ოსკარი: მოიცა...

and examines the piece of paper) What? ... Why?... Wh- *(collapses into an armchair, tosses the piece of paper to one side)*

Oscar: Maria – where is Maria?

Marcus: Maria has sent us a letter. You can read it, if you like. Out loud.

Oscar: *(snatches the paper from him)* What?... What's this?

Marcus: Read it. Read it, you fool.

Oscar: *(reads)* "Good evening, Marcus and Oscar. I don't know whether you're alive or not, but I just wanted to tell you that I hate both of you. It's hard to explain, but I think you'll understand. Marcus, I hate you because you are my husband. Oscar, I hate you because you tried to drag me into bed with you and who knows what you would have done to me if I had followed you. Certainly it wouldn't have been much better than our family life. In your disgusting game I have had my own round which, it would seem, I have won. Oscar, our train left at quarter past ten from Platform 3. I will get on the train that is leaving at eleven o'clock from Platform 6. Marcus, thank you for packing my bags for me. Oscar, thank you for helping me to carry them to the station. You have the cigars to remember me by. Now is the time to tell you that the person who brought this letter is the one to whom my heart belongs. I think that you, too, will appreciate his talent and his courage. I think we will be happy together. Farewell... *(Oscar also collapses into a chair)*

Marcus: Uugh... How... How did she escape...? Inspector Gugi...?

Oscar: This... Inspector... The Inspector... But who...?

Marcus: Oh, what a fool you are!

Oscar: A fool... And you aren't a fool?

    Enter Bertha.

Marcus: Bertha, where is my wife?

Bertha: I think she's come back.

Oscar: Come back?

Bertha: I heard the door open.

Marcus: What have I done that I am surrounded by so many fools?

მარკუსი: რა ჯანდაბაღა გინდა?

ოსკარი: მეც მოვდივარ...

მარკუსი: აი, სცენა. აი, პარტია...

ოსკარი: მგონი საერთო მტერი გვყავს.

მარკუსი: რევოლვერი შეინახე, ბრიყვო... ბერტა! ჩვენ მივდივართ!

გარბიან. ისმის კარის ჯახუნის ხმა.

ოთახში ბერტა შემოდის, ალაგებას იწყებს, გორგოლაჭებიან მაგიდაზე ალაგებს ფინჯნებს და ბოთლებს.

მარია შემოდის.

მარია: წავიდნენ?

ბერტა: დიახ. გაიქცნენ.

მარია: კინაღამ დავიხუთე იქ. რა საშინელი კარადა გვქონია სახლში.

ბერტა: კედელშია ჩაშენებული.

მარია: საბნებში ამდენ ხანს...საფლავში მეგონა თავი. (*ტელეფონთან მიდის, ყურმილს იღებს და ნომერს კრეფს*) მგონი, გამოგვივიდა არა, ბერტა?

ბერტა: მგონი.

მარია: ჰო... მე, ვარ. კი... ქუჩის კუთხეში დაგელოდები. არა უშავს. წვიმა რაღას დამაკლებს. მაღაზიის ტენტის ქვეშ. კარგი. გკოცნი. (*ამოიოხრებს*).

ბერტა: ესენი იქ რომ მივლენ, იმას ნახავენ?

მარია: ვის, გუგის?

ბერტა: ჰო. აქ რომ იყო. ინსპექტორი ვარო.

მარიკა: ალბათ. მეექვსე ბაქანზე იდგება.

ბერტა: კარგი არაფერი მოხდება იქ.

მარია: ეგ გუგიც ისეთივე საზიზღარია, როგორც ეს ორნი, ბერტა. რაც უნდათ ის ქნან. მე იმას მივყვები, ვისაც თამაში არ უყვარს. ერთი შანტაჟისტი, მეორე შანტაჟისტი, მესამე შანტაჟისტი. ერთი ეჭვიანი, მეორე ეჭვიანი, მესამე...(*წამოდგება*) წავედი (*ბერტას ჩაეხუტება*) დიდი მადლობა. დიდი მადლობა შენ.

Bring me my shoes, Bertha!

Bertha: Your shoes?

Marcus: Yes, my shoes. I'm going to the station.

Bertha: To the station?

Marcus: Yes, yes! Bring me my shoes.

Exit Bertha.

Marcus: She said it's leaving at eleven, didn't she? That is, if she didn't lie to us.

Bertha enters carrying the shoes and exits. Marcus hurriedly puts them on. He grabs his revolver and runs out.

Oscar: Wait...

Marcus: What the hell do you want?

Oscar: I'm coming with you.

Marcus: Look, what a scene! What a game!

Oscar: I think we have a common enemy.

Marcus: Hold on to your revolver, you fool. Bertha! We're going.

They exit, running. The door slams shut.

Bertha comes into the room and begins to tidy up, placing the glasses and bottles onto the serving trolley.

Enter Maria.

Maria: They're gone?

Bertha: Yes. Running.

Maria: I nearly suffocated in there. What a frightful cupboard we have, Bertha.

Bertha: It's built into the wall.

Maria: Such a long time in among the quilts... I felt as if I was in a grave. *(goes over to the telephone, picks up the receiver and dials a number)* I think we've got it, don't you?

Bertha: I think we do.

Maria: Yes... I, I am... Yes... I will be waiting for you on the street-corner. No problem. The rain won't have any effect on me. Under the awning of the shop. Fine. Kisses. *(sighs)*

შენ რომ არ ყოფილიყავი...

ბერტა: კარგი, კარგი...

მარია: მოგწერ, ჩვენთან ჩამოხვალ. ჩვენთან იქნები.

ბერტა: კარგი, კარგი.

მარია: შენ რომ არ მოგეფიქრებინა, რა დღეში ვიქნებოდი?

ბერტა: სიყვარულია. დახმარება სჭირდება... რა ჰქვია იმას?

მარია: ვის?

ბერტა: ვინც არ თამაშობს.

მარია: კარლოსი. როგორ დაგავიწყდა ბერტა?

ბერტა: დავბერდი.

მარია გარბის.

ფარდა

Bertha: When they get there, won't they see him?

Maria: Whom, Gugi?

Bertha: Yes. The one who was here and said he was an inspector.

Maria: Perhaps. He'll be standing on Platform No. 6.

Bertha: Nothing good is going to happen there.

Maria: That Gugi is every bit as disgusting as these two, Bertha. Let them do what they want to him. I'm following someone who doesn't like the game. One is a blackmailer, the other is a blackmailer, and the third is a blackmailer. The one is jealous, the other is jealous, the third is... *(stands up)* I'm going. *(she cuddles Bertha)* Thanks a lot. Thanks a lot, Bertha. If only you weren't...

Bertha: Alright, alright...

Maria: I'll write to you, you'll come to us. You'll be with us.

Bertha: Alright, alright...

Maria: If you hadn't thought all this up, what sort of state would I be in?

Bertha: It's love. It was necessary to help... remind me of the name?

Maria: Whose?

Bertha: The one who doesn't play.

Maria: Carlos. How could you forget, Bertha?

Bertha: I got old.

CURTAIN

თარჯიმნების შესახებ

ABOUT THE TRANSLATORS

ალექს მაკფარლეინი

ალექს მაკფარლეინი მუშაობს ოქსფორდის უნივერსიტეტში სადოქტორო თემაზე „ალექსანდრე დიდი შუა საუკუნეების სომხურ და ზოგადად კავკასიურ ლიტერატურაში.“ ალექსი ორი წელია, სწავლობს ქართულს, რათა დედნის ენაზე გაეცნოს ქართულ საისტორიო მწერლობაში ალექსანდრე დიდის შესახებ შემონახულ მასალას.

„თარგმანი ერთ-ერთი საუკეთესო საშუალებაა ენის შესასწავლად: ის ასახავს იმ ენას , რომელიც გამოიყენება მწერლობასა თუ საუბარში. გრამატიკული წესები თარგმანისას თითქოს ცოცხლდება – ნათელი და გასაგები ხდება. მოთხრობაში „სიქსტის მადონა მოსკოვში“ ავტორი განზრახ იმეორებს გარკვეულ ფრაზებს, რათა შეახსენოს მკითხველს, რომ მუზეუმში კედელზე ჩამოკიდებული სურათის სცენა არ იცვლება, მაშინ, როცა თითოეული მნახველი სხვადასხვანაირად აღიქვამს მას. ჩემთვის, როგორც ენის შემსწავლელისათვის , ამგვარი გამეორება ძალზე სასარგებლოა როგორც ზეპირი მეტყველების, ისე მართლწერისათვის.“

Alex MacFarlane

Alex MacFarlane is a PhD student at the University of Oxford,
working on the reception of Alexander the Great in medieval
Armenian literature with an interest in the figure of Alexander
across the wider Caucasus region.
For the past two years, Alex has been learning Georgian in order to
later look at Alexander in historical Georgian literature.

*"All translation helps language-learning: it shows the language as
it is really used, in prose and - in fiction - even in some dialogue.
The many aspects of grammar become real and therefore under-
standable. In the story* Sistine Madonna in Moscow, *the author in-
tentionally repeats certain phrases to remind readers that the scene
of the painting hanging on the museum wall remains constant while
various individuals view it in different ways. For the language-learn-
er, this repetition is obviously a useful way to become familiar with
certain parts of the language as well as an engaging literary tech-
nique."*

კლიფორდ მარკუსი

კლიფორდ მარკუსი სწავლობდა ფილოსოფიას, პოლიტიკასა და ეკონომიკას ოქსფორდში, კიბალ კოლეჯში.
ამის გარდა, იგი სწავლობდა ინდიანის უნივერსიტეტში, სადაც დაიცვა ორი სამაგისტრო ხარისხი იტალიური და კლასიკური ფილოლოგიის დარგში.
ამჟამად ის მუშაობს მთარგმნელად და ცხოვრობს ოქსფორდში.

ამ ტექსტების თარგმნა საუკეთესო საშუალებაა ენის შესასწავლად. სახელმძღვანელოებისაგან განსხვავებით, თარგმანი ერთიანად მოიცავს მთელს ენას და არა მხოლოდ გრამატიკის ამა თუ იმ ნაწილს, რომელსაც შეიძლება იმავდროულად ვსწავლობდეთ კიდეც. აღსანიშნავია ისიც, რომ ქართული მწერლობის ნიმუშთა კითხვა და თარგმნა ენის შესწავლის საუკეთესო საშუალებაა, თუმცა აუცილებელია ამ პროცესის თანმხლები სხვადასხვა სახის ლექსიკონისა თუ გრამატიკული სახელმძღვანელოს გამოყენება.

ჩემი აზრით, თარგმნა ენის შესწავლის პროცესის მეტად მნიშვნელოვანი საფეხურია, როცა რეალობა შენს წინაშე ნივთიერი სახით წარმოდგება და ხელშესახები ხდება. თარგმნა გულისხმობს არა მარტო უცხოენოვანი ტექსტის წაკითხვასა და გაგებას, არამედ მასში გადმოცემული მთავარი აზრის წვდომას. ზოგჯერ შეიძლება ძალიან ადვილად გასაგები იყოს ქართული სიტყვის ან წინადადების მნიშვნელობა, მაგრამ თარგმნის დროს მეტ ნიუანსს აქცევ ყურადღებას , რაც შეიძლება სხვა დროს ვერც კი შენიშნო.

იმედი მაქვს, რომ მომავალში მეტი თარგმნის საშუალება მექნება.

Clifford Marcus

Clifford Marcus studied Politics, Philosophy and Economics at
Keble College, University of Oxford. He then did two
master's degrees, one in Italian and another in Classics
at Indiana University.
He now works as a translator and is based in Oxford.

"Translating these texts is a great help to learning the language. Obviously, unlike text book exercises it involves all the language and not just the particular grammar point we might be studying. It is also a great encouragement to read and deal with actual Georgian writing, even if it may still involve an array of dictionaries and grammar books. I feel it is a very important stage to reach when learning a language - you are dealing with the 'real thing'. The discipline of translating, as opposed to merely reading or understanding, reinforces your understanding of the subtleties of the language. Although it might be quite straightforward to understand a Georgian word or even sentence, having to translate it makes you see many nuances that you would otherwise gloss over. I look forward to doing more translation in the future!"

ემილი ტამკინი

ემილ ტამკინი მუშაობს ვაშინგტონში და წერს გაზეთ „ფორინ პოლისისთვის.“ მან კოლუმბიის უნივერსიტეტში მიიღო ბაკალავრის ხარისხი რუსულ ლიტერატურასა და კულტურაში. ოქსფორდში სწავლობდა წმინდა ანტონის კოლეჯში რუსულ და აღმოსავლეთ ევროპის კვლევათა ფაკულტეტზე.
აქვს ფილოსოფიის მაგისტრის ხარისხი.

„ეს იყო ქართულიდან თარგმნის ჩემი პირველი და ძირითადი პროექტი (სხვა ენებშიც არ მქონია მსგავსი გამოცდილება). ეს პროცესი საცხოვრებელი ბინიდან და ქალაქიდან სხვა სამყაროში გადასვლას ჰგავდა, სადაც თან მხოლოდ პიესა და ლექსიკონები შეიძლებოდა წამეღო (ჩემი მასწავლებლის მოთმინებასთან, ხელმძღვანელობასა და შენიშვნებთან ერთად). რაც მთავარია, სხვა ადამიანების ცხოვრებაში გადასვლას ვცდილობდი. იმედია, ამ პიესაში ასახული სამყარო თქვენთვისაც ახლობელი გახდება.“

Emily Tamkin

Emily Tamkin is a staff writer at *Foreign Policy*, a magazine based in Washington, D.C. She has a BA in Russian Literature and Culture from Columbia College, Columbia University and a MPhil in Russian and East European Studies from St Antony's College, University of Oxford.

"This was my first major translation project in Georgian (or in any language). It was like moving out of my apartment and city and into another world that consisted only of this play and my dictionaries (and my teacher's very patient guidance and feedback) and that I wanted so badly to be able to move into other people's lives. It is my hope that you can get to know that world, too."

ჯეფრი გოსბი

ჯეფრი გოსბი ოქსფორდის უნივერსიტეტში, ლინკოლნის კოლეჯში სწავლობდა გერმანულ ენასა და ლინგვისტიკას. ის ქართული ენით მაშინ მოიხიბლა, როდესაც ქართული ენის გაკვეთილს დაესწრო. ახლახან დაიცვა სადოქტორო დისერტაცია თემაზე "ქართული ენის ინფორმაციის სტრუქტურირება ქართულ სინტაქსსა და ინტონაციაში." მონაწილეობა მიიღო რამდენიმე მთარგმნელობით პროექტში და დიდი იმედი აქვს, რომ მომავალშიც გააგრძელებს მთარგმნელობით და სამეცნიერო საქმიანობას.

„აკა მორჩილაძის პიესის თარგმნა სასიამოვნო გამოწვევა იყო, სადაც მოქმედ პირთა ყოველდღიურ სალაპარაკო ქართულთან მქონდა შეხება. მათი ქცევისა და მეტყველების სისადავემ და ბუნებრიობამ უდიდესი ზეგავლენა მოახდინა ჩემზე.

თარგმანის დროს ვცდილობდი, შემენარჩუნებინა სწორედ მათი ხასიათი და ენა, რათა ყველა ჩვენგანს შეეგრძნო ის სამყარო, რომელშიც მოქმედება ხდება".

Geoffrey Gosby

Geoffrey Gosby began his time at Oxford as an undergraduate
studying German and Linguistics at Lincoln College, but became
captivated by Georgian soon after attending a lesson. He
has recently defended his doctoral thesis on Georgian information
structure, which explores aspects of the syntactic
and intonational structures of the language. Since then he has been
involved in translating Georgian for several projects,
and looks forward to continuing a combination of translation and
research in the future.

"Producing this translation of Aka Morchiladze's play Melted Choco-
late Station *involved the enjoyable challenge of conveying the more
colloquial Georgian voices of the characters, whose ordinariness
was such a big part of the play's effect for me. I hope to have done
this in a balanced way which helps us to keep in mind that we are
somewhere else."*

ოლივერ მათეუსი

ოლივერ მათეუსი სწავლობს ფრანგულ და რუსულ ენებს ოქსფორდის უნივერსიტეტში, იესოს კოლეჯში. დამატებით ის სწავლობს ქართულს, როგორც ენას, რომელიც მას ძალიან აინტერესებს და აღნიშნავს, რომ „ქართული ენის სწავლა უფრო მეტ სიამოვნებას ანიჭებს, ვიდრე იმ ენებისა, რომლებიც სასწავლო კურსში შედის.

„მოთხრობები, რომლებიც ვთარგმნე, ძალზე დამეხმარა ქართუ-
ლი ენის მრავალფეროვნების გაგებაში. ყველაზე მეტად გამიჭირ-
და შესატყვისი ინგლისური შეფერილობის სიტყვების მოძებნა დი-
ალექტური სიტყვებისა და ფრაზების თარგმნისას. ინგლისურად
მათი გადმოცემა საკმაოდ რთული იყო.
ამ მოთხრობებმა გამაცნო თანამედროვე ქართული ლიტერა-
ტურა და ჩამახედა საქართველოს ისტორიის მეტად საინტერესო
პერიოდში".

Oliver Matthews

Oliver Matthews is an undergraduate student in his final year at
Jesus College, University of Oxford, studying French and Russian.
He is learning Georgian purely out of interest, and confesses
to finding it more enjoyable than his degree subjects.

"Translating the following tales has helped greatly my understanding of the flexibility of the Georgian language. The biggest difficulty was finding an appropriate English voice through which to translate as faithfully as possible, especially given the presence of dialect words and certain phrases, the essence of which English can barely capture. These tales have also introduced me to modern Georgian literature and have given me an insight into a compelling period of Georgia's history."

უოლკერ თომსონი

უოლკერ თომსონი ჩამოვიდა ოქსფორდში, მაგდალენის კოლეჯში 2014 წელს. სწავლობს რუსულ და გერმანულ ენებს. იმპულსურად მან დაიწყო ქართული ენის შესწავლა. წელს ის დაამთავრებს უნივერსიტეტს და მოიპოვებს ბაკალავრის ხარისხს.
„ჩემი სამომავლო გეგმები უცნობია, მაგრამ თუ დაფინანსების მოძიება შევძელი, სიამოვნებით გავაგრძელებ სწავლას ძველი ქართულის ან მასთან დაკავშირებული საგნების მიმართულებით“.

“აკა მორჩილაძის “გამოსათხოვარი პარტიის” თარგმნა 2016 წელს სრულიად ახალი გამოცდილება იყო ჩემთვის, – და არა მარტო ჩემთვის, არამედ ქართული ენის შემსწავლელი ყველა სტუდენტისათვის. ძნელია, რომ დრამამ არ ჩაგითრიოს სალაპარაკო ენასა და დიალოგში. მადლობა ლიას, რომელმაც შექმნა სწავლების სრულიად ახალი მეთოდი და გვაზიარა მას. ის გვიმზადებდა ახალი სიტყვებისა და ფორმების სიას, და თარგმნის დაწყებამდე გვაცნობდა სიტყვის ეტიმოლოგიას, რაც ძალიან გვეხმარებოდა მუშაობის პროცესში. ჩემი სიტყვათა მარაგი მნიშვნელოვნად გაიზარდა და ქართული გრამატიკის ცოდნაც შესამჩნევად გაღრმავდა.

პიესის ქართულად გაგება ნატიფი ხელოვნების ნიმუშს ჰგავს, რომელზედაც ბევრი უნდა იმუშაო, რომ ბოლომდე ჩასწვდე. ამ გამოცდილების მიღების შემდეგ მივხვდი, რომ თარგმნა არჩევანია, მაგრამ იგი სწავლის უდიდეს შესაძლებლობას აძლევს მთარგმნელს.“

Walker Thompson

Walker Thompson came to Magdalen College, Oxford in 2014 as an undergraduate to study Russian and German. Completely unexpectedly - perhaps even impulsively! - he took up Georgian lessons shortly thereafter.
He is currently in the final year of his Bachelor's degree.
"My future plans are undecided but if I can secure a place and funding somewhere, I would be glad to pursue further studies in Old Georgian or a related field."

"It was a very fulfilling experience for me to translate Aka Morchiladze's play The Farewell Round *in 2016. The most obvious benefit was for us as students of Georgian. Inevitably, drama is a good medium through which to learn more about colloquial language and about the flow of conversation. Thanks to an innovative technique developed by Lia, who prepared lists of new words and word-forms before each lesson to help us with our translations, my vocabulary and my understanding of Georgian grammar expanded significantly. It was also, as is always the case with a work of art, a pleasure to read and discover the play in the original language. Translation, as I am well aware after this experience, is inevitably a compromise, but it is also a tremendous learning opportunity for the translator!"*